两无

小猜

吕天逸 著

liangxiao
wucai

九州出版社
JIUZHOUPRESS

图书在版编目（CIP）数据

两小无猜 / 吕天逸著. -- 北京：九州出版社，

2021.11

ISBN 978-7-5108-8996-7

Ⅰ.①两… Ⅱ.①吕… Ⅲ.①幻想小说－中国－当代

Ⅳ.①I247.5

中国版本图书馆CIP数据核字(2021)第211814号

两小无猜

作　　者	吕天逸　著
责任编辑	陈丹青
封面设计	肖　雅
出版发行	九州出版社
地　　址	北京市西城区阜外大街甲35号（100037）
发行电话	（010）68992190/3/5/6
网　　址	www.jiuzhoupress.com
印　　刷	天津中印联印务有限公司
开　　本	880毫米×1194毫米　　32开
印　　张	8.25
字　　数	200千字
版　　次	2021年12月第1版
印　　次	2021年12月第1次印刷
书　　号	ISBN 978-7-5108-8996-7
定　　价	49.80元

两 小 无 猜 — 目 录

第一单元

空山欲雨

卧室。

下午，日照强，光渗饱了厚密的棉窗帘，儿童房盛满蜜糖似的暖金。

摇摇床上睡着小宝宝，床下，横陈着一条怪异的手臂。

手臂生得骨肉翻折，拧麻花般红白虬结，循着手臂往上，是一颗血淋淋的脑袋。

这只手攀上床栏，血拖成一道长长的污渍。

小宝宝陡然惊醒，与怪物心跳面对面。

小孩儿灵感强，常能看见不该看的，尤其这种两岁不到的幼儿。

"吭……"小宝宝鼻孔扩张，鼻梁皱缩，要哭。

忽然，一只骨节分明的大手兜头扣住那颗血葫芦似的脑袋，如抓篮球般轻巧。

是个二十来岁的男人。

他衣衫褴褛，黑发蓬乱，瞳色乌沉，鼻梁与下颚线条锋利，零星溅着血沫，气势暴戾，极英俊，也极骇人。

"喜报，你妈死了。"他嗓音阴鸷，一手扣死床边的血尸幼崽，一手提着颗大血尸的脑袋，晃一晃，介绍道，"你妈的头。"

"咯……"血尸幼崽剧烈挣扎，却被男人摁倒在地，一巴掌拍成血雾，床栏上的脓血随之蒸发。

"吭叽——"宝宝抽噎起来。

男人的目光剐肉般横他一眼，挺不耐烦。

宝宝长得好，乌溜溜的眼睛占去小半张脸，蓄着两泡泪，让男人一瞪，粉团儿脸一缩，泪全挤出来了。

男人虎着脸凑近些，略一踟蹰，像是要哄孩子，一开口却是粗声恶气："别哭了！"

宝宝哭闹着踢蹬短腿儿，奶白的脚丫不小心踹在男人脸上。

男人条件反射地还手，一指头怼向宝宝的小圆肚子。

宝宝软嘟嘟的身体一蜷，吐奶了。

男人一怔，讪讪收回手。

"呜哇——"宝宝泪水决堤，愤怒地拧着眉头，小胖手没轻没重地扯住男人额发，拽掉一绺。

黑而韧的发丝，在脱离男人身体的刹那，变成一片剔透的鳞。

男人本能地狂躁，揢住宝宝睡衣上装饰用的绒毛球球，一把薅秃！

"球球！"宝宝哭到五官皱到了一起，"球球！呜哇哇哇哇！"

"你先拽我的，"男人气势汹汹，跟个小婴儿骂骂咧咧地掰扯，"别哭了，你先拽我头发，你还有理了……"见说不通，绷着俊脸把绒毛球球塞回小手心，"还你！"

"啵唧——噗。"宝宝泪流满面地冲男人喷出一个口水泡泡。

"没完了？"男人河豚般鼓起腮帮子，双指猛一掐脸，冲宝宝噗了个大的。

两小无猜

宝宝不甘示弱："啵唧——噗！"

男人："噗！噗！"

宝宝："啵唧……"

男人："噗！噗！噗！"

宝宝："啵……"

男人丧心病狂："噗噗噗噗噗噗噗噗！"

宝宝惊了，呈痴呆状，任口水驰骋并滴落在小花围嘴上，甚至忘记凝水成泡。

男人薄唇微扬，于冷峻中透出一抹喜色。

赢了。

宝宝从未见过如此丧心病狂的成年人，面团儿般的身体在摇摇床上滚来滚去，哭得直尥蹶子。

"宝宝怎么了？"保姆午睡被搅扰，披头散发地闯进卧室。

上一秒还在欺负小孩儿的男人倏地如幻影般消散了。

……

龙与狼交合，生睚眦，乃凶兽。

此兽半龙半狼，主刀兵征战，生性暴虐嗜杀，偏执狭隘，连瞪眼之仇也必将回瞪以报，由此得名睚眦。

……

车轮碾过几块土坷垃，乔乐然被颠醒。

他做了个梦，梦很模糊，好像是幼年的他趴在摇摇床里哭，别的记不住了，只残留着一股被欺负的憋屈。

后颈汗湿，乔乐然直起身，褪下套着手腕的皮筋，在脑后扎一把小鬏。

青木灰色的碎发，被他一拢，下颚线尽露出来，清晰锐气。他脸盘小，眼睛就显得尤其大，乌溜溜的特别漂亮，还透着三分稚气。

< 4 >

　　他瞥一眼窗外荒凉单调的景色，恹恹地瘫在后排座上，忽然微信提示音响起，是聂飞。

　　聂飞："景哥说你又上山拜龙神去了。"

　　乔乐然愤愤敲字："狗屁龙神，让他滚。"

　　聂飞："你不三年一拜吗？去年都拜完了，今年又去？"

　　乔乐然："宝盆儿又给算了一卦，说我十八岁这年大凶，分分钟横死街头，得多拜拜。"

　　聂飞："张宝盆想坑钱吧，他按次收费？"

　　乔乐然："他领我拜一次，收两百万。"

　　聂飞："……我收拾收拾当神棍去得了。"

　　乔乐然噌地坐直了，一埋汰张宝盆他就来劲儿：盆哥说他不收钱，帮我纯为结善缘。

　　聂飞："那他收那两百万，是指两百万冥币吗？"

　　乔乐然："那叫车马费，意思就是他光报销个车费，挺高洁一人。"

　　聂飞："真能装。"

　　乔乐然目光幽凉："两百万车马费，估计是骑牛头马面来的。"

　　聂飞："谁让叔叔阿姨信呢，忍着吧，等你下山给你庆生。说好了，满十八岁当天哥儿几个带你长长见识去，你别怂。"

　　乔乐然耳根一热，紧张得猛抖两下腿，语气却挺装：行啊，去呗，谁怂谁是孙子。

　　聂飞："成，拜你那龙神去吧。"

　　……

　　拜神这事，说来话长。

　　乔乐然是早产儿，打小体弱多病，灾祸不断。出生没多久，鬼门关就闯过好几遭了。

两小无猜

据他妈徐莉描述，他在婴儿时期经历过几次查不出原因的呼吸骤停、心脏骤停，呛奶呛到脸发紫是常事，因小概率巧合出意外也是常事。除此之外，他一岁之前身上隔三差五就会冒出乌青掐痕，掐痕集中在胸口和脖子根，每次掐痕褪去，他都会大病一场……

乔乐然对徐莉说的这些事毫无印象，他从小接受的是现代教育，主张破除迷信走近科学，让他信这些实在有难度，徐莉渲染得再玄，他都能用科学解释突突回去。

可徐莉信，她丈夫乔万山也信，他们四处求神拜佛都无甚成效，最后托人请来张修鹤这老神棍。张修鹤五岁随高人进山修仙，据说极其灵验靠谱。

据张修鹤卜算，乔乐然的命格不仅不凶煞，反而是仙人下凡游历，乃半仙之体，命格祥瑞，财富、容貌、天赋、亲缘、桃花……无一不佳，此生尽享万千宠爱，荣华富贵。

可岔子出在时辰上，徐莉预产期本在六月，因洗澡时打滑磕了肚子导致早产，乔乐然不幸诞在至阴之时，八字奇轻，易与鬼通。

普通人八字轻不要紧，顶多遇到几桩不痛不痒的灵异事件，茶余饭后多些谈资罢了。可乔乐然的八字轻起来，就如幼童携宝过市，恶鬼妖邪眼馋至极。

半仙之体，妖邪魔怪啖其肉，饮其血，噬其骨，对修行大有神益。

祥瑞命格，孤魂野鬼若能害到他魂飞魄散，就能鸠占鹊巢，取而代之。

乔乐然招引的邪祟太多，张修鹤自称应付不来，但他给徐莉和乔万山支了一招，叫他们把乔乐然供奉出去，祸水东引。

受供者是龙潭山祠堂中供奉的龙神，据张修鹤以罗盘测算，这座龙神祠中盘踞着一条真龙，它可为乔乐然荡平一切邪祟灾厄，护他一生平安喜乐。

而作为交换，在玄学层面上乔乐然将成为龙神的所有物，需终生侍奉、供养这位龙神。

徐莉和乔万山起初不太乐意，觉得这事儿听着邪性，怕出岔子。可小儿子实在厄运缠身，夫妇二人左思右想，觉得还是小命要紧。况且这事儿听着虽然玄，但他们也没见着天上就真飞来条龙跟他们抢孩子，他们需要做的一切就是往家里请一尊龙神像，逢年过节让乔乐然磕头，然后每隔三年去龙神祠祈福烧香，其余全部照旧。

据徐莉说，自从拜过龙神，乔乐然就再没出过事。

乔乐然对这番说辞的反应是——呵呵。

这时，车队在土道边陆续停下。

路旁一户农家乐，乔万山下车，叩乔乐然车玻璃："下来吃饭。"

乔乐然乖乖下车。

路边，张修鹤让徒弟一左一右挽着，鹤发如雪，长袍挥洒，端的是一副得道高人的模样。乔万山的生活助理恭敬上前，问大师有无忌口，乔乐然路过，心不在焉地听着。

"师父近日辟谷。"一位弟子开口，神色和煦，语气谦逊，遣词造句也有点儿不在红尘中的意思。

但乔乐然之前私下里跟他胡侃逗贫时，这位与张修鹤同乡的青年不慎被乔乐然侃至懵圈，把张修鹤本名张宝盆，三十五岁之前一直老老实实在家种地，根本不是五岁随高人进山修仙的历史给秃噜出来了。

周树人弃医从文，张宝盆弃农从仙，立意高远，值得鼓励。

弟子谦和道："五谷会伤修行，家禽家畜沾染浊气，也不方便入口，只要为师父准备一些清淡蔬果……"

乔乐然眉稍一扬。

弟子："……或未染人间浊气的野禽野兽，也就可以了。"

< 7 >

两小无猜

乔乐然眉梢归位。

要吃野味您直说。

他蔫蔫地走进农家院，穿着限量版球鞋的脚踏过院外及踝的荒草，激起一蓬尖细的惊叫。

"噫呀呀。"

"好疼……"

"叽!"

音色像小鸡仔儿，说的却是人话，分贝明明不小，乔乐然却一副没听见的样子。

肉眼无法捕捉的、蠓虫般微小的山精们扑簌簌滚下草尖儿，又振翅起飞，窸窣的报信声如潮水般，一波波接着力，向山顶的龙神祠漾去。

车队驶入目的地清溪村，停在一户农舍前。

农舍在龙潭山山脚下，白墙黑瓦，爬山虎青碧，色彩明澈得晃眼。

乔万山前些年已将这农舍及左右两户一齐买下，还简单翻新过，就是为进山祈福时方便落脚。

将法器、法衣与祭品准备停当后，张修鹤与众弟子先行上山，在龙神祠开坛做法。

自打供桌摆好，张修鹤就在祠堂小院里开颠，旋转跳跃不停歇。

乔乐然跪坐在蒲团上，偷偷摆弄手机，跟聂飞直播吐槽。

聂飞:"怎么样，干吗呢?"

乔乐然:"连蹦带跳还念咒，四舍五入一爱豆。"

聂飞:"哈哈哈哈哈!"

乔乐然:"一口气颠俩小时了，步法都不重样，编舞很优秀了。"

聂飞:"这也太努力了吧? 玄学爱豆啊。"

乔乐然:"可不，这么毒的太阳，还挺大岁数，我都怕他中暑。"

< 8 >

小哥儿俩正贫着，乔乐然胃中忽地一阵翻江倒海，他收起手机做深呼吸，却更难受了。

上山前，他按祈福流程在木桶里泡澡，不仅泡得皮皱，还被秘药腌得入味。这秘药乍闻像麝香，又比麝香多几分腥甜，浓得不行，闻多了辣嗓子眼儿。这大热天的，他被熏得想吐。

据张修鹤说，这秘药叫"龙悦"，龙神闻到就会龙颜大悦，龙颜一悦，那就好说话。

沐浴焚香后，乔乐然又被裹上祈福时必穿的袍子。袍子是绸缎质地，色泽朱红，衣襟与袖口精细地绣着四种形态不同的海浪纹样。

说是祈福的法衣，式样却像古代女子出嫁时穿的嫁衣。乔乐然跟聂飞他们吐槽过这事儿。

至于法衣为什么是红色，张修鹤的解释是：朱红乃华夏正统之色，古时帝王御批、宫墙着色，皆用朱红。龙族镇守华夏大地，也奉朱红为尊，见乔乐然穿朱红，龙颜又会大悦。

不仅如此，张修鹤的弟子还用龙悦香混合朱砂，用羊毫笔蘸着，在乔乐然露在外面的手背、颈项、锁骨等处描绘出类似龙鳞的图样，以示虔敬，据说龙看见这些伪造的龙鳞，龙颜就又会大悦……

这龙颜也太容易大悦了，哪来的二傻子龙，一哄就乐，乔乐然腹诽。

他揩一把额角虚汗，冲立在他身旁照应的弟子比个手势，起身走到树荫下，贪婪地呼吸着从下方山坳吹来的凉风。

徐莉皱眉："怎么了？"

"不行了，妈，我想吐。"乔乐然扶着树干呕，"熏得慌。"

徐莉递去矿泉水："小口喝，压压。"

乔乐然抿一口，用凉丝丝的瓶身抵住太阳穴，奄奄一息："今天这味儿也太冲了……"

两小无猜

往常来拜龙神，他也泡药浴，但没这么熏人，而且往常仪式也没这么磨叽，都是一个小时完事儿。

徐莉纤细的眉一挑，正要开口，乔乐然口无遮拦道："都蹦跶两个多钟头了，他几点完事？待会儿中暑晕桌上，再报销两百万藿香正气水……"

"说什么呢！"徐莉狠狠剜他一眼，"多大人了，嘴上没点儿轻重！"

乔乐然有点儿挂不住脸，鼓鼓面颊，嘟囔道："没多大，未成年。"

徐莉深吸口气，道："你十八岁这年大凶，得行大礼，所以这次和以前流程不一样。"她倦怠地捋一捋头发，"不是都跟你说过吗，说的时候听什么了？这也不信那也不信，万一真出什么问题，后悔都来不及……"

"妈，我突然不难受了。"乔乐然为逃避挨训，虚弱地飘回蒲团上跪好，跪稳当了，就哼哼唧唧地发微信：我都快晒中暑了，我妈还说我。

聂飞："龙神不说给你布个雨？什么狗男人，别搭理他了，乐，我跳大神儿保护你。"

乔乐然："……"

又一阵翻江倒海的恶心。

这时，徐莉又冲他咆哮："乔乐然！手机放下！"

又晕又熏又想吐、被迫搞封建迷信、被哥儿们调侃，还遭遇亲妈直呼大名的死亡威胁……乔乐然收起手机，心如死灰，面如死人。

……

在距龙神祠约十里地的山林中。

肃杀凉风穿林打叶，激起一片飒飒声。令人毛骨悚然的嚎叫自幽林深处传来，一株矮树后血柱飙射。

树后晃出个男人，手里拖着一头尚在飙血的肥壮山猪。

这山猪约有五六百斤重，早已超过成年男性的负重上限，他却不当回事儿，把山猪当条毛巾似的，长臂一振，抡圆了啪地甩在肩上。

山猪血仍汩汩淌着，可这人身上连条布片儿都没挂，根本不怕脏。那一身精悍紧绷的肌肉浸着细汗，微微泛亮，蕴含着猎豹般危险的力量感。

他不是人，是一头半龙半狼的睚眦。

他活在龙潭山上，龙神祠就是他的家。

前些年，他在同族帮助下尝试过入世闯荡，却因性情暴戾，诸事不顺，终究只能回归山野，捉猪果腹。当时同族叫他取个凡人名字，他见山中林木多，就揪个"林"字当姓，再取"睚"字谐音"涯"为名，简单粗暴叫林涯。

林涯扛着猪，步履如风，直奔龙神祠而去。

听说……那小孩儿来了。

林涯搓了搓耳朵。

头顶红松的针叶间蓬地爆出一簇尖细的嬉笑，是无孔不入的山精们。

"嘻嘻，尊上耳根红了。"

"越搓越红，大傻龙！"

龙潭山常年有半龙睚眦盘踞，山脉灵气丰盈，山精野怪修行一日千里，因此数量极多。

这些小家伙大多是草石花木所化，心地不坏。睚眦暴戾但分善恶，从不对这些精怪崽崽下死手。可它们毕竟是走野路子修炼的精怪，纵是再温良无害的，言谈举止间也透着几分邪性。

"小郎君压根儿就不信尊上，每次来拜都臭着脸。"

"那老头子也是个学艺不精的半瓶醋，一口一口祈福。"

"叫尊上在小郎君面前现个原形呢？"

"可别，小郎君半身是凡人，见真龙算窥探天机，要折寿的……"

"而且再吓个好歹的，更不愿意了。"

"尊上要是不在乎小郎君的死活，别提折寿，怎么都行，反正小郎君

两小无猜

都被他爹娘献给君上当随从了。"

"噗——"

"可尊上在乎呀……"

片刻沉寂。

林涯的耳根缓缓降温，连步子都慢了，恹恹的。

"尊上真惨。"

"惨。"

"滚！"林涯忍无可忍，抬腿就是一脚，咆哮声响彻山林，"都滚！！！"

红松无辜地摇曳，险些拦腰折断，隐匿在树冠间的山精们，嬉闹着四散奔逃。

林涯回到龙神祠时，祠中正热闹。他用神力运起障眼法，大刺刺地立在遮雨檐下，身形悍拔，眸色乌沉，直勾勾地盯着跪在蒲团上的少年，扛着猪。

与其他象征祥瑞的纯血龙族不同，他半龙半狼，生性残暴，智力勉强算有，心性比不上狗。为避免他祸乱人间，龙族上位者将他元神封印，以天地灵气温养，净化凶性。

他一梦千年，只在每甲子天地灵气循环至最稀薄时苏醒一段时间，二十年前封印消解，他凶性也已褪去九成九，可他仍常常克制不住杀戮欲。

他起初护着乔乐然，只是图这小孩儿能引怪，可以供他杀个痛快。

可时日久了，也就渐渐对这小孩儿有些在意了。

养只猫儿天天瞧着，也会渐渐把它当成家人一样，何况是偷偷陪一个大活人陪了十几年呢。

……

乔乐然抬手抹汗，被晒得越来越难受。

< 12 >

法衣溜滑，他放下胳膊，布料便如融化的红玉般流下，单薄平坦的胸口半敞着，被红衣衬着日光映着，堆雪般白。

一缕龙悦香乘着风，飘散而去。

今天乔乐然被抹得熏人，简直香得不要脸。

林涯吞了吞唾沫，被龙悦香熏得有些上头。

"太晒了……"乔乐然一把接一把地抹汗，大眼睛眯成一线，哀怨地瞪一眼太阳，又蔫蔫地耷拉下脑袋。

真是万里无云。

然而，他蔫了半分钟不到，晒得他后背滚烫的太阳就悄无声息地没进了云里，天色阴得突兀。

他抬头张望。

周遭事物倏地暗下一个色调。

凉风乍起，树冠摇曳，叶片摩擦的沙沙声由近向远层层漫开，绿意涌动，层林惊涛，四野骤然灌满了风。

云落下，沉沉压住树梢，一切都来得毫无预兆。

空山欲雨。

风雨欲来，张修鹤捋须而笑，道："是龙神显灵。"

乔乐然也觉得这雨来得有点儿蹊跷，可一见神棍乘风装模作样，便果断划清界限，嗤之以鼻。

山上气候变化快，正常。

拜这雨所赐，仪式终于进入尾声，张修鹤在供桌上排开象征天地君亲师的五色香烛，弟子向乔乐然强调三拜九叩的细节。

气温骤降，乔乐然舒服不少，可反胃感仍顽固，看来非得把午饭吐干净不可。他敷衍地冲蜡烛三拜九叩完，那弟子又挽住他不让走，张修鹤拖着长腔道："进祠堂——拜龙神——"

两小无猜

乔乐然脸色难看，直反酸水："还拜啊，刚来不就拜过了吗?"

这弟子跟他年纪相仿，没张修鹤那么能装，小声安抚道："三下就完事儿，很快。"

乔乐然迟疑一秒，决定赶紧糊弄完差事专心呕吐，步子发飘地迈进龙神祠。

神龛前，林涯标枪般直愣愣地杵着。

他气喘吁吁，一身结实紧绷的肌肉挂满水珠。那都是高空云层中融化的冰晶，方才太阳暴晒，他去布雨，蹭了一身云。

见乔乐然站定在神龛前，林涯机械地瞄一眼自己光溜溜的身体，明知人家看不见他，也不信他，却还是退回神龛后，扯条毛巾胡乱揩去水珠，抓来一件破旧棉大衣披上。

他不知冷热，能遮羞就行。

里头光溜溜，外罩棉大衣，好一个变态标配……

张修鹤："一拜——"

乔乐然向神龛中面目不清的塑像鞠躬。

张修鹤："二拜——"

再鞠。

张修鹤："三拜——"

接连三次九十度弯腰，翻江倒海的胃部在肋骨与腹肌的包夹下揭竿而起，乔乐然连腰都没直起来，哇的一声，吐了一地。

林涯愣住，当场凝固。

病灶解决，乔乐然通体舒泰，半点儿难受模样也没了。他抹抹嘴巴，见周围这帮搞封建迷信的个个面色铁青，忙从呆若木鸡的徐莉手里抽出一包面巾纸，蹲下清理，还望着神龛嘟囔道："不好意思，吐您地上了，给您擦擦。"

他这一蹲，被呕吐物的味道刺激得又是一阵恶心："呕——"

徐莉回过神，咆哮道，"乔乐然！你没完了！"

乔万山平时对儿子反向二十四孝，可一沾上封建迷信就跟变了个人似的，抬脚就踹，呵斥道："给我吐干净再进来！"

真不是故意的！还踹人！乔乐然跑出去，赌气地抠嗓子眼儿。

林涯面黑如炭，大步绕到神龛后。

神龛后摊放着死猪，他泄愤似的狠狠坐到猪上，压得那死猪四蹄儿一翘。

几秒寂静后，林涯几把将棉大衣扯成碎絮。

去他的！裸奔！

过了一会儿，地面被几个弟子清理干净，乔乐然进来重拜。

神龛后，林涯梗着脖子纹丝不动，直到乔乐然拜到第三下，他才硬邦邦地转过一丁点儿角度，狠狠瞪向乔乐然。

他常年瞪人，眼轮匝肌与肱二头肌一样发达，有股能平地把人瞪个跟头的气势。

乔乐然被乔万山在众人面前那一脚踹得跌面儿了，脸蛋儿上一点儿笑模样都没有，嘴角撇着，眼眶泛红，像只被薅秃尾巴毛的小斗鸡，耷拉着脑袋谁也不看。

十七八岁的男生，丢钱丢命都不愿丢面儿。

不知怎的，林涯看他一眼，满腹怒气便咻地下去九成，都转化成了焦灼。他面颊红涨地起立，又坐下，看看委屈巴拉的小少年，莫名想做点儿什么，可他除了布雨什么都不会，急得直踹猪。

这时，张修鹤拿腔拿调地道："礼成——"

整套仪式中最烦琐的部分宣告结束。

下山后已是日暮时分，而乔乐然这一天的罪还没遭完。

< 15 >

两小无猜

按张修鹤的要求，他不能洗澡，得带着一身呛鼻子的浓香，裹着红袍，独自在农舍睡一整夜，其间不能有人打扰，否则就说明心不诚，这一整天全白折腾。

乔乐然破天荒挨脚踹，不疼，但伤自尊了。乔万山拿黑卡砸他他也不为所动，拉着脸，闷头打游戏到半夜，才迷迷糊糊地睡过去。

他睡得不踏实，梦境光怪陆离。

梦中，他躺在炕上，各种怪异的肢体与脸孔在炕边群魔乱舞。

藤蔓虬结的细白手指轻戳他面颊，从棚顶飞降下拳头大小的脑袋与游蛇般细长的脖子；一个长着人脸的面袋子骨碌碌滚过来，面袋子的破损处还扎着绷带，绷带扎得不结实，在地上拖出一路血渍般的面粉……

这本该是噩梦，可他耳畔尽是欢腾的起哄声。

这些说话的人嗓音大多尖细，语速快，口吻也怪里怪气，听着不太像正常人。

"呦——"

"呦呦呦！"

"咿呀呀——"

一个凶悍的男声吼道："闹个屁！"

一声忍无可忍的巨响："再不滚吃了你们！"

唧唧喳喳的人声这才远去，屋里重归安静。

来撒欢的山精都已驱散干净，林涯本想跟着走人，一双腿却挪不动地方，未经乔乐然同意，擅自把他固定在炕边。

乔乐然不知道自己在不经意间捅了多大娄子，还睡得天昏地暗。

林涯瞪着乔乐然，回忆着白天的事，有些埋怨他。他溜炕沿儿蹦了几圈，忽然一咬牙，一伸手，一把抽走乔乐然的腰带，然后……扭头就跑！

乔乐然一激灵，好在没醒。

凉滑柔软的红绸子，长长一条，吸饱了龙悦香。林涯狂奔在山路上，把这条腰带死死攥着，太阳穴都被刺激得突突乱跳。

他瞅着这条腰带就不错，又香，又软，又滑溜，还不会惹他发火，比人强多了！

……

会所。

桌上二十几瓶冰镇啤酒列成方阵，熠熠流光，冰桶里还埋着总价近百万的洋酒，软饮们卑微地缩在桌边。

今天是乔乐然的十八岁生日。

以聂飞为首的二世祖们叼着烟，抽得云山雾罩，几个瓷娃娃似的模特在席间穿插坐陪。

乔乐然神隐在角落里，咬着香烟过滤嘴，神经质地玩打火机，掀盖、点火、扣盖，清瘦的身体绷得像根细箭。

自打五天前，他从山上拜神下来，聂飞李文景这帮狗东西就极度头铁地到处帮他物色合适的人选，从各大交友软件蛰摸到酒吧、夜店，活像一群帮皇上选秀女的太监。

乔乐然深沉地换一支烟。他抽烟和嚼口香糖差不多，大多数时候不点，过滤嘴咬烂就换一根，偶尔点燃，也是当仙女棒、呲花棒烧着。

他有装相的需求，但又怕牙黄，怕口臭，怕英年肺癌，怕老年咳喘，还怕教导主任闻见烟味儿削他。

就一小乖宝儿。

聂飞如总管大太监操心龙嗣般执拗于帮乔乐然找朋友，是有原因的。

这要追溯至去年七月。

去年高考后的暑假，乔乐然伙同几个狐朋狗友出国浪。浪到西班牙

< 17 >

两小无猜

时，一行人正赶上马德里的节庆游行，就被乔乐然撺掇着去看热闹。

现场气氛劲爆，老外逮人就亲。一个身材劲爆金发碧眼的老外想亲乔乐然，乔乐然机灵，刺溜一下绕到老外身后。聂飞目睹发小这波刺客级的绕背操作，正傻乐着，忽然被老外凑上去亲了一口，当时就差点儿疯了。乔乐然不仅不同情他，还幸灾乐祸，还就此事给他来了段free-style，非常没良心。

"是是是，你开放，我怂，那你就让那老外亲呗，你躲什么啊？"聂飞搓澡似的秃噜舌头。

乔乐然有板有眼地反驳道："我未成年，有关部门不建议我接吻。"

他上学早，高考完才十七岁。

聂飞悲愤洗牙："说得跟你成年了就敢怎么着似的。"

乔乐然仗着国家有关部门撑腰，有恃无恐猛嘚瑟："怎么不敢，到时候我什么都敢。"

"成。"聂飞口腔清洁完毕，哀怨地指指他，"到时候我负责，给你找个好看的，我看你有没有种。"

乔乐然嘿笑："找呗。"捏着矿泉水瓶幻想一番，紧张得直喝水。

结果这眼瞅着就成年了，有关部门也保不住他了。

生日前这几天，乔乐然死死抱住颜值这块挡箭牌，聂飞他们一帮他找，他就说嫌丑。

聂飞一琢磨，孩子确实水灵，素人鲜少有能跟他匹敌的，还是奔娱乐圈找效率高，就索性在乔乐然生日这天弄来一群模特和十八线艺人作陪，个顶个好得像假人。

在这群二世祖为乔乐然奔波的同时，某龙神祠管辖范围内的山精野怪们也没闲着，日夜打探小郎君的八卦。

祠堂后院，林涯闷闷不乐地用爪子庖丁解猪，一米开外的草丛里有

张小嘴儿不停叭叭，阴阳怪气得厉害。

"小郎君又跟那帮野男人一起出去玩儿了，嗳——整整五个野男人，他们居然轮流对小郎君做出这样的……聊天行为。唉，尊上颜面何存哪？"

"小郎君喝酒还抽烟，尊上也不管管？嘻，估计您也管不动。"

"小郎君说十八岁生日要找朋友……哟，我瞅这意思这朋友也不是尊上呀？尊上居然准啦？"

语气词运用得那叫一个贱，一句比一句能拱火。

草丛里蹲着一枚眼球。这眼球有婴儿拳头大小，瞳色金翠斑驳，眼球周身生着火柴棍大小的胳膊腿儿，蹲姿还挺标准。

眼瞳下生双足，可日行千里，是为千里眼。

传说此妖乃千里马尸骸中的风干眼珠饱吸灵气所化，因此亦称千里马眼。

千里眼一对两只，左眼右眼相隔千里亦可传信。留守在山上叨叨的是左眼，下山打探乔乐然情报的是右眼。

见林涯石像般僵着，猪都不剁了。千里眼眨眨自己，也不知究竟是恨铁不成钢还是唯恐天下不乱，拱火道："尊上要是准了小郎君在外头找朋友，那就跟咱们说一声，这边让藤精给您编顶藤条小帽儿……"

林涯猛一扭头，眼白赤红。

千里眼见势不妙，模仿马蹄刨地的姿势用小腿儿刨两下土，撒丫子就跑，一眨眼的工夫就没影了。

"再打就白内障啦——"

千里眼之快，林涯追不上，祠堂后院唯有余音回荡。

……

会所里，乔乐然正独自缩在角落里玩打火机，忽然一位模特朝他走去，粉香媚人，波涛汹涌。

　　乔乐然自迈进会所大门后神经一直高度紧绷，那模特还没来得及坐下，他就屁股里插二踢脚似的弹射到对面沙发上，耳廓通红道："姐姐你陪他们吧。"

　　几个二世祖爆出一阵狂笑，聂飞嗤地喷了一地酒，喷完，抹抹嘴道："她喜欢的是你。"

　　模特莞尔，起身，腰肢款摆，擦过乔乐然时还用涂抹水红蔻丹的指尖轻轻拨弄他熟透的耳垂。乔乐然被拨弄得一激灵，那小模样比嫩模还嫩。

　　聂飞笑得腹肌抽筋："哈哈哈哈！乔乐然，你大爷的！你到底能不能行！"

　　乔乐然慌得手忙脚乱，目光涣散，只能猛掀打火机彰显自己的反叛："我对女的过敏！"

　　李文景早看出他外强中干，笑瘫在沙发上："哈哈哈哈！"

　　聂飞揉着肚子："他就一嘴强王者，智者乐水他乐嘴。"

　　乔乐然话音未落，另一个模特已含笑挨着他坐下了。

　　一缕香水味飘来，乔乐然一僵，头都不敢偏，梗着脖子朝聂飞输出："乐嘴这句是我发明出来说你的，你剽窃我金句，还不给我版权费，你有这词汇量吗？你有这押韵功底吗？"

　　"乐啊，你瞅哪儿呢？"聂飞快让这纯情小孩儿逗死了，故意不接茬儿，哪壶不开提哪壶，"旁边坐一大活人没发现？腿都贴上了，没感觉？你这病得截肢啊。"

　　"发现了啊。"乔乐然轻咳，把脸偏转五度，做贼似的瞄人家一眼，面瘫着脸道，"你好。"语毕，以蜗牛速度往远离模特的方向挪一厘米。

　　过几秒钟，他一抬屁股，去够矮桌上的一瓶饮料，落屁股时，又趁

< 20 >

机远离模特一厘米。

聂飞怀抱着珍妮·古道尔，观察乔乐然在面对陌生人时的行为表现。

"今天我生日，请你吃蛋糕。"刚坐下三秒钟，乔乐然又弹起来，取一碟切好的蛋糕，坐下时再远离一厘米。

"谢谢！生日快乐！"模特低笑，微微欠身取叉子，再坐下时，瞬间抹平了那条三厘米的壕沟，贴上了。

乔乐然："……"

聂飞："哈哈哈哈哈！"

乔乐然见躲不过，睨着模特开始挑刺儿。

其实这人打个八点五分没问题，都不用修图，拿手机随便拍一张扔微博上就铁定是铺天盖地的"我可以"。可再好看的人也架不住乔乐然这么审视。

颧骨略高、嘴唇偏厚、下颚角不清晰、鼻梁有痣、黑眼仁略小……根本克夫相！

他正打算尿遁给聂飞发微信，论述一下自己跟这人交朋友有多吃亏且不吉利，头顶忽然罩下一片阴影。

他抬头，见一双长腿杵在前方。

上方响起一道阴沉的声音："让让。"

接着，一个人几乎是硬挤着在那模特与乔乐然之间坐了下去。

那模特也是没见过这么直白不要脸的，一时哑然，愣愣地由着他坐下。

"欸？"聂飞对来者没印象，想着问一句，待瞅清楚脸，词汇量陡降，一秒忘了要说什么。

"哎，这哥们儿长得……"聂飞灌一口酒，拼命形容，"牛！"

另外几个二世祖也没当回事儿，小艺人来找二世祖巴结抱大腿也不是什么稀罕事，唯一稀罕的就是外形条件都好成这样了，还没混出点儿名

両小无猜

堂，这是有多背。

乔乐然被挤进沙发角，挪无可挪，看了那男的一眼，懵了。

男人英俊得无可挑剔，更难得的是精致得丝毫不带奶油感，线条冷厉飒沓，像霜雪，像刀锋……像狼。

干什么？想干什么啊？存心不让他挑毛病是不是？

打分器数据都溢出了，十分装不下！

可令人迷惑的是，来人神态莫名阴骛，周身散发着一股绿帽当空、三环套绿的气息，不像来抱大腿的，倒像一位来捉奸的愤怒丈夫。

他眸光一转，点漆般黑的瞳仁直直盯向乔乐然。

以眼浸猪笼！

乔乐然一怔。

生活不是小说，他分析不出一个人眼底的情绪有百分之多少是吃醋，百分之多少是愤怒……他就觉得这一眼太飒了。

他被那气场震得嘴都瓢了："你、你好。"

男人与他对视两秒，语气却仍然阴沉："你好。"

"乐，磕巴了？"聂飞抄起骰盅，煽风点火，"十八年来头一遭吧？"

"不是不是。"乔乐然急道，"我顽固性口吃，十几年了，老毛病。"

李文景随意地问："你是演员？模特？"

男人眼珠一转，惜字如金道："拍过广告。"

"喔，给你介绍一下。"李文景够义气地帮乔乐然吹牛，"这位，乔乐然，顺义集团的少总……"

李文景吹得起劲儿，男人面色却毫无波澜，仿佛对这些不感兴趣，只简略地自我介绍道："我叫林涯。"是一种仿佛怕说错话的简略。

"今天咱们有一项重要任务！"聂飞嘭地砸下骰盅和酒杯，剽窃一年前乔乐然讥讽他的话，"今天是乐乐十八岁成年的大日子……兄弟们都给我想办法灌他！往死里灌！"

"还指不定谁灌谁呢！"乔乐然欠欠地坐直了。

林涯用警惕并迷茫的眼神端详着那个骰盅。

乔乐然掂量着骰盅，企图将在场众人的注意力从令他害臊的领域引走，劲劲儿地张罗道："罚什么酒？罚几杯？多大杯？让兑饮料吗？都谁玩儿？"

"来劲儿了？"李文景撩他一眼，"一对一，我跟你玩儿。"

"别啊，"乔乐然无辜地眨眼，"人多才好玩儿。"

他们玩这叫大话骰，规则是一人五颗骰子，一起摇啊摇，摇完了轮流猜在场所有骰盅中的点数，参与人数越多场面越复杂，摸鱼捣乱就越方便，尤其乔乐然这种叽叽型选手，能把人叽叽到失智。

而一对一的话，李文景这种据说会听骰子点数的高手就能靠技术控场了。

李文景轻嗤："人多你好跟着搅和？"

乔乐然调门都低了八度："谁搅和啊……"

这是玩真格儿的，要灌他，乔乐然怂了，蔫成缺水的庄稼苗，被装相的重担压弯了稚嫩的腰条。

都是聂飞害了他，他其实学习挺好、人挺老实，在学校里跟他走得近的都是稳定班级前十的优等生，他穿校服连领扣都系到最顶上。

可他跟聂飞是发小，他们俩的爹是一穷二白时一起创业打江山的铁哥们儿，他俩幼儿园时期就要好。聂飞成天不学无术，还向他传递奢靡拜金的价值观，一点儿都不风清气正，弄得他成天蠢蠢欲动，觉得飞扬跋扈也挺酷。

可他本质上还是小乖宝儿，摇骰子、耍扑克这一类天赋跟他有次元壁。之前聂飞妄想把摇骰子技术传授给他，带他从基础手法练起。具体练

两小无猜

法是把骰子放在桌沿，然后用没底儿的骰盅罩住骰子猛地往桌外一扫，利用手速让骰子始终在没底儿的骰盅里打转，不掉在地上。乔乐然潜心苦练一礼拜，终于成功将骰盅甩脱手，把聂飞砸躺了。

可他有重点大学录取通知书，倒是也不能说他智商低。

"哎，"乔乐然虚伪叹气道，"我就是玩啥啥不行，学啥啥没够，骰子摇不好，大学随便考……可名校毕业有意义吗？摇不好骰子的我，并不快乐。"

聂飞瘫痪在沙发上，揉着脑门儿上的红印，想掐死他。

从此聂飞再也没教过这倒霉孩子。

李文景往桌边放了五颗骰子，利落地扫进骰盅，摇起来。

"你玩儿这个厉不厉害？"乔乐然发愁地捧着骰盅，微微偏过脸问林涯，却垂着眼不看人，"你跟我一伙的，你替我玩也行。"

林涯如临大敌："不会。"

乔乐然叹息："唉。"用只有林涯能听见的小分贝嘟囔道："摇又摇不好，酒量也挺小，三杯妈不认，五杯路边倒……"十八岁生日过得这么跌面儿，都赖聂飞！

林涯冷硬的表情产生了一丝松动。

乔乐然把五颗骰子在骰盅底摆放好，扣上盖，小狗拜年似的双手捧着上下摇几来回，啪地扣在桌上。

盲狙完三轮点数，李文景赢了。

乔乐然咚咚咚灌下一杯酒，又苦又辣，强忍着才没龇牙咧嘴。

接着，他们又玩了两把，林涯竖着耳朵，时不时瞥一眼骰盅，听乔乐然和李文景盲狙骰子点数，什么"三个三""四个三""五个六"，眼神从茫然而警惕逐渐变成围观傻子互怼。

李文景据说能听出骰子的六点和一点，乔乐然想象不出这得是什么赌神境界，但反正这三把他全输了。

"再来。"李文景越战越勇。

乔乐然酒精上头，红着脸蛋抗议："景哥，我觉得不公平，这种游戏主打的其实是心理战，你听点数和作弊有什么区别，应该把耳朵堵上。"

"少跟我耍赖，"李文景一笑，"哥凭本事听的点数。"

乔乐然正蔫头耷脑想借口，林涯忽然伸手，道："给我。"是在要骰盅。

那手肤质不细腻，略显粗糙，可五指长而修直，骨节明晰，很好看。

乔乐然把骰盅往那手里一塞："你不是不会吗？"

林涯言简意赅："刚学的。"

乔乐然："……"

林涯利落地将五枚骰子扫入盅内，用快出残影的手法摇上几秒钟，啪地扣回桌上，动作娴熟漂亮，一看就是常年混迹酒吧夜店的老油条。

他眸色乌沉，扫一眼骰盅，惜字如金道："七个三。"

李文景本来看他动作还有点儿虚，闻言噗地乐出了声："哥们儿你会玩吗？"

林涯盲狙完点数就轮到他，而游戏规则是他叫的数字只能更大，林涯叫七个三，他就至少得叫八个几。十个骰子叫这么大，纯属扯淡。

"我不信，"李文景掀盖，"我这儿可就两个三。"

林涯掀盖，五个三，他眼神儿发狠，盯着李文景道："喝。"

那边乔乐然翻身做主人，立马叽叽上了，还屁颠儿屁颠儿地给李文景斟酒，好一副小人得志的嘴脸。

"牛啊……"李文景眼珠锃亮，"你是把把都能摇成这样吗？"

"能。"林涯不耐烦地催促，"快喝。"催完，又拿起骰盅摇几下，"这回五个六。"

一掀盖，果然如此。

< 25 >

两小无猜

他是不懂凡人这套小游戏，可一旦懂了，以他远超凡人的辨听能力、神经反射速度、肌肉微控水平……要几摇几。

李文景灌完酒，抹抹嘴，服气道："这还玩个啥？"

林涯眼珠一转，用李文景的话回敬他："我凭本事摇的点数。"

乔乐然一拍大腿："好！"

李文景愣怔两秒，也乐了："敢情是给乐乐报仇来了……得，他喝三杯我喝九杯，甭玩了，没意义。"

不仅以牙还牙，甚至还举一反三，林涯舒坦得眯起眼睛，像只被搔弄下巴的大猫。

乔乐然靠他挣足了面子，乐得发昏，下意识狗腿道："太牛了！哥，我给你捶个背吧！"沉吟两秒，觉得彼此身份不合适，是林涯这小模特想巴结他，不是他想巴结林涯，忙改口道，"要不还是你给我捶个背吧。"

林涯："……"

"捶！捶捶捶！"聂飞忙不迭送客，"楼上有客房，你俩上去捶啊。"

乔乐然动作一滞。

他酒量不行，眼尾与面颊透着深深浅浅的红，眼睛乌溜溜、水蒙蒙，醉猫似的，确实是快要滑进桌子底下去了。

两人进了客房，说是上来捶背，其实聂飞就是让乔乐然找个地方躺会儿，醒醒酒，让林涯跟着也是为了伺候他，这群小演员小模特在这些场合里就是伺候人的，帮着弄点儿醒酒汤啊，帮着换个衣服擦擦呕吐物什么的。

乔乐然蔫蔫地扯了个枕头躺下，林涯立在一旁盯着他看了一会儿，忽然伸手从乔乐然颈间挑起一枚吊坠。

吊坠系着红绳，乔乐然贴身戴着，从外面是看不出来的，除非探进去摸索。

　　这坠子材质不明，半透明，朦朦胧胧，像一薄片凝固的月光。它被设计成鳞片的样子，雕工极其精巧，连微小到几分之一头发丝粗细的纹理罅隙都被雕琢得纤毫毕现。

　　林涯停下动作，光顾着盯那吊坠。

　　"这我的护身符，"乔乐然拼命叭叭，"我妈说是龙鳞，说是我一岁的时候我们家拜的那龙神赐我的，说我十八岁凶年非得让我贴身戴着。我妈真是让那跳大神儿的给忽悠傻了，哪来的龙啊，这不就半透明亚克力吗，十块钱我能买一打儿……"

　　"……亚克力？"林涯歪头。

　　"这都不知道？"乔乐然科普道，"有机玻璃，丙烯酸塑料，化学名称聚甲基丙烯酸甲酯，俗称亚克力。"

　　林涯微微眯眼，凶悍而危险地端详着乔乐然，仿佛在说："亚个屁"。

　　那是他的一片龙鳞！

　　……

　　翌日正午，乔乐然在客房醒来，头疼得厉害，可能是宿醉。

　　乔乐然搭拉着脸，无精打采地在狐朋狗友群里找聂飞。

　　再找李文景。

　　乔乐然：傲慢.jpg

　　聂飞："都大中午了，才睡醒？乐？"

　　乔乐然心肌一梗，含糊道："废话。"

　　他苦心经营多年的人设可得立稳。

　　李文景："今儿晚上约重庆火锅，敢吃吗？"

　　乔乐然：那有什么不敢的！

　　那边林涯也起了，双人房，他睡的另一张床。

　　"你是干什么工作的？"昨天晚上林涯这新晋跟班把乔乐然伺候得挺

两小无猜

舒坦，连袜子都给他洗了，乔大少挺满意，开始没话找话。

林涯仍是那四个字："拍过广告。"

乔乐然翻手机："那就算是艺人？我看看你百科。"

林涯迟疑着："……不算。"

"还没签公司？"乔乐然问，问完怕他提要求，忙道，"没有要帮你介绍经纪公司的意思。"

林涯痛快地回答："没签。"

乔乐然不想搭茬儿，可又抹不开面，觉得怎么也得关照一下新晋跟班，自打脸道："那你想签吗？我有哥们儿家挺厉害的，能帮你联系。"

林涯眸中透出三分警惕："不想。"

想引起我注意？我偏不注意！乔乐然淡然转话题："你哪里人啊？"

"……"林涯踟蹰片刻，"山里。"

想必是山旮旯里的贫困地区，乔乐然怕山沟青年自卑，也不细问，客套道："山里挺好……空气好，不像市里，天天吸霾，我都怕得肺癌。"

林涯定定望着他，气质依旧凛冽，透着股煞劲儿，可瞳仁漆黑，黑得纯情，纯情得近乎忠顺，宛如一头凶蛮却认了主的狼。

乔乐然被这目光看得涌起一股说不出的感觉，轻咳道："我对你挺满意的，你以后就跟我混吧。"

林涯眸子微微一亮："好。"

乔乐然扬扬下巴，模样漂亮、矜贵。

林涯喉结微动，攥住小郎君的手："你要下雨我都给你下。"

"那行，我喜欢晴天，甭为我下雨。"他新晋成年人行列，这会儿正成熟着呢，懒得扯淡，只催促道，"加微信留电话。"

林涯重重呼出口气，掏出一个手机。

老款破手机，机身斑驳，眼瞅着盘出包浆了。

乔乐然盯着那手机："……你故意的吧?"

林涯眯眼："怎么?"

"得,我知道了。"乔乐然摆摆手。

自家狗腿子的手机都磋磨这样儿了,不给换个新的,跌的不还是他这个老大的面儿?

交换完联系方式,林涯阴沉着脸,脱浴袍换衣服。

乔乐然这才发现这哥套路起来没完没了。

夜市老头裤衩儿,松垮没型,乔乐然看了想跟他吹,聂飞看了想送二手CK。

衣服裤子抖开一看,也都地摊货,裤线接缝处居然还有线头。

乔乐然道:"今天我没课,带你买买买。"

……

一小时后。

林涯英俊得百年难遇,穿什么都好看,乔乐然逛商场逛得上头,给他买这买那。

林涯没再欲拒还迎不要不要的,乔乐然给买什么都拿着,可一路上都没个笑模样,话也少。

我不是让鬼迷了吧……乔乐然惊恐。

乔乐然瞥一眼林涯,心生疑惑,愁得直搓头顶。

一趟街逛完,头皮都搓薄了,真难。

"你回去收拾收拾。"快出商场时,乔乐然吩咐,"这两天就搬我这边来。"

林涯提着大大小小的购物袋,身上也全换了,连条看似无比普通的纯色长裤都颇具质感,衬得腿更长更直,他阴着脸,狠巴巴地嗯了一声。

……

两小无猜

龙神祠,夜。

除去没吃完的半扇野猪,林涯没多少东西可收拾。上次跟同族进城,对方在夜市地摊给他置办过一些衣物,还买了个旅行箱,他把东西一股脑儿塞进去,合好箱盖,坐在上面发愣。

忽然一只土陶碗闹鬼般掠过门槛,贴地平飞而来。

细看过去,碗底与地面还隔着一巴掌宽,柔弱的植物山精崽崽们在下方合力托着碗,碗中大约是凉茶,褐玉般清亮。

"尊上喝凉茶呀。"

"喝口凉茶败败火气。"

"嘻嘻。"

"你别笑……噗。"

一把尖细的嗓音。

林涯失魂落魄地端起陶碗,抿一口,清苦沁凉,药香扑鼻,饱蕴着灵气。

"这是拔了金银花、菊花、蒲公英、夏枯草、连翘……它们的腿毛泡的降火凉茶,尊上喝得惯吗?"

语毕,山精们吱儿哇四散,散完,却发现林涯只是神色恍惚地枯坐着,竟没发作,仿佛已经遭过了天大的打击,喝口腿毛茶都不算什么了。

山精们叽叽喳喳地议论起来。

"尊上怎么了?"

"听说尊上被小郎君嫌弃了,小郎君以为尊上要巴结他、图他钱,是不是睚眦这名儿不吉利呀?"

"谁叫尊上没粉票票的,尊上要是有小郎君那么多的粉票票,小郎君就知道尊上不图他的粉票票了。"

"听眼儿说,尊上连车马费都是问小郎君要的……连车都坐不起,也难怪。"

"眼儿可真坏，什么都往外讲，我喜欢。"

"咱们合伙弄死头羊，给眼儿弄羊肝羹吃，明目。"

"明目有屁用，反正都已经近视了，不如烤羊腿，给它补补腿。"

也不知是捕捉到哪个关键词，林涯忽然竖起耳朵，朝山精崽崽们望去。

"过来。"林涯阴沉地朝它们勾勾手指。

"呀呀，要打人了。"

"不过来不过来！"

"把小连翘推过去，嘻嘻。"

"推小菊花！"

山精崽崽们窃笑着，都憋着坏把别的山精往林涯脚边推，结果你推我搡的，全被队友黑过去了，一个没落下。

"咳。"林涯清清嗓子，局促地捏着陶碗，脸上却仍凶巴巴的，粗声吩咐道，"去帮我打听……"

见老大有事吩咐，聒噪的山精崽崽们安静下来。

林涯狠狠抹了把脸，脸红脖子粗道："没上过学，怎么赚钱？"迟疑片刻，补充说明："不当明星。"

此前他在圈内遭遇性骚扰，摸手掰断手，摸腿打折腿，幸亏没人摸他脖子，不然估计得脑袋以下截肢，在这短暂的艺人生涯中他只拍过一个广告，还因为得罪人没播成，他在圈外没人认识，在圈内却以暴打大佬闻名遐迩，一天也混不下去。

"抢银行？"某山精道。

林涯瞪它："教唆犯罪？"

他七妹是犰狳，半龙半虎，好讼，平生嫉恶如仇，最恨违法乱纪，当年就是她引荐林涯去拍戏。在人类社会生活的那段时间，他天天被按头

< 31 >

两小无猜

普法,过马路不走斑马线都挨呲儿,还抢银行呢。连赚的那点儿拍广告的钱都让狴犴抽走三成援建希望小学去了。

"那找条金矿挖挖。"

林涯一歪脑袋:"行,你们找。"

"……"

"再想想别的。"林涯吩咐。

方才听那群山精叽叽,他懂了件事。

想让乔乐然信他,他得有钱。

……

林涯仿照凡人搬家的速度,隔天才入住乔乐然的别墅。

房子挺不错的,是那一片儿的楼王。乔万山琢磨着孩子大了,得有点儿私人空间,就给弄了一套,给孩子当十八岁生日礼物。

楼王占地七亩,建筑面积两千平,临湖,在配备喷泉泳池花园这些常规设施之余,还赠个一亩地的湖心岛,配有专属管家,除去需要提供服务的时间段不会到处闪现,足以保障雇主的隐私需求。

林涯是傍晚五点到的,全部家当就一小号旅行箱。

旅行箱盖上残留着多处划痕与坑洼,一副跟主人走南闯北多年的架势,还湿漉漉的,像掉沟里刚捞出来似的。

连个箱子都要套路我,人间没有一点儿真情,乔乐然搓着头顶叹气,叹完气,让人把林涯的行李整理进客卧衣帽间,又屁颠儿屁颠儿地拉上林涯:"走,带你参观我家。"

林涯没住过这种说话带回音的豪宅,愣愣地东张西望。乔乐然嗜好食用水产品,厨房里齐刷刷一排玻璃缸,擦得倍儿干净,水倍儿清亮。这别墅他平时不怎么住,都是带狐朋狗友来玩儿,空运食材不够他嘚瑟,索性每样水产都养几只,肉质无法更新鲜了。

< 32 >

乔乐然探手进鱼缸，捏住一条河豚命运的后颈皮，拎出来拍它肚子："玩儿过河豚吗？一拍就生气。"

河豚游得好好的，突然被人拎出来殴打，气得鼓鼓的。

林涯眉梢一扬，淡淡不悦。

"我也会鼓。"乔乐然冲河豚鼓起腮帮子，河豚也冲乔乐然鼓，寸步不让。

林涯有一半龙族血统，龙属水，能通鱼言。虽然绝大部分水生生物并没有能发展出语言的智能，甚至缺少发声器官，但林涯也能够分辨它们的情绪，解读它们的想法。

乔乐然："哈哈哈哈，看它气的。"

河豚：崽种。

河豚：老子一口气鼓死你。

林涯："……"

区区水族，反了天了！林涯愤然，伸指头替朋友往河豚肚皮上一怼，河豚又鼓一圈，再怼再鼓，又怼又鼓。

林涯瞪圆眼睛。

河豚更鼓，眼瞅着爆炸。

林涯瞪不过它，一时偃旗息鼓，想操刀把它捅漏气，似乎又不妥。

乔乐然："好玩儿吧？"

林涯眼珠一转，阴恻恻道："把它炖了吧。"

"行啊，河豚煲汤可好喝了。"乔乐然把河豚丢给厨房小工，"但是去毒特麻烦，当宵夜吃吧。"

林涯通体舒泰，狠盯河豚一眼。

你死了，崽种。

既然都叫后厨干活儿了，乔乐然也不打算再出去吃了，招呼道："你还有什么想吃的，我叫他们做。"

"这个……这个，这个。"林涯暴君般在水缸前巡视一圈，把念头不够恭敬的水族全挑出来处以极刑。

厨房帮工拎着网和夹子跟着他，指哪捞哪。

林涯一口气点得太多，乔乐然倒不小气，纯粹觉得浪费食物不合适，遂道："我们两个吃，差不多了。"

其实四五个人吃都够够的。

林涯斩钉截铁："还有这只虾。"居然朝他挥钳子，没大没小的。

帮工夹起一只龙虾。

林涯："不是它，另一只。"

帮工丢掉这只，遵照林涯指示，夹起那只明显大一圈的。

林涯："行了。"

这朋友嘴又叼，又爱铺张浪费，连龙虾都得挑最大个儿的吃，可真是祸国妖妃。

"……挑完啦？带你去院儿里看看我家那岛。"秃头小朋友又搓脑门儿了。让林涯祸害得，发际线噌噌往后退。

把未来的工作场地溜达并介绍了一圈，乔乐然叽叽得嘴酸，不算那小岛，占地面积七亩地呢，他赶上导游了。

溜达完，吃完一顿铺张浪费的海鲜大餐，也没别的正经事儿，乔乐然含羞带臊地慢吞吞地往下摸索着，掏出他的大手机，故作轻快道："陪我打会儿游戏啊？"

他打游戏菜，但永不言败。

聂飞特头疼他这劲儿，觉得他要不还是言败吧，太能送了。俩人组队打游戏，画风都是这样的：

聂飞对敌军："你把你闪现给我交了！"

聂飞对乔乐然："……你把你手机给我交了。"

时间久了，平时他一嚷嚷组队打游戏，聂飞他们就纷纷人间蒸发——酒肉朋友，真靠不住，一摊上事儿，全跑了。

"……什么游戏？"林涯也摸出手机，界面空荡得惹人怜爱。

"你平时都玩儿什么？"乔乐然活泼地凑过去看，"吃鸡会吗？陪我吃鸡呗。"

湿软的发梢搔刮着林涯的手臂，他粗声道："我学。"

"现学？你可得了吧。"乔乐然嘟囔着，他就够菜了，再拉个萌新，还吃个什么鸡，"我找个厉害的陪我。"

林涯闻言，神经质地绷直了脊背。

乔乐然点开微信列表，漫无目的地翻找，高手不少，都挺嫌弃他。

难道要花钱雇人陪他吃鸡吗？！他社交也太失败了！

"洗澡吗？"林涯突然问。

"洗。"乔乐然给予正面答复。

乔少爷的浴缸有台阶，长度与宽度都夸张到毫无必要。说是泳池也好，澡堂子也罢，唯独不像自家用的浴室。

林涯跟着迈进去，放水，水势凶猛，没多一会儿就够洗了。林涯阴沉着俊脸，给四仰八叉扬着小脸儿看电影等人伺候的乔少爷搓这搓那，没什么龙族架子，挺亲民的。

乔乐然恃宠而骄，加倍努力地使唤跟班，哼唧道："捏捏脚。"

林涯就蹲水里给他捏。

洗干净了，把人捞出来，擦身吹头，还把串着红线的那片龙鳞给乔乐然套脖子上了道："戴好。"

乔乐然半眯着眼，懒散道："你也信亚克力神教？"

林涯唇角一抽，欲发作，却强压着火，恶声恶气道："信。"

两小无猜

　　那片龙鳞分明是乔乐然一岁时从他头上薅掉的那绺头发化成的，有一定的辟邪作用，挡不了厉害的邪物，但小鱼小虾还是要退避三舍的。

　　都给人薅半秃了，还污蔑人是亚克力，什么破孩子。

　　两人收拾干净，时间也到半夜了，乔乐然被林涯这一波伺候得发飘。正所谓，天晴了，雨停了，他又觉得他行了。他躺回床上，摸出手机点开个直播平台，又随手点进个房间。房间里打扮火辣的主播正在跳舞，乔乐然乐颠颠地看热闹，刚看五秒钟，林涯阴恻恻地贴上来，待看清屏幕，他不可置信地愣怔片刻，一声暴喝："你看谁呢？！"

　　"管着吗你？"乔乐然气得直打赏。

　　"……"林涯恼怒，"不许看。"顿了顿，大清遗老般斥责道："这人大庭广众搔首弄姿、自甘堕落……"

　　"那我看人打游戏行吗？"乔乐然面露愁容，争取娱乐的权利，"主播不露脸。"

　　林涯斟酌半晌，让了挺大步似的微微颔首："行吧。"

　　乔乐然："……"

　　他找了个专门的游戏直播平台，一位技术一流的大神正在直播吃鸡，乔乐然算是他的路人粉，进房间就打赏了一波。

　　林涯旁观着，眉头拧得死紧。他方才就看见这波操作了，不太明白意思。

　　主播礼貌致谢，乔乐然敲字："不客气。"

　　林涯小心发问："他谢的是你？"

　　乔乐然："给他打赏十个流星雨呢，不谢我谢谁。"

　　林涯缓缓咀嚼这四个字："给他打赏？"那语气，跟猜灯谜似的。

　　乔乐然让他逗笑了："你别装了行吗，哥？"

　　就看林涯前两天在会所玩大话骰时那副要几摇几的赌神架势，就不可能不谙世事到连"打赏主播"是什么意思都不知道。

林涯眼珠一转："什么意思？"

"我服了。"这绿色纯天然小伙儿的人设立得可真稳，可以说是为朋友提供至臻服务了。乔乐然不禁肃然起敬，配合林涯的演出："就是说他直播打游戏，我看他打得好，就给他钱。"

"喔。"林涯谨慎地不再问，只目不转睛地盯着屏幕，时而问些游戏里的问题，都是那种萌得不能再萌的游戏萌新才会问的弱智问题。

乔乐然心不在焉地解释着。他那张嘴耐久度太高了，有个话题让他费费嘴也挺好的。两人这么看了半个多小时，主播不慎失误，露了个破绽，让人狙掉小半管血，林涯轻轻嗤笑一声，反问："他厉害？"

乔乐然气乐了："你行你上，我看你玩儿。"

林涯："我行。"

乔乐然苦口婆心道："你下个游戏玩两把，回头再看就知道人家厉害了。云玩家嘴炮一个比一个能耐。"

林涯冷哼，极是不屑，极是傲慢。

半分钟后，一个手机慢吞吞地挪到乔乐然眼皮子底下。

林涯梗着脖子，俊脸微红，粗声道："……帮我下。"

乔乐然："……"

游戏下载完毕，乔乐然又手把手教林涯创建游戏账号，还顺手帮他建了个微博账户。

"识字吗？"乔乐然问。

"不多。"林涯坦言，迎上乔乐然意味深长的目光，莫名臊得慌，低声补充道，"我会查字典。"

之前他那同族教过他认字，可汉字太多，一个个教极费时，那同族

両小无猜

便本着授人以渔的宗旨教他查字典。现在常用汉字他认识不少，基本脱离文盲。

乔乐然哽了一下："我家没字典，你有不会的字儿问我吧。"

"我带了。"林涯从行李箱里摸出一本《新华字典》。这本字典经手过几只和他一样试图融入凡人社会的神兽，陈年书页泛黄发软，一股糟烂的旧书味儿。

乔乐然："……"

连道具做旧都做得如此逼真！

他就没见过这么爱岗敬业的，这大概就是人们常说的干一行爱一行吧。

"我会查。"林涯又强调一遍，随即收起字典。

乔乐然目露敬畏："你可真行，我服了。"

乔乐然摸出一根烟，往嘴里吸了一口，没过肺，直接吐了，好看的脸蛋透出几分沧桑。

"号建完了。"乔乐然把手机递回去，预防性安慰道："你摸索着玩儿吧，这游戏挺难的，心态放平，落地成盒不用觉得受打击，云玩家挨社会毒打特别正常。"

自打《绝地求生》这款游戏爆火，各类吃鸡游戏层出不穷，核心玩法一样，细节却不尽相同。乔乐然给林涯下载的是最近他玩得比较多的一款，也是主播同款，有 PC 版和手机版。这款游戏风格极为硬核，对操作精度要求颇高，物理引擎逼真到近乎实战，弹道轨迹、枪支后坐力、风向偏转……都会被列入计算。因此这款吃鸡游戏更适合大神炫技，对缺乏 FPS 游戏经验的新人不甚友好。

林涯埋头摆弄，乔乐然继续看直播，看了大约十分钟，忽觉气氛不对，一扭头，只见林涯眉头紧蹙、怒目圆睁，大拇指死死摁住操作区域的前进箭头，摁得那指甲盖都不过血了，煞白煞白的。再一看屏幕，林涯操纵的裸体大汉正赤手空拳地狂奔在荒野中，前方 3.5 米处是另一位手无寸铁的裸体大汉，两个角色跑速相同，谁也不停脚，距离锁定在 3.5 米。

裸体，是因为这游戏设定硬核，不买外观的玩家落地就一条裤衩，衣服裤子全靠捡，这两个人身上这么干净，显然是自打落地就没捡过装备。

乔乐然指挥道："别追他了，进屋捡枪。"

林涯神态阴鸷："我落地他打我一拳。"

乔乐然噎了一瞬，正欲开口，忽见屏幕左上角显示"当前存活人数：17"，瞬间迷惑到无以复加："……你追他多长时间了？"

林涯寒声道："十分钟。"

乔乐然定睛一看，对方满血，林涯也有大概 90% 的血量，也就是挨过一拳罢了。

乔乐然迷惑得都不会叭叭了："你俩……再这么跑下去都快吃鸡了。"

林涯重重一点头，半懂不懂道："好，就这么吃。"

乔乐然："……"

好什么啊！会玩吗？！光屁股追人十分钟！

林涯在会所摇骰子那几下给他留下的印象太深刻，他还指望林涯将来出落成电竞大神带他躺赢呢，但就这游戏意识还躺什么赢，躺尸吧。

看来还是得找人进行友情买卖，贴吧骗子太多，不如私信主播。雇人陪他吃吃鸡，他好截图装装逼，省得聂飞他们成天笑话他菜。

他是菜，但他们也不能老说啊！

……

这时，惨遭林涯追击的玩家放弃抵抗，站着不动了，林涯追上去，一拳拳平 A，神色也随之和缓。

乔乐然虚弱地望着屏幕："你这就是睚眦必报的真实写照吧。"

两小无猜

这话也不知道戳中林涯哪根神经，只见屏幕里的裸体大汉身形一滞，林涯含羞带臊地抛出一个莫名其妙的问题："……你喜欢睚眦吗？"

"我喜欢它干什么？"乔乐然迷惑道，"除了小心眼儿没别的特色，貔貅多好，招财进宝……"

话音未落，林涯那张帅脸又拉成大碗宽面了。

"那我喜欢。"愁得秃头的小朋友违心哄着，"特别喜欢。"

"晚了。"林涯冷冷道。

乔乐然："……"

好不容易露出副好脸儿，还没露满一小时呢，又瞎闹！不就仗着脸长得帅吗？真是恃脸怙宠，飞脸跋扈。

乔乐然本来想怼回去，看看脸，实在太英俊了，看没一会儿就硬气不起来了。

这是找借口发脾气，好让他送礼物哄他呢，可真艰难，乔乐然想，调暗灯光钻进被窝，愁容满面地睡过去。

……

林涯气得睡不着，满脑子都是那句"除了小心眼儿没别的特色，貔貅多好，招财进宝"，他一边暗地发脾气一边摸索着吃鸡，瞳色乌沉，蕴着怒火。一局顺利吃鸡后，他暴躁地打开微信，找到一个叫周步初的好友。

周步初是周不出的谐音，此人只进不出，是头貔貅。生理因素使然，这位周先生为人极度吝啬，占小便宜占到丧心病狂的地步，常被人咒骂为"生孩子没XX"，周先生对这些咒骂的回应是"无妨，我自己也没XX"。

林涯：拉黑。

周步初：？

——对方已不是你的好友。

周步初：也没找你蹭饭啊！

——对方已不是你的好友。

林涯出了口恶气，神色稍霁，正要接着吃鸡，忽然听见门口传来细声细气的呼喊："尊上——尊上——"

林涯走过去一看，卧室门与地板间那条不到一厘米的窄缝里塞着个东西，白白扁扁，饺子皮一样，正拼命通过门缝往里挤……竟是一颗被压扁的眼珠。

"尊上帮把手，"千里眼龇牙咧嘴，"眼压都给我挤高了。"

林涯啵的一声把千里眼薅进来，黑着脸问："干什么？"

"哎呀，差点儿没压成青光眼。"千里眼片用小手把自己搓圆，慢慢鼓成千里眼球，"我这不是想找个地方听墙角吗，结果不小心找到只千年老壁嬲，幸亏我没有鼻子耳朵。小郎君可真是招妖怪惦记，那老东西估计是附近哪座山上的庙里修出来的，闻着有股檀香味，尊上那片鳞未必镇得住它，我就想赶紧来跟尊上说一声……"

壁嬲是墙缝石罅中经年不见光的阴影孕育出的妖物，寺庙清修之地灵气丰沛，因此多见。

壁嬲没有血肉，形状千变万化，能在阴影中自如游动，尤喜入夜后顺人耳孔或鼻孔钻进体内，寄生在不见光的五脏六腑间吸食精气，让凡人无知无觉地衰弱致死。

林涯猛地扭头，乔乐然正在酣睡，薄被的一角垂向地面，织物柔软的褶皱中隐隐有阴嬲涌动。

林涯化作原形，银练般滑出浴袍领口。眨眼工夫他已跃至床边，一爪将乔乐然连人带床虚握在掌中，潜伏在褶皱中的壁嬲被这一爪烫出几个洞，破布般逃进地板缝，不见了。

林涯跨到床上，四爪撑地，弓着背把乔乐然笼在身下，东嗅嗅西嗅

两小无猜

嗅，像头护食的恶狼。

"甭闻了，跑没影了。"千里眼叭嗒叭嗒跑过来，贪馋地盯着乔乐然，"尊上以后可得多加几分警惕，小郎君十八岁生日一过完，好像更招妖吃了。"

林涯把鼻尖凑到乔乐然近处，闻了闻。

龙族自降生起就处于修炼一途的顶端，对灵气丰沛的血肉不起觊觎之心，感应也不敏锐。可随着乔乐然长大成人，他体内属于"仙"的那部分也渐趋成熟。简而言之，就是正在从风味小吃往饕餮盛宴转变，更惹妖物垂涎，也更容易招来比以往更强悍的妖物。那老神棍说他十八岁这年是凶年，也不算全错，如果没人护着，他往后年年都是凶年。

连千年壁翳都招来了……林涯焦灼不已，左右环视。

真能招蜂引蝶！

之前每逢乔乐然上山祭拜，林涯都会度些龙息给他，道行浅的妖物和没实体的鬼魂远远闻到就吓跑了，年头长的大妖却未必买账。因此林涯这些年一直不定期去乔乐然常活动的区域巡视，逮到有食人习性的大妖就直接宰了，乔乐然才一直没出事。

壁翳这种妖物战力不强，可擅于隐蔽，极为狡诈，一个不留神可能就会从哪条不起眼的缝隙里钻出来。林涯用修长的龙尾将乔乐然的床缠住，龙腹贴着乔乐然的上半身，虚压着他。

乔乐然被压出声："吭叽。"

警戒工作做完，林涯仍旧不放心，用龙吻贴着乔乐然的头焦躁地呼喘片刻，蓦地张开大嘴，吭哧一口把乔乐然的脑袋叼在嘴里。

这样绝对安全。

乔乐然难受得直扭，眼看就要醒。

千里眼："尊上听说过哈士奇吗?"

林涯噗地把脑袋吐出来："什么意思？"

千里眼贼眉鼠眼道："夸您的，好话。"

"我不睡了。"林涯孵蛋似的，把床和乔乐然虚压在肚子下面。

"尊上该干嘛干嘛，我帮您看着。"千里眼蹲在床头柜上，小胳膊搭着小膝盖，"我反正睡不睡也得睁着，有个风吹草动就能看见。"

林涯一想也是，又没修炼出眼皮，可不得整宿整宿睁着吗。

"哎呀，小郎君这儿有好东西。"千里眼站一会儿岗就开始溜号，从床头柜里翻出一支人工泪液，旋开盖往身上挤，抹身体乳似的，"都怪手机太好玩儿，这年头半仙也得干眼症……"用小手拍拍巩膜，再拍拍角膜，加速吸收，锁水保湿。

"你好好看着。"林涯瞪它，一把抢过人工泪液。

……

翌日，乔乐然起床，甩甩脑袋，感觉昨晚才洗过的头发有点儿打绺，还黏了吧唧的。

出油这么严重，乔乐然叹气，迟早脂溢性脱发，他爸也不说给他遗传点儿好东西，除了矮就是秃，幸亏他五官全随他妈。

周二一天课，三节专业一节思修，晚上还有一节选修。乔乐然睡觉死，清晨那几条来自各路痴情追求者的"早安"微信和一条"乐乐，早餐给你放教室了"微信都没把他弄醒，一睁眼睛就八点了。

乔乐然从床上弹起来，急三火四地洗头刷牙换衣服，林涯全程尾随，面色不善。乔乐然忙着收拾没留意，头发都没吹干就叫司机送自己去学校，直到冲进教室答完那声"到"，才后知后觉地发现和他前后脚进教室还挨着他坐下的人是林涯。

一教室的女生都在朝这边张望，窃窃私语，乔乐然被看得挺燥，低声叭叭："你怎么跟来了？现在不是跟班的上班时间。"

林涯惦记着那只千年壁鼍，解释不了，索性不吭声。

乔乐然：“……"

大学不比高中，同学间关系亲密的少，一般都挺疏离客气的，但乔乐然他们系例外，乔乐然就是那连接全系师生的坚固纽带，他那张嘴都能把五十六个民族团结成一家，何况区区三个班的同学。刚入学那段时期有不少对他有想法的女生，这倒也是人之常情，性格开朗好说话、美少年、富二代、亲民、学习好、不怎么矮……这简直太可以了。

乔乐然不打算谈恋爱，为了不祸害到女孩子们，苦口婆心劝她们赶紧换个人爱。时间久了，女孩子们知道追不动，也就不追了，况且乔乐然这性格当老公还真不太像话，当个哥们儿互相逗贫还不错……总而言之，乔乐然就是系宠，和同学们的关系特别亲密融洽，但其他学院不明真相的同学仍然前仆后继地被乔乐然的皮囊迷惑双眼。

有个叫张玥的女生和乔乐然关系挺好，此时忠诚地履行信使任务，回手戳戳乔乐然膝盖，从桌下递去俩袋："那谁让我给你。"

那谁是乔乐然在法学院的追求者之一。

乔乐然一接，一袋是豆浆包子手抓饼，一袋是咖啡汉堡苹果派，送得还挺全面。

“我不饿。”家里早餐很丰盛，乔乐然急着上课就没吃，眼下被这波中西合璧馋得几乎嗝屁。但吃人的嘴短，他不想和人家谈恋爱，就不能吃人家的苹果派。

他把袋子往桌膛里胡乱一塞，阻隔住香味儿，琢磨是把追求者拉黑还是装死不吱声。五秒钟后，他很没骨气地决定把早餐钱给追求者打过去，完事他好吃一口。就在这时，林涯冷不丁冒出一句“谁送的”，语气阴沉得就好像那汉堡里夹的不是肉饼和奶酪，而是他和那位追求者妨碍风化的床照。

乔乐然本来特坦荡，硬是被这语气弄心虚了，磕巴了一下："就……法学院的一位同学，不熟。"

"呵呵，别以为我不知道。"林涯冷笑，一把掏出那两袋早餐，恶狠狠地瞪着乔乐然，三口并两口吃个精光，灌饼味儿还贼香！

乔乐然又馋又气，为了分散注意力，猛做课堂笔记。

……

四十分钟上半节课完毕，中场休息，罪魁祸首张玥终于忍不住了，扭头八卦道："乐乐，这位是你朋友吗？"

乔乐然含糊道："我员工。"

张玥一笑，摆明了不信："员工？你爸公司的？怎么陪你上课来了呢？"

这边，张玥隔一会儿就坐到乔乐然旁边，扯着他八卦几句，再坐回去给姐妹们打字直播；那边，他们系的文艺部部员也没闲着，见缝插针地磨乔乐然出节目——一个月后校庆，他们系硬是揪不出一个有文娱特长的，索性练个集体舞。

"我没跳过舞，怕手脚不协调。"乔乐然蠢蠢欲动，却又怕丢人。

部员亮出手机备忘录，"你看看咱系参演名单，哪个像是手脚协调的样子？"

"也是，"乔乐然一看名单，"这节目就图个激情洋溢，迸发个青春之气。"

"可不，"部员怂恿，"来呗，你长得多青春哪。"

"行！"乔乐然动心了，"到时候我们乌泱乌泱一帮人上去跳，观众想挑个毛病都不知道先挑谁好。"

部员乐了："就这么定了，你领舞，把观众的注意力牢牢固定在你的脸上。"

乔乐然："啊？！"

两小无猜

"大丈夫一言既出，驷马难追，不带反悔的啊——"部员得到承诺，撒腿就跑。

"我不是大丈夫！我不大，我长得矮！"乔乐然不服。

部员走了，又有同学轮番占领乔乐然身边的座位，找他扯淡、约他出去玩、问他抄作业……人缘好、接地气，日常就是这么热闹。

有人一屁股坐乔乐然旁边。

"乐乐，周五选修课那作业你写了吗？"

"这儿呢，你参考吧，别抄得跟我一模一样，刘教授挨篇看呢。期末别再一起挂科了。"

"乐乐牛！乐乐学霸！"

"这才哪到哪，山外有青山，楼外有青楼。"

"乐乐谦虚！乐乐上进！"

"那是！"

"乐乐晚上上哪浪去？唱歌去不去？"

"乐乐你又偷我蚂蚁森林能量。"

"乐乐……"

乔乐然左边座位坐着林涯，右边空着，再右边就是过道。同学们来来往往找他扯淡，一个屁股抬起来，另一个屁股就赶忙坐下去，利用率高得堪比晚高峰的地铁座位。

"就没人带我吃鸡、陪我王者吗？说好的课间快乐十分钟呢？"乔乐然拍桌。

右边那位子瞬间变得门可罗雀。

就连片刻前讨作业抄的同学都满脸拒绝，忘恩负义。

乔乐然怨愤："平时一个个的跟我乐乐长，乐乐短，乐乐不长也不短，一到玩游戏就没声儿了！"

无人回应，惨到家了。

林涯可算逮着机会，凑上去攥一攥他手腕，低声道："我陪你玩……"

乔乐然："你可得了吧。"

林涯咯噔一声就把脸拉下去了。

乔乐然见状，心里升起一丝内疚。

平时动不动就林涯长，林涯不短，林涯长长长长长，一到玩游戏就嫌弃上了。

他和他刚才控诉的那帮人又有什么区别呢？

"得了，你回家陪我玩。家里设备好，能稍微挽救一下……"乔乐然自言自语劝自己，"游戏就是玩个快乐，输赢不用太挂心。"

……

一天课上完，两人回家就直奔游戏室去了。乔乐然的游戏室宽敞无比，设备齐全，各式主机显示器以及一众外设在屋里玩排排乐，哪哪都是科技的产物，宛如宇宙飞船驾驶舱。

"耳机推荐你用这款，它有房间效果模拟功能，"乔乐然盘腿坐在地上摆弄耳机，"空间感特强，听声辨位，吃鸡必备。"

新鲜东西，林涯谨慎地观察着。

乔乐然唏嘘："或许能让你在残酷的竞争中苟活几秒，不会输得过于难看，顶多也就较为难看。"

林涯凶恶地瞪他一眼。

昨晚乔乐然看他打完那局就满怀绝望地睡过去了，他倒是又研究了一会儿。他的动态视力、手速、操作精度、神经反射速度、辨听能力等等都远超凡人，摸索清规则后把把吃鸡。

跟摇骰子一样简单，不知道有什么玩头儿，凡人挺逗的，看人玩这个还给钱，他布雨都没人给钱。

两小无猜

"你技术天菜，但长得天秀。"乔乐然调试着设备，没话找话给嘴费费耐久，"要当主播去，倒是能以脸服人……"

林涯眸子一亮："我能当吗？"

"主播又没门槛，谁都能当，就是得有人愿意看。"乔乐然瞥他一眼，"你想当啊？"

林涯不假思索："想。"

"那行。"乔乐然一口应承下来。

狗腿子跟大佬混一场，乔乐然总得帮人逐点儿梦啥的。

林涯这种靠脸吃饭的，一旦开始发福秃头，职业生涯也就宣告终结，确实得培养副业，多攒些积蓄养老。乔乐然就一小孩儿，没资源捧不动明星，但捧主播想必不在话下。凭林涯这模样估计也用不着怎么专业化的运作，就是杵镜头前面发呆都能导致各地鸡笼脱销，有曝光就赢一半了，他就给砸钱刷榜抢推荐位呗。

"你打算播什么？"乔乐然本来也是个听风就是雨的，这就开始琢磨细节了。他犹豫片刻，学着林涯的保守画风，大清遗少般嘟嘟囔囔地给林涯定调子，"你不许走软色情主播路线啊……跟人露胸肌露腹肌的。"

"我不露。"

"你就直播打游戏，人家技术流，你英俊流。"他叉腰环顾一圈，"场地设备随便用，你多玩玩熟悉一下操作，我帮你实名认证，申请直播间。"

调试完设备，一人一台电脑，肩并肩登陆游戏。

"我们跳码头吧，"乔乐然瞎指挥，"别看它穷，跳它的人少，我们在码头潜伏，打不过就跳海，是躲是逃我们说了算，掌握主动权。"满口菜鸟发言，措辞却挺嚣张。

"工厂。"林涯言简意赅。

乔乐然恹恹道："我才不去，都跳工厂，他们找枪我找死……你这就跳了! 完了完了进来人了, 你死了!"

林涯火速摸枪上膛, 手腕猛地一甩, 打出一梭子子弹, 动作毫无间隙, 乔乐然连准星都没瞄见, 对面已经躺了。

乔乐然震惊到无法叭叭: "……"

工厂门外, 那人的队友见势不妙, 拔腿就跑, 林涯把枪口探出窗外, 准星稳稳咬住呈蛇形移动的队友, 左、右、左, 三枪响罢, 队友暴毙。

"过来。" 林涯道, 搜刮枪械、配件与急救包。

"哥! 我来了哥!" 乔乐然抄着平底锅从码头装卸车后冲出来, 五秒钟后不知从哪儿挨了一枪, 又疯子般冲回去, "要不你过来吧, 哥! 有人打我。"

林涯目光凌厉得几乎能把乔乐然的屏幕瞪穿, 寒声道: "好。"

乔乐然蜷缩在装卸车后, 平静三秒钟, 回过味儿来: "哎, 我发现你这人是不是特爱扮猪吃老虎啊……"

林涯远远狙死一个, 接手对方的摩托驶向码头, 不解道: "什么意思?"

"那天玩骰子你一开始也说你不会, 然后玩特溜。" 乔乐然幽幽道, "昨天玩游戏你也像没玩过似的, 结果明显高玩啊, 就这手甩狙, 练过几百遍了吧?"

林涯坦诚道: "现学的。"

"喊。" 乔乐然半个字儿都不信, "我懂, 你故意制造反差, 通过欲扬先抑的手法为剧情的转折烘托出更有戏剧性的效果, 好逗我开心……"

前面一堆屁话听不懂, 林涯自动过滤, 舔舔嘴唇, 用余光瞟乔乐然一眼, 线条冷硬的五官隐然透出几分得意: "……你开心吗?"

"啊, 还行。" 乔乐然搔搔面颊, 貌似漫不经心, "就是比较惊喜吧。"

岂止开心, 他被林涯帅惨了。

动作帅, 侧脸帅, 杀气腾腾的眼神更帅。

两小无猜

他没脸说，就方才林涯甩狙爆头那一手，那颗子弹像打他心脏上了似的。他差点儿都想给林涯跪下了，幸亏他及时悬崖勒马。

也就是我，挺理智的，换别人早就得给林涯当狗腿子了，乔乐然想。

他们男孩子就是这样的，谁打游戏牛就崇拜谁。

"你拿。"林涯操纵重型摩托停在乔乐然面前，往地上丢一堆绷带急救包，又把大狙撤下来扔他脚边。

这把大狙外形嚣张，林涯直觉乔乐然会喜欢。

乔乐然面露喜色，冷静一秒，嘟囔道："我用狙不厉害。"

林涯用纵容的口吻道："没关系。"

"行，"乔乐然瞬间挺直腰杆，"反正我用别的也不厉害。"

林涯："……"

这把两人顺利吃鸡。

林涯负责冲锋陷阵，乔乐然全程扛着大狙尾随，像个与扒蒜小妹同等地位的陀枪小弟，枪没多少机会开，拍马屁、喊"牛哇"倒是没断过，一局下来说得口干。

"你渴不渴？我家有啤酒、饮料、矿泉水，你喝什么？"他起身去拿喝的，走两步，扶一把桌子。

这腿，自打半小时前就没硬过。

游戏室里有个专门放冷饮的小冰箱，乔乐然蹲下，翻翻捡捡，哔哔叽叽："姜味儿的碳酸饮料你喝过吗？算了，太魔鬼了，要不你喝可乐吧，可乐 plus，吸脂的……"

吃饱喝足两人接着播，一直播到半夜。翌日清晨，林涯又缠乔乐然，要跟去上课。大学上课有校外人士旁听挺正常，乔乐然不仅没拦着，还给带俩充电宝，让林涯上课静音练练王者，省得没事儿干。林涯把游戏打得那么好，这样下去他从颜狗兽进化舔狗兽可怎么得了？

< 50 >

上课都上得忧心忡忡，全系第一都不稳了。

下午马哲，乔乐然正昏昏欲睡，微信忽然传来几声提示。一看，聂飞发来一溜模特照片，像个爸爸桑。

乔乐然再一看，图片上还有聂飞用美图秀秀在角落里编的号，从1到9。

聂飞：怎么样，有想法没？

乔乐然蔫蔫的，丝毫提不起兴致，不仅提不起，甚至还隐隐泛起负罪感。他点开一张衣着暴露的模特照片端详起来，准备为这人写首诗——打油诗，充满人身攻击那种。

然而，他还没来得及看清楚，耳畔便猝然炸起一声怒吼："你看什么呢？！"

乔乐然吓得差点儿把桌子吃了！

马哲课全学院一起上，教室极大，教授讲课得拿麦，乔乐然坐的还是最后一排。饶是如此，这声怒吼也顺利传进了教授耳中。老头儿把人中一抻，鼻梁一塌，老花镜滑落一截，远远眺望过去。

"你别喊。"乔乐然把脸埋进书里装死，知道内情的同系学生们纷纷窃笑起来。

林涯回过神儿来，不再出声，薄唇紧抿，脸绷得骇人，眼白尽是血丝。隔了几秒，教授扶正老花镜，学生们也挪开视线，林涯将音量压得极低，再次质问："你看什么呢？"

乔乐然埋在书里不抬头，手机锁屏，连手一起藏在桌膛里，他怎么忘了他身边还有一位大清遗老呢？

林涯去拽他手，他急忙躲开。林涯更怒，拎着他后脖领把他的脸从书上连根拔起。乔乐然臊眉耷眼地不看人，从脑门儿到锁骨都成了粉红色，但羞耻之余也挺来气——他的人在公共场所大声喧哗，素质不高，

两小无猜

简直给他丢人！

"公共场所不能大声喧哗——"乔乐然用气声抗议。

他们富家子弟，大多数都挺有素质，真的受不了这种丢人现眼。

"……喔。"林涯愤怒急转弯，愣怔几秒，又转回来了，用气声低喝道，"你看谁呢？！"

"管着吗你？"乔乐然吸吸鼻子，略一琢磨，又多一层怨愤——他本来想写打油诗编排那模特气气聂飞来着，没想跟那模特怎么着，他多纯良一孩子啊，却被林涯冤枉了！

林涯还扯他后脖领！还不松手！他后脖领眼瞅都跟他头顶一边高了！

乔乐然少爷脾气上来了，不解释，不顾命运的后脖领仍旧攥在林涯手里，小倔驴似的一梗脖子，小声道："你还松不松手了？"

林涯面色铁青，用空出来的那只手恨恨地隔空一杵乔乐然的鼻尖，用口型道："你等着。"

"好，我等就等！"乔乐然回敬。

林涯走出教室。

乔乐然板着脸蛋翻手机，气得直写打油诗。《吃藕》其一到其九，一气呵成，把聂飞看得一愣一愣的。

聂飞：……几天不见叽叽功力见涨啊。

当然见涨，乔乐然瞥一眼身旁空空如也的座位，叹一口气。

这就叫文章憎命达。

……

一天课上完，文艺部着手组织排练。说是排练其实还没正式开始，就是几个部员和积极分子凑一堆，研究照搬哪个男团的编舞以及上网挑演出服。乔乐然跟着瞎凑热闹，心里却空落落的。林涯忽然消失三小时，连条微信都没发，也不知道是要干什么。

是不是要套麻袋打我啊……乔乐然快快不乐。

真打他，他说什么都得和林涯断交。

他正胡思乱想着，林涯终于有动静了，在微信上发来一个定位。

乔乐然一看，一家洗浴中心。

紧接着，林涯发来一条语音，没内容，就两声冷笑。

乔乐然：……

敢情去嫖了？！可真够当机立断的！

乔乐然抿了抿嘴唇，心尖儿拔凉拔凉的。昨天这个时候还一起欢乐吃鸡，二十四小时不到就成这样了。乔乐然越想越来气，噌地跳起来，边往校门口走边叫车。这事儿必须掰扯明白——什么玩意儿，看他年纪小、脾气好就可劲儿气他？！

一小时后，乔乐然杵在更衣室里，意识到此事并不简单。

这洗浴中心，跟他幻想中的洗浴中心……不太一样！

饱经风霜的四字霓虹招牌半明半暗，勾勒出灰头土脸的"大众洗浴"四字，来往大爷泡得红光满面皱皱巴巴，迎宾大妈中气十足吼声如雷。

"你们这……"乔乐然弱弱地问迎宾大妈，"除了泡澡，还有别的服务吗？"

"三十块钱池子、桑拿加搓澡！月票一百八最多洗十次，统共就这几项服务，咋的你还想要啥服务啊？"大妈斜睨着乔乐然。

乔乐然哆哆嗦嗦地拿好挨搓的号码牌，进更衣室，鹌鹑似的左探头、右探头，一屋子尽是目测年龄五十往上的中老年男性，人手一个保温杯和一个肚腩。乔乐然没杯子也没肚子，还往腰上围浴巾，显得极不合群。

这时，跟他一样不合群的那位从浴池区出来了。

阴沉的脸，挑衅的眼神，大仇得报的快意……

乔乐然迎上去，挺委屈地问："你来这儿干什么啊？"

"你看别人不穿衣服，我也看。"林涯冷冷说道，极为睚眦必报。

乔乐然噎了好一会儿，不可置信地憋出一句："……你就来澡堂子看大爷啊？别说我了，大清律都不管你这事儿！"

这脾气耍得也忒惨了！

乔乐然对来澡堂子看大爷的耍脾气手法感到极度迷惑，满腹愤懑一扫而空，令他手足无措，一时无事可做，甚至有点儿想进去搓个澡。

乔乐然扯扯围在腰上的浴巾，争执后莫名和好，他有点儿不自在："……那我跟你扯平了？"

林涯冷冷睨他，从储物柜里翻出衣服拍过去，喝令道："穿上！"

乔乐然连个澡都没泡上就把衣服穿回去了，整个人一头雾水：我是谁？我在哪儿？我干什么来了？

回程路上，他不时偷瞄林涯，起初淡淡敬畏，觉得此人脑部构造绝对异于常人，过一会儿，又用缜密的思维生生把这事儿捋顺了。

他其实就是想搓澡，乔乐然幽幽想。

林涯出身寒微，消费不高，上澡堂子搓搓，搁他估计就算 SPA 水疗舒缓身心，挺好理解。至于故意给他发定位，还说什么故意来看大爷，都纯属扯淡，梗着脖子嘴硬呢。林涯发飙无非就是气他惦记换人，可又不敢对他动真格的，最终呈现出的就是眼下雷声大雨点小的局面。

合理。

可至于气成这样吗？乔乐然不傻，至少不极其傻，林涯这波暴怒实在不像演的。况且作到即止，往死里作往得不偿失。林涯精明如斯，不会不懂，那估计是真的有情绪了。

乔乐然换位思考，代入自身，想起他六岁那年他爸妈是如何计划要二胎的……一个道理啊。

林涯脊背蓦地一凉，一扭头，发现乔乐然周身辉映着慈爱的弧光。

林涯："……"

"别人给我发的，不是我要看。"乔乐然用小指头勾他衣袖，没说几个字，口吻便从亲昵的油滑一路跌入谷底，变回委屈巴拉的嘟囔，"但你以后少冲我喊，少跟我动手拽我衣领子，还有少这么故意报复我……"

林涯蹙眉，微露困惑，却仍硬邦邦道："……喔。"

一场风波就这样跨频化解了。

……

申请主播步骤简单，审核流程走完，三天不到，直播间到手。首播当晚，乔乐然翘了系里的编舞讨论会，兴致高昂地回家给林涯做直播准备工作。

他嘴上说不炒不炒、顺其自然，可排面也不能差，砸礼物冲榜刷弹幕冲人气的水军他全都安排好了，几个小分队各司其职，都是专业人士。他调试完硬件调试软件，调试完软件调试林涯。他给林涯挑了套休闲而不失格调的衣服，还往林涯头上抹了点儿发胶，给他抓了几下头发。

发胶黏黏腻腻地糊着头发，林涯极不适应，加上化学芳香剂的味道对半狼而言香得刺鼻，他焦躁得像条戴伊丽莎白圈的狗子，先是一抓头，在被乔乐然勒令不许抓头之后就一直企图用主机机箱蹭脑袋，用键盘鼠标垫蹭脑袋，用乔乐然的前胸蹭脑袋……

"得了得了，你洗掉吧。"乔乐然按住杵在他怀里的脑袋。

林涯得令，跑得像条接飞盘的狗子。

晚上八点，直播开始。林涯没遭遇过这阵仗，想着要被一帮凡人围观，他心里挺不自在，只顾闷头吃鸡，英俊的脸绷得像口棺材。在水军加持下直播间一开始人气就不难看，弹幕滚动得相当热闹。直播平台的水说深也深，可归根结底是用钱说话。除平台曝光率最高的三大顶级人工推荐位之外，最显眼的就是当周人气之星榜与当周能量之星榜。人气榜统计的

两小无猜

是本周直播间在线观看人数排名，能量榜统计的则是本周直播间礼物数量排名。

开播二十分钟后，林涯的直播间摸上了能量榜的尾巴，且以坐火箭的速度不断向上攀升。

曝光的效果立竿见影，规模可观的水军大部队中渐渐掺进了真人，可林涯仍旧不吭声，顶多在被乔乐然掐大腿时僵硬地瞪一眼摄像头。

——WOC 这个眼神 A 爆！

——呜呜呜这是哪里来的神仙小哥哥，小哥哥看镜头！！！

——这一眼我可以了。

——小哥哥为什么不说话吖？

——电子竞技，没有声带。

乔乐然见势不妙，直接入镜又不合适，趁着一局结束忙戳林涯双排，一组进队就迫不及待地开队内语音叭叭上了。

"大家好，欢迎大家来到我室友的直播间。"

"大家好，我室友是新人主播 XXX……"

"大家好……"

——哈哈哈哈哈，有病？

——？这位室友？？？

——XSWL，主播自带解说哈哈哈哈哈！

——室友小哥哥声音好软萌 WWW

——WOOOOOOC 这对 CP 我磕了！

林涯拉着一张英俊的性冷淡脸，一梭子突突死一个。

"这位小哥哥比较内向腼腆，不太会说话，面对镜头有一点点自闭，但他可以表演一个就地击毙。"乔乐然激情解说，在桌子下用膝盖猛撞林涯膝盖，"小哥哥，和大家打个招呼吧。"

林涯一手精准利落的甩狙，开局连收人头。在瞬间沸腾滚动的尖叫刷屏中，他默不作声地换了把枪，自带桀骜气息的黑眼珠蓦地向左一转，似乎不耐烦地剜了谁一眼，薄唇抿成一线。

就在直播间观众们以为他们恐怕要在室友的全程解说下看完直播时，那英俊却暴戾的男主播忽然抬了抬下巴，低声道："大家好。"

林涯声线低沉，磁性撩人，口吻却冷漠，像是真自闭，纯为纵着他才开的口。

当代小姑娘最受不了这种，嚎得快把直播间掀翻，弹幕当即又炸一轮。乔乐然撩一眼弹幕，心跳得都突突了，腹还努力诽着：姓林的心机深沉，又采用欲扬先抑的手法，可惜这小小的伎俩已完全被他看穿……

忽然，有极微弱的脚步声从一楼传来，林涯正在二楼搜刮医疗用品，想起乔乐然没跟过来，扭头正欲提醒，却见乔乐然无意识地来回拨弄鼠标滚轮，瞄着弹幕傻笑。

林涯："有……"人。

话音未落，乔乐然一头栽倒。

林涯爆粗，扭头狂奔。

乔乐然一激灵，三魂归位，条件反射式求饶："别补我，求求了。"

击倒乔乐然的玩家端枪瞄准他，开麦，逗弄道："唱歌不杀。"是个男的，嗓音还算好听，把林涯气得不轻。

林涯飞身下楼，恶声恶气道："你敢。"

弹幕疯狂起哄，刷过满屏"你敢"。

然而枪口之下乔乐然毫无节操，语速堪比加特林，突突突，突突突："太阳当空照，花儿对我笑，小哥哥，行行好，放下屠刀立地成佛了……"

他歌还没唱完，小哥哥嘎嘣凉了，林涯端枪踩在小哥哥的骨灰盒上，目露凶光责难道："你给他唱歌？"

両小无猜

"绝地求生那么难，让我的心这么寒！"乔乐然鹌鹑缩，"事急从权嘛。"

林涯面若冰霜，竖起食指："一次。"

"什么一次？"乔乐然懵着。

林涯似是顾忌直播，不吭声了。他虽不吭声，弹幕却一个赛一个懂，自顾自开启同人文接龙。

网上消息快，观众们呼朋引伴——英俊黑脸技术流主播，疑似rapper软萌小少年室友，双人直播不要太好磕，直播间人气唰唰地涨。

少数直男冷眼看技术，甚至想把乔乐然嘴链拉上，呈压倒性比例的妹子们则起哄、接梗、嗑糖、尖叫不亦乐乎，乔乐然都够能叭叭了，她们还直往更能叭叭里逗他。

氛围如此宽松，林涯绷得也没那么紧了，逐渐恢复到正常打游戏的说话频率，平均一分钟一两句，言简意赅，不说废话。

乔乐然起初纯是救场，怕林涯沉默到下播才开腔的。原计划中他是幕后老板，若隐若现那种，大佬！老总！奈何观众太捧，他这一开嘴堪比相声演员开腔，收不住了。林涯好枪、好甲、大急救包把他喂得肥肥的，挡在他前面沉默杀人，他屁颠屁颠做一手解说，没干货可说就瞎吹，给林涯吹彩虹屁。

"百因必有果，我室友的短板就是我。"

"我室友还剩十七发子弹一个我，对面死定了。"

"室友 nice！室友天秀！"

林涯："……"

一局结束，乔乐然又乐颠颠地吃鸡了，他一时兴奋忘形，抬手就去揉林涯的头发，热切道："太秀了兄弟！天秀！"

于是观众们就眼睁睁看着那位人狠没话的帅哥秒摘耳机，把脑袋循着乔乐然的手偏转一个角度，满脸凶巴巴地给摸。

——室友手好白！我仿佛一个变态。

——求室友弟弟露脸！

——凶巴巴地乖乖被摸头是要干吗啦！！！你被驯服了吗？呜呜呜！好萌！

就这样，林涯首次直播完美收场，微博粉丝数暴涨，观众里有几个小土豪，砸的礼物基本与乔乐然砸下去的零头持平，算是林涯主播之路上的第一桶金。

确认直播已关，乔乐然瘫在转椅上使劲儿伸了个懒腰，疲惫中透着兴奋，小鸟般叽喳道："其实播这个也挺累的，不找话就冷场，一冷场怪尴尬的……"

他正说着，上方蓦地罩下一片阴影。

林涯摁住他转椅两侧扶手，双臂不动声色地封住他逃跑的路线，阴沉道："你给别人唱歌。"

"那我也给你唱。"乔乐然缩一缩，下意识地减少体积。

"不听。"林涯冷冷道。

结果老大放下身段哄跟班哄了半天才给哄好。

这大佬当得，太没脾气了！当晚乔乐然气得失眠了十多分钟！

……

傍晚，雨势滂沱。

这么暴的雨和这么狂的风，打伞也就能起点儿安慰作用。乔乐然在图书馆的玻璃大门后套上雨衣，把帽子两边拉绳一拽，帽边皱缩着勒紧，箍出一片小圆脸。

"演出服邮到了。我先去活动室试试衣服，试完跟学长他们练会儿舞，练完带你吃饭。"乔乐然抬手把林涯雨帽的拉绳也抽紧，箍出一片英俊桀骜的小圆脸，"领舞任务挺艰巨的，我还是多练练，不能光指望帅。"

两小无猜

"喔。"林涯烦躁地把帽子拉绳扯松。

拉紧实在太傻了。

"灌风！再感冒了！"乔乐然不容抗拒地再次给他拉紧。

林涯磨磨牙，仰头瞪天，想把雨停了。

奈何此时在众人头顶上布雨的是青龙，京城乃紫气盘桓之地，向来由龙族最年长者镇守，区区千岁的小龙崽子不得插手。青龙那糟老头儿懒得很，打算在三天之内布满六月中上旬的雨量好摸鱼到下旬。纵是瞪眦也不敢停他亲爹的雨，飞到云上瞄一眼，又气哼哼地甩甩龙尾巴飞下来。

两片小圆脸一起走出图书馆，乔乐然仗着长筒雨靴护体逮着水坑就蹚，林涯则跟在他一步远后，警戒地四下张望。

生辰八字与黄历结合演算能卜凶吉，林涯算不明白，却会用天眼看。今天乔乐然的肩头火烧得不旺，白中透青，易遭妖邪侵染。半仙的香味儿压不住，漏得一塌糊涂，摆明是一月一度的大凶之日。

林涯打从清晨睁眼就牢牢盯着他，怕他出事。他们周遭的妖邪都被这口神仙肉馋得抓心挠肝、丑态百出。它们影影绰绰地显形又隐去，在阴沟或砖缝中蠕动，猩红花白的血肉扭股儿糖般翻涌。

乔乐然一上午没课宅在家里。林涯盯人盯得心力交瘁，体内那一半犬科血统令他蠢蠢欲动，直想绕着别墅院墙尿一圈把领地圈明白。好在一番天人交战后，另一半高傲矜贵的龙性将跑马圈地的狼性压了下去，他还是乖乖用了抽水马桶。

一条厚腻红舌挤出排水沟的窄缝，陷阱般粘在路上，乔乐然没开天眼，径直踩上去。那缩在阴沟里的妖邪受了这脚，陡地浑身战栗，涎水狂溢，丑脸从排水沟的铁栅中生生挤出小半，似是让小仙人踩上一脚便足以爽得飞升。

这是至卑贱、至无能的妖中废柴，由阴沟秽物孳生，使出浑身解数也就是舔舔，伤不到乔乐然。

　　林涯漆黑瞳仁一转，面容僵冷似面具。他抬脚，坚硬的橡胶靴头当地撞上铁栅，阴沟间的丑脸噗地爆成一蓬血花。

　　谁让你舔了？

　　乔乐然招蜂引蝶一路，林涯踹爆一打涎皮赖脸占便宜的低等妖邪。这些玩意儿下贱得不可思议，被踹爆前能往小仙人的鞋底上舔一口就不亏，舔上鞋面即可谓血赚。林涯瞪着它们那一副副写满血赚的丑脸，恨得想把它们上下十八代都踢爆，再把乔乐然关起来捂好。

　　"啊！"乔乐然被一坨妖邪绊了个大的，脚底打滑，险些啃地上。

　　林涯忙拽住他，靴底重重碾向地上那坨血肉。

　　"我发现今天地特别滑，平时下雨也没这么滑……"乔乐然正嘟囔着，身子忽的一轻，被林涯拦腰抱起。

　　林涯粗声道："我抱你。"

　　乔乐然瘦伶仃的一窄条，少年身量，还挺没数地勾着林涯脖子问："能抱动吗？我挺沉的，你别看我瘦，可我结实、密度大，都是腱子肉……"

　　林涯大步走，抱得极稳，腹诽：你有个锤子腱子。

　　路两边的学生顶风冒雨地往他们这儿看。真是再恶劣的天气都无法熄灭八卦的热情。乔乐然先是躁得把脸埋进林涯胸口，埋两秒，觉得不妥。

　　于是乔乐然硬着头皮抬头，不好意思得直拽林涯两边帽绳，把林涯那圈露在外面的脸箍得越来越小，将好端端的帅哥衬托得愈发白痴。

　　林涯目露凶光："……"

　　……

　　活动室里，文艺部的几个部员正忙着点货。一套演出服分上衣、裤子和小装饰三个袋，得先按高矮胖瘦给参加排练的分一分，上身效果不行还得改。

两小无猜

一屋子全是男生，乔乐然领到三个袋，当即就想换上试大小，结果 T 恤刚掀起个衣角就被林涯粗暴地按了下去。

两分钟后。

"上衣!"林涯火冒三丈,"这么短! 谁挑的?!"

一举手就看见腰了! 不知廉耻!

乔乐然委屈巴巴:"……我。"

"这扣不能系上吗?"林涯去系乔乐然领口的扣子。

"都系上显得死板，解一颗自然……"乔乐然小声哔哔，哔哔完，往林涯身上瞥一眼，忍不住反击,"你还跟我管头管脚的，你锁骨都露外面。"

林涯语气软下三分:"你给我买的。"

"那你往上拽拽,"乔乐然扯他衣领,"还有你这胸肌，布料都撑薄了，你胸肌有那么大吗? 是不是用暗劲儿绷着呢?"

"我没用!"林涯愤愤,"你里面再穿一件，不然一弯腰全看见了!"

两人互相输出来自大清的价值观。

"你清朝人吧?!"乔乐然输出不过，不得不把扣子系到顶。

林涯矜傲道:"不是。"他生于北宋天禧三年。

演出服都挺合身的，乔乐然建议穿演出服排一场看看效果。他没学过跳舞，可记忆力强，动作练几遍就能记牢，跳起来虽略显青涩，整体效果却已经挺像样了。

他排练全程，林涯都目不转睛地看着他。

"乐乐热坏了吧?"文艺部学姐递给他一瓶冰可乐，慈爱道,"看这小脸儿红的。"

"啊，对，我热坏了。谢谢学姐!"乔乐然如获救命药般地接过冰可乐，咚咚咚。

盯人看有什么了不起，谁不会盯人看？长眼睛就能看，乔乐然再次悬崖勒马。

一帮学生闹哄哄地排练到晚上七点，挺多人没吃晚饭，计划一起去学校对面吃火锅。他们系申请的排练室在活动中心二楼，一群人说笑着走楼梯，乔乐然正兴高采烈地和一个同学叭叭，脚踝忽地像被扯了一把，跟跄着朝前栽去。

"小心！"乔乐然大叫，结结实实地撞到林涯背上。

林涯在他下面一阶，站得极稳，像知道他会栽下来一样，一手撑着楼梯扶手一手揽过他。

"……我怎么又没站住啊，"乔乐然脸蛋一红，扭头和同学叭叭，"我怀疑我小脑萎缩。"

林涯："拎着你走得了。"

乔乐然的半仙之体长成后，凶日的难缠程度直接上了几个台阶，林涯开始认真考虑下一个凶日往乔乐然身上吐点儿唾沫划地盘的可行性。

好不容易磕磕绊绊地回了家，乔乐然逮着狐朋狗友们拼命输出，满屏的"啊啊啊啊啊啊"。

聂飞：……乐啊，你争点儿气。

乔乐然嘴硬：我怎么不争气？我天天悬崖勒马，马都快让我勒死了。

聂飞：哥以过来人的身份告诉你，能豁出去巴结人的没一个好东西，迟早骗得你溜干净，把裤衩子都给你卷走。

乔乐然想起聂飞被前女友打包带走的一抽屉 CK，不禁男默女泪。

乔乐然虚弱挣扎：他不是那种人。

聂飞：赶明等你流落街头房产证上都是人家名字的时候，你别来我家门口哭就得了。

几个小哥们儿打打嘴炮，给周末攒了个酒局，随即各自吃鸡王者，

两小无猜

乔乐然享受了一下生活，也美美睡去。

凶日子时未过，林涯不敢睡，在卧室里到处巡逻，正巡着，千里眼又扒门缝进来，从头到脚湿漉漉的，显然是刚哭过。

"怎么了？"林涯皱眉。

"呜呜呜……尊上！"千里眼连滚带爬地黏上林涯裤腿，哀哀切切地告状，"您可得给我们做主，我都被人打出玻璃体后脱离了……"

林涯："？"听不懂。

林涯俯身，把千里眼拎起来，像个眼科医生般对着壁灯给它验伤。

血丝不多，弹性适中，瞳孔收缩灵敏……伤势似乎不重。

"谁打的？"林涯问。

"我们都不认识，"千里眼狠狠抹一把瞳孔，"我看它脑袋上长叶子，肯定是山精……这两天山上大暴雨，西坡都给冲塌了，它八成是打那边过来的。"

林涯："……"

林涯栖身的龙神祠在龙潭山南坡，当地人偶尔上山祭拜，还算有人气，另外三坡人迹罕至，连他都不常涉足。

"西坡那边山精不行，素质低，跟土匪似的。咱们在祠里好端端地避雨，吃着化肥唱着歌，那西坡的小蛮子突然就闯进来打人，还抢走两袋化肥。"千里眼开始地域黑，拉踩一波并吹捧睚眦，"它们西坡不比我们南坡，我们南坡有尊上立规矩，山精个个都懂事儿，都像尊上一样通人性。"

林涯微微惬意，愈发通人性。

他本来不爱管这些鸡毛蒜皮的小事，这会儿却决定抽空回去看看。

千里眼告完御状就要走，林涯捏住它，走进衣帽间拉开抽屉："给你个东西。"

千里眼定眼一看，抽屉里有个眼镜盒。

林涯这段时间做直播赚到钱了，给父老山精们买了些东西，大多是化肥花盆之类，相当于补品与花衣服，是个衣锦还乡的意思。但那些千里眼都用不上，也就抹抹人工泪液。

"一人一片。"林涯拿出眼镜，双手拇指按住镜片略施巧劲，镜片便从框上脱落。

"哟，这可是好东西。"千里眼双臂大张举起镜片，极其像一位玻璃搬运工。

林涯："清楚吗？"

"真清楚！太清楚了！"千里眼万分雀跃。

它们这对眼珠兄弟常常三更半夜溜进书店、图书馆蹭书，尤其嗜好眼科医书，书里各种无码眼球，还有剖面，黄暴非常，它们这种十来岁的青少年眼球根本把持不住。除去眼科医书外，它们也看其他医学书籍了解人体结构，回头给山精兄弟们科普。

山精野怪不比天地灵气凝聚而生的神兽，没有自带人形的种族天赋，得一步一个脚印地修炼：肠道系统要怎么长才能消化人类的食物？人体血管网络要如何构筑？肌肉与骨骼要怎样分布才能流畅地做出各种人类的动作？熟读人体医书能少走许多弯路，不至于修得里出外进、处处畸形。凡人提起妖怪，常离不开青面獠牙、血盆大口等形容词，其实都是修形失败。

常年蹭书令千里眼兄弟近视得厉害，与其叫千里眼不如叫一米眼，根本毫无尊严。

"就是有点儿晕……"千里眼跌跌撞撞地举着镜片跑了。

……

好不容易盼来没课的周末，乔乐然雨露均沾：周六跟同学浪一天，打打篮球，泡泡网咖，自助小烧烤，团购六十八；周日跟聂飞他们横行

两小无猜

乡里，小烟叼上，小酒喝上，夜店逛一逛，会所上一上……赶场子赶得躺累。

乔乐然：@ 心飞飞 @ 梦追追

先把两位主要听众艾特过来，然后拉开架势讲一讲生活的苦，中年的累，猛男落泪不是罪。

乔大少在车里躺得四仰八叉，无病呻吟：我太难了，听说那些中年男人为了逃避家庭的压力，每晚下班都要在车里待会儿，我现在特别懂那种心情……回家干什么啊，媳妇儿唠叨孩子闹的，我才十八，都往车里躲呢。

乔乐然：劝你们别碰生活这杯酒。

正打字叽得欢，脊梁骨一阵恶寒，眼皮一撩，车窗外两道冰冷的视线。

林涯目光阴寒，却不吱声，光杵在那吓人，也是学奸了。

林涯："不是肚子疼?"

乔乐然："疼，但不通畅，来车库找找灵感。"

林涯："……"

被林涯从车里拎出来，乔乐然不能再扮中年老男人，打车去跟聂飞这罪魁祸首碰头，今晚他们有酒局。

会所包间让一帮公子哥弄得云山雾罩，乌烟瘴气。乔乐然左手吊儿郎当地拿着酒杯，右手夹支烟，闲闲地搭在沙发背上装浪，打眼一看好像挺会玩儿，实则趁人不备猛吃果盘。

他们今天人多，叫来几个平时不常鬼混的，因此闹腾得格外厉害。乔乐然怕人说他玩不起，逞强喝了好几杯，昏昏沉沉头重脚轻，全靠装相的信念和解酒的果盘才吊着口气儿没睡过去。那边聂飞干脆喝躺了，栽歪着撒酒疯，一条胳膊耷拉在地上，几根手指头载着手掌，颠颠儿跑到乔乐然脚边，拽他鞋带。

　　林涯面色阴沉，拎起那只欠手啪地甩回聂飞脸上，俯身给乔乐然系鞋带。

　　聂飞："嘤。"

　　乔乐然望着林涯弓起的背，眼神湿漉漉的，像认主的小奶狗。

　　"孩子废了，"聂飞掩面，醉醺醺道，"废了，折人家手里了。"

　　"谁啊，我没折。"乔乐然小声嘟囔。

　　聂飞喝得六亲不认，没察觉到乔乐然微妙的变化，倒了小半杯啤酒，喃喃自语道："我喝口啤的，解解酒。"

　　李文景领导人式缓慢鼓掌，赞许道："喝点儿度数低的，能中和酒精浓度，喝得越多，酒醒得越快。"

　　聂飞肃然起敬："学霸牛逼！"

　　李文景："我化学还行。"

　　两人碰了碰拳。

　　乔乐然："……"

　　"哥们儿，我敬你一杯。"聂飞朝林涯举杯致意，眼珠赤红，扯着嗓门哗哗道，"乐乐对你真不错，我们哥们儿几个都看在眼里。"

　　林涯的黑眼珠一转，灼热地扫过乔乐然。

　　正在抽他弟的陈焰也微微一僵，朝他们看过去。

　　"你别瞎说！"乔乐然扑过去用抱枕糊聂飞的脸。

　　"说。"林涯伸出双手，拿猫似的把乔乐然拿回来，安在沙发上，并摁住每条挣扎的胳膊腿儿。

　　"你可千万得对乐乐好啊！"危险解除，聂飞大着舌头猛突突，"你别骗他，别欺负他，有什么要求就直说，别老冲他喊，乐乐说你总冲他喊，我们孩子养这么大不是给你吊嗓用的……"

　　林涯眸光微颤。

两小无猜

乔乐然羞耻得快着火："聂飞！就你长嘴！一天到晚就会叭叭！"

"没你能叭叭！"聂飞用啤酒一杯接一杯自我稀释，和林涯推心置腹，"你别看乐乐一天天傻了吧唧的，其实这孩子特别纯情，伤不起啊，真的伤不起……"

林涯抿了抿唇，郑重道："我知道了。"

"说谁傻呢？"纯情小孩儿不干了，"骂谁呢？"

聂飞老泪纵横："都赖我，不该瞎撺掇，把咱儿子给害了……"

李文景拍大腿："害了啊！"

精神父母抱头痛哭。

"他胡说八道呢，"乔乐然垂着眼，不过是旁人说了几句醉话，他却比什么时候都不好意思，像是有什么天大的秘密被捅破了般，"你信他就输了。"

聂飞大着舌头还想胡说八道，乔乐然猛踹聂飞，直接把人踹躺了，其他几个来玩儿的也都喝得神志不清。

"回家回家，明天还起早上课呢。"这一晚上过得太乱套，乔乐然也没心思瞎玩。他不知道自己怎么了，反正就是特失落，快快不乐，看什么都横挑鼻子竖挑眼。

聂飞白长 185 厘米了，怎么腿这么短，嘴还那么碎，什么都往外说，有点儿优点没有了？完蛋孩子。

两人回家已近十一点，直播鸽了，林涯是甩手掌柜，还是乔乐然在微博上请的假。

林涯直播风格太个性，颜太能打，蹿红极快，开播没多久视频都出圈两次了：一次是粉丝剪辑的直播花絮，视频里小喇叭室友金句频出给大伙逗乐了，加上主播神颜加成，视频万转；另一次是小喇叭室友被老阴人用猥琐手段阴了人头，挺不高兴，主播为兄弟复仇千里追杀，顶着毒把对

< 68 >

手摁死在圈外，又横又宠，引来一大帮磕糖的。

眼看林涯微博粉丝猛涨，乔乐然怕他乱发东西影响形象，索性接手微博。他起初还试图模仿林涯那种简单粗暴的说话方式，结果才发两条就惨遭识破，当代网友可真是人均福尔摩斯。

好在观众们对小喇叭室友代言的模式接受良好，也不较真，光顾着嘲笑他和戳穿他，简直就是戳戳乐，没人说他骗人。

临睡前，乔乐然登着林涯的微博号，闷闷不乐地翻最新微博下的评论，评论里全是起哄让小喇叭室友发照片的。

他本来没打算在直播间露脸，都赖那帮观众，成天在弹幕里夸林涯好看，夸得都没边儿了，害得他也想被人夸一夸。前几天他陪林涯直播的时候有句槽吐得惊为天人，把林涯给逗笑了。冰山大神屏幕初笑，弹幕刷疯了，鸡叫震天响，乔乐然看得心痒难耐，屁颠屁颠地往摄像头前边凑，蹭他热度："大家好，大家看一下，其实我长得也不错。"

几秒钟后，尖叫的弹幕把显示器糊得里三层外三层。

"啊啊啊！室友弟弟的颜！！！"

"小喇叭居然有这——么好看！我以为话这么多的人面部肌肉会很发达呢……"

"面部肌肉发达！笑死！"

"都放开这个小喇叭，让我吹。"

"前面的，鸡笼警告。"

观众们正磕得瘟头涨脑，摄像头忽然被人转开对着白墙，过几秒，一个离得很远的男声断断续续传进直播间，透着愠怒："……给别人看……不行……说着玩也不行……"

结果小喇叭室友就没再露过脸，任由弹幕再怎么刷主播也沉着张黑脸坚决不给看。

两小无猜

这段小插曲过后，主播和室友的 CP 粉规模咻地翻了几倍，微博评论里一直有人刷屏，乔乐然上来帮林涯请个假都能被开玩笑。

另一边，林涯正在绕别墅巡视，想抓个觊觎乔乐然的坏妖怪磨磨爪子，结果半天没找到合适的。墙根底下倒是蜷着几只柔弱无害的草木精怪，一嗅到龙息就吓得质壁分离花粉失禁，林涯向来不杀这种。

想起前段时间无辜挨揍的山精崽崽们，林涯决定回龙潭山巡视一圈。

龙神祠仍旧老样子，他挺久没回来住过了，山精崽崽们却把这当家，两两一组拖着湿抹布抹灰。

"呀，尊上回来了。"

"脸拉得这么长，可别是让小郎君给整了。"

"嘁，尊上回娘家看看怎么了，能不能说点吉利话儿？尊上那张脸高兴不高兴不都拉得跟长白山似的吗？"

叽叽喳喳哗叽哗叽……吵闹程度堪比五个乔乐然。

林涯已养成自动过滤废话呵护耳朵的好习惯，也不接话，只俯身看看这群聒噪的小玩意儿。

连翘崽崽的花萼让人扯裂了，蒲公英崽崽的绒伞秃了一半，夏枯草崽崽的花被揪了……

草木精怪不怕缺枝少叶，只要根须在，春风吹又生，痛觉也还修炼得不太灵敏，但看着挺惨。

"谁打的？"林涯皱眉。

"我们也不认识。"

"小菊花前两天在北面那个山洞附近看见它了，吓得赶紧跑。"

"它妖气可重了，尊上的狗……好鼻子肯定能闻见。"

"它有人形，一看就比我们大不少。"

"坐火车都得买票了吧？还欺负小孩儿。"

"为老不尊。"

"为老不尊!"

林涯:"……"

龙潭山北面有处断崖,崖壁上多年前被上山修行的人开凿出一个用来苦修冥想的山洞,后来人没了,洞还在,前几年让一窝蝙蝠占了去。

而如今,洞里只剩几堆蝙蝠骨头,骨头上残留着细细的牙印。

林涯四肢着地,鼻尖贴近地面干燥的岩表嗅了嗅,果然捕捉到一缕残存的妖气。

妖物的妖气与凡人的体味类似,与生俱来,各不相同,且能被嗅觉灵敏的同类察觉。不同之处在于,妖气的味道在很大程度上能体现出妖物的秉性与原形。打西坡来的这只妖物妖气浓郁,道行不浅,可味道却温润和暖,绵长中正,不像是害人的邪物。

林涯贴地猛嗅几口记准味道,正要上去追踪,洞口忽地冒出颗小脑袋。

那是个五六岁的小孩儿,衣衫褴褛神态凶蛮,头顶长着几片绿叶,绿叶还托着一簇小粉花。一根挺长的红头绳胡乱捆在他脑袋上,不是扎辫,也不像为了好看,倒像卖水果的小贩捆西瓜,为了方便拎着走似的。

小孩儿见山洞有人,一愣,就这一愣的工夫,林涯已化作原形向他扑去。

"呀!"小孩儿欺负山精厉害,但见龙也怂,脖子一缩,扯着藤蔓朝悬崖上方飞爬。

林涯默不作声地悬浮在他身后。

小孩儿猛爬几米,扭头侦查敌情,直直对上一双熔火般赤红的巨眼,吓得吱儿哇乱叫:"啊啊啊啊啊!"

林涯阴仄仄道:"我会飞。"

语毕,一爪将小孩儿握住,飞到山顶拍在地上,寒声质问道:"什么

两小无猜

东西变的？"

他话音未落，爪子底下倏地一空，那目测一米二左右的小孩儿缩成二十公分不到的一条东西，钻出爪缝拔足狂奔。那赤黄躯干下有两条主腿，粗硕健壮，倒腾得奇快且震地有声，所过之处尘土飞扬，许多条纤细的副腿与胳膊迎风招展，头顶的小花簇一颠一颠……

原来是株人参。

按常理说，是一株人参，可看这猪突猛进的气势，说一头人参、一匹人参，好像也没毛病。

林涯追上，兜头一爪，把人参娃娃拍躺了。

暗中埋伏看热闹的千里左眼蹦蹦跶跶地从树后绕出来，举着镜片阴阳怪气："哟，原来是个人参娃娃。"

其他大仇得报的山精崽崽们也纷纷从角落里冒出来，嘻嘻哈哈地奚落人参娃娃。

"人参娃娃就长这样呀，我瞧着怎么像根萝卜？"

"嘻嘻，萝卜长胡子，装参。"

人参娃娃奶里奶气地骂街："我是你们人参爸爸！"随即疯狂尥蹶子，鲤鱼打挺。

"老实点儿。"林涯不耐烦，大爪子擀面似的按着人参娃娃，把他在地上滚了两圈。

"尊上尊上！"千里右眼贼眉鼠眼地跑过去，"人参娃娃这东西我们用不上，但凡人吃了增寿健体，尊上卸它一条腿给小郎君吃，够小郎君多活好几十年，还耳聪目明，百病不犯，多好啊。"

林涯似是想到什么，眸子一亮。

人参娃娃尖叫："啊啊啊啊啊啊！别卸我的腿！"吵闹程度堪比曼德拉草。

千里左眼也挤眉弄眼地帮腔，公报玻璃体后脱离的私仇："可不，尊上还有几千年的阳寿，可凡人也就区区一百年，小郎君是仙人下凡游历，肉身死后得飞升的……仙人哪，'天道'这片大海里的一滴水，没七情六欲的，小郎君就算再感念尊上这些年来对他的庇佑，也不会像现在这样和尊上要好了，所以尊上可千万得让小郎君的阳寿长些。"

"到时候变成小仙人的小郎君还不得把尊上踢到一边去？"

"傻子，仙人哪有腿，怎么踢人啊。"

"也是，仙人没腿。"

"那仙人岂不是也没屁股？"

"连嘴都没得，仙人就是一团灵气，看不见摸不着的。"

林渟低喝道："闭嘴！"

人参娃娃还在扑腾，林渟垂眸，盯着人参头顶的红绳，若有所思。

红绳在叶茎上打了个死结，绳结旁漂浮着少许极为微小黯淡的光点，要不是天黑加上林渟眼睛毒，根本看不出来。

自古以来，采参人一直有在采来的人参上绑红绳的习俗，可这个人参娃娃头上绑的绝对不是普通的红绳。

"谁系的？"林渟拨弄绳结。

"有个想修仙的……"人参娃娃一愣，不可置信道，"你敢碰？你手没烂？你不怕他下的咒？"

林渟又拨弄两下绳结，轻蔑道："太菜。"也是游戏打多了。

人参娃娃发出弱小可怜又无助的声音："那个修仙的打不过我，就偷偷给我绑红绳，我走哪他都能找着，这破绳子让他下咒了，谁碰谁烂手，这么多年了，我东躲西藏的，连头都不敢洗……嘤。"

"你还嘤，你不人参爸爸吗？"千里右眼变得扁扁的——听说把自己眯起来能增加气势。

人参娃娃身价高，招挖，常年与各路采参人周旋，日常跑路，四海为家，跟这些蜜罐里长大的山精崽崽们不一样。它草叶一转，见风使舵，揉搓着参须道："我是人参小宝宝，嘤。"

林涯："……"

人参娃娃疯狂抱大腿："我把须须剃了给你，以后长多少给多少，帮我把绳子解了吧，求求了！"

这波交易不亏。

林涯解开红绳，随即一掌拍向人参娃娃的额头。

"呀！"人参娃娃摔了个屁墩儿，凶相毕露，头顶的花骨朵全炸开了，"你干什么？！"

"留个印。"林涯拨开人参娃娃的小手。那小脑门儿上多了个烙印，烙印形似烈火，色泽如余烬燃烧，几秒后便消失不见。烙印沾附着龙息，相当于玄学追踪器，和红绳异曲同工。

人参娃娃静了一瞬，放软语气试探道："这个印……和红绳有什么区别？"

"能洗头，不烂手。"林涯硬邦邦道，"口说无凭，怕你跑了。"

人参娃娃贼溜溜地转转眼珠，片刻安静后，猛地扑倒在地，撒泼痛哭！

"我也没想跑啊！呜呜呜……你怎么不相信人呢？"从指缝里往外觑一眼，哭得更惨，"尽欺负小孩儿，呜哇哇哇哇——"

林涯一指将戏精人参牢牢怼在地上，用锋利的爪子剃参须，冷声道："妖气这么重，少说有五百岁。"

千里左和千里右幸灾乐祸，一唱一和。

"哟，五百岁，还人参宝宝呢，老参头儿还差不多。"

"老参头儿，别装嫩啦！"

"不给你留个印，你拍拍屁股就跑路怎么办？哪儿找你去？"

"你长得这么大补，让凡人逮着就是个死，你用须须给尊上交个保护费，以后谁也动不了你。"

"再说了，龙潭山灵气重全是沾尊上的光，尊上容你在这儿修炼一天，比得上你在别的山头修炼十天。"

"得了这么大的福报，你还不知足？"

剃完须须，人参娃娃秃头秃脑地爬起来，摸摸光溜溜的脑壳，竟是无法反驳——它前些日子把自己移栽到龙潭山上就是想来吸这山上冲天的灵气，既是吸人嘴短，那也没办法。

千里左眼慈眉善目地安慰道："你秃了，也没变强。"

山精崽崽们嘻嘻哈哈添油加醋。

"你秃了，也变丑了。"

"没了须须不要紧……你还变丑了呢！"

"是不是开心起来了？"

"噗——"

山精崽崽们都有点儿邪性，人参娃娃又跟它们有过节，不挤兑够了怎么可能心平气和做兄弟？

人参娃娃委屈扁嘴，想起在场诸位不吃这套，又把嘴鼓回去，默默忍受。

林涯懒得管它们，把参须拢好，揪几根草捆成一小把，带回去喂乔乐然。

……

晚上十一点，睡觉的时间，乔乐然仍沉迷游戏不可自拔。

他这局手感极佳，不仅顺利吃鸡，而且击杀数直逼林涯，他激动得想啃键盘。弹幕跟他闹着玩儿，说室友弟弟铁定换人了，这么不菜比，一点儿都不像他了。

两小无猜

这几天乔乐然的单局击杀数接连打破个人最佳纪录，技术突飞猛进得跟开挂似的，他亢奋得想开讲座，趁林涯不注意，蹿到摄像头前就开始表演："大家好，其实我的成功并不是偶然，最近击杀数的稳步上涨就是对我日夜磨练技术最好的嘉奖，大家如果对我的训练方式感兴趣我可以展开来讲讲……"

"坐好。"林涯把他拎回去，脸上都没个表情，一看就没把他辉煌的战绩放在心上。

弹幕见缝插针地刷了一波霸道主播。

林涯扫一眼摄像头，口吻巨冷漠地背诵乔乐然给他写的小作文："时间已经不早了，今天就先播到这里，感谢大家的支持，我们明天见……"接着就把直播关了。

乔乐然还巴巴地张望着，见摄像头关了，从一个乔乐然泄成一滩乔乐然，小嘴儿嘟囔不停："他们说我换人了，我让他们看一眼，讲讲我的手法是怎么提升的，也算是个澄清，不然他们回头再编排我……"

小郎君总想抛头露面，林涯不悦地打断他，瞳仁点漆般黑，音色发沉："上百万人，你也让他们看。"

乔乐然莫名让他看得发慌，梗着脖子反驳："看看脸怎么了，封建社会早没戏了，你别老企图复辟。"

林涯眸光阴晦："他们说下流话。"

"都是开玩笑的，网友说话就那样……"乔乐然说着，不知想起什么，埋头抠鼠标垫，耳朵红红的。

林涯也不知想起什么，耳朵也红红的。

四枚红耳朵，一阵沉默。

这几天忽然开窍靠实力吃鸡的快意与林涯狗脾气导致的不爽形成了鲜明的反差，那一丝旖旎便渐渐凉了下去。乔乐然耷拉着脑袋，放任思绪驰骋。其实不光是刚才，林涯这几天都阴晴不定得厉害，他一句话没哄到点子上就黑脸，真的有点儿累了。

男人也会脆弱，男人也有眼泪，男人的心也禁不起天天糟践啊。

比如说大前天，林涯拐弯抹角地问他想不想养带鳞片的东西，他说不想，鳞片又凉又滑的，那触感他接受不了，结果林涯唰地撂下张送葬脸，遭了天大打击似的。乔乐然让他弄得挺内疚，直骂自己情商低，赶紧哄，说赖我嘴贱不该那么说，你养什么宠物是你的自由，大不了你撸我不撸，把花房搬空一间给你养宠物用，一间不够搬两间——都卑微得不行了，林涯油盐不进，就黑着脸"嗯""喔""随便"，估计是嫌他没第一时间答应，骄纵得不像话。

隔天，硬着头皮拿些蜥蜴和宠物蛇的照片找林涯让他挑，以示诚意，还昧着良心忍着害怕说这蛇挺好看的，那蜥蜴也挺萌的，为了活跃气氛叭叭不停，说这蛇翠绿翠绿的颜色真鲜亮，那条银白的感觉差点劲儿……话没说完，林涯不吭声了。乔乐然忙说那银白的也还行，可为时已晚，无力回天，那张英俊的脸以肉眼可见的速度送葬化，结果又是一天冷战。

说冷战也不太确切，林涯仍旧配合乔乐然的一切行动，陪打游戏、陪上课、陪逛街……就是怏怏不乐，没笑模样，宛如活死人，好像他真的特委屈特受打击。要不是他素来演技拔群，乔乐然真得怀疑是不是自己做了什么冷酷无情的事情而不自知。

乔乐然越琢磨越憋屈，憋屈到极致终于不再卑微，少爷脾气上来，手机一扣噌地坐直，怒吼道："姓林的！"

林涯眼皮一撩，看向他。

乔乐然以一己之力营造出一种人声鼎沸的效果："有你这样的吗？我招你惹你了？我对你这么好，你一点儿不领情！我这两天进步这么大你也不夸夸我，就知道挑我的刺，挡我的脸，限制我的发展，漠视我的天赋！"

< 77 >

两小无猜

我技术提升得这么快你一点儿都不惊讶，这是因为你根本就不在乎我进没进步、我厉不厉害、我开不开心、我有没有电竞的天赋……你都无所谓！我太生气了！"

林涯懵了！

他们明明一分钟前还气氛和谐！

"我……"林涯话没说完，乔乐然霍然起身，用清瘦的身板营造出一种拔地而起的效果，随即转身一脚踹翻纸篓，以雷霆万钧之势冲上二楼。

林涯扶起纸篓，跟着跑上二楼。

乔乐然冲进卧室，嘭地踹上卧室门锁上，隔两秒，又嘭地摔开……他得给姓林的一个进来当舔狗的机会！

接着，他一头扎到床上，给聂飞发微信。

林涯追进卧室，见乔乐然趴在床上打字，以为他要联合朋友骂自己撒气，于是没吱声，抿一抿唇，蹭到床上，轻手轻脚地挨着乔乐然趴下，胳膊肘支着床垫，一双手为难地互相攥着，骨节泛白。

乔乐然冷冷道："别挨着我，滚。"

语毕，自己骨碌碌滚到床头。

林涯："……"

他不是不想摊牌，只是不知道怎么开口。折寿的问题解决，别的问题又出现了。

他的原形……不太好看。

他只是半龙，还是一头被封印近千年的凶兽，原形面目狰狞，牙尖爪利，形似豺狼，一身银鳞冰冷溜滑。他不像凤凰、青鸾、麒麟之流神异唯美，也不像狐、狒狒、狰之类柔软多毛。这些日子他对人族文化渐渐有所了解，心知他大约不符合凡人审美，在凡人眼中，他或许不像神兽，倒像妖物、像异形。

< 78 >

他原本不怕，乔乐然为求庇佑早已用仪式将自己献给他了，在玄学层面上乔乐然是他的所有物、他的随从，他无论如何处置乔乐然都不会造恶业，他的外形就算再骇人，乔乐然也只能选择忍受，他是乔乐然名正言顺的主人……

可是……

林涯微微歪着脑袋，盯守猎物般沉默地用眼尾瞟着乔乐然，薄唇微微张了张，又憋屈地合上了。

呵呵，长鳞的不好！鳞片摸着凉，还滑溜溜的，人家不能接受！还翠绿的好看，银白的不好看！他这也不好，那也不好！

他仿佛在经历一场即将见光死的网友见面。

……

乔乐然：老聂，睡了吗？

聂飞：没呢。

乔乐然正要拉开架势诉苦，聂飞发来一句：又让姓林的欺负了？

乔乐然噎住，忽然觉得诉苦跌份，把输入框里的字全删了，发过去张图，是吃鸡的击杀界面。

乔乐然：他欺负得着吗？就是让你看看成绩，怎么样，再次刷新我自己以及你的最好成绩。

乔乐然：下山的猛虎战群狼，乔少的本性比天狂！

乔乐然：万丈高楼平地起，吃鸡还得靠自己！

聂飞：开外挂了？

乔乐然：当然不是，经过日夜苦练以及最近一天一顿人参鸡汤的滋养，我的动态视力、听力和神经反射速度终于得到了长足的进步，你别老用落后的目光审视我。

聂飞：你可拉倒吧。

乔乐然：说真的，不是跟你闹，我觉得我最近好像让人偷偷给洗骨伐髓了，这几天身轻如燕，指哪打哪，腿脚和手指头都特别听使唤。

聂飞：还偷偷给你洗骨伐髓，哪路高人这么贱得慌。

林涯打了个大喷嚏。

乔乐然：这倒是。

那看来真是他突然开窍了，挺愁的，名校都考完了，辍学打电竞他爸估计不让。

聂飞：对了，我爸新订的游艇下水了，这周日走起啊？东西准备准备，哥教你潜水。

乔乐然：行，我去给聂伯伯的新游艇开开光。

聂飞：你开你开，但你能别带你家朋友吗？我感觉我跟他八字不合，你开完光他别再把光给我合上了。

乔乐然冷冷斜了林涯一眼，手上却飞快打字：凭什么不带他？我还想看他穿沙滩裤呢！他挺好的，你别老排挤他。

他觉得他都为林涯挡下枪林弹雨了，简直负重前行。

聂飞：拉倒吧，我隔着二十公里都闻出不对劲了，又干仗了吧？

聂飞：也不是我瞧不起人，我也昏过头，我懂。他要好好的我屁都没一个，当时还是我撺掇的呢。但你看他干人事儿吗？

人委屈时真是巨不禁哄，随便被人送点儿温暖就能化得淅淅沥沥，乔乐然防线崩塌，难受得直扭，扭得像条硌床单的小虫子。

聂飞：不行，我跟你藏不住话，我有个朋友看上你了，让我想办法这周日把你单约出来聊聊，你别带林涯，跟个二傻子似的，再给好事搅合黄了。

乔乐然红了眼圈，不想让林涯看见，一拱一拱钻进被里，团成粽子，含着两包眼泪敲下洒脱的字：算了，我不想谈恋爱，你那朋友，你能介绍

< 80 >

给我，人肯定挺好的，但我是个浪子，还是别耽误人家了。

聂飞：……

我兄弟是个小学生吧。

林涯在那隆起的小被包外跪好一会儿了，犹豫着不敢掀，乔乐然这会儿情绪这么大，脆弱得跟沙子堆出来的一样，一碰就塌，一吹就散。结果就在这时，小被包里传来呜呜咽咽的压抑哭声，哭的人拼命憋着捂着，却还是溢出来了。

乔乐然正心碎着，忽然头顶一轻眼前一亮，被子让林涯扯飞了，他被拽着死死箍进怀里。

下一秒，耳畔传来粗重的呼吸声，伴随着林涯低哑的声音："……我前几天说的，带鳞片的东西……是我。"

乔乐然心脏一抽："……什么？"

林涯又将他推开少许，直勾勾地盯着他，不放过他脸上任何一个象征着嫌弃、讨厌、畏惧的微表情。两人的身体距离虽然远了，林涯那条钢筋似的手臂却不动声色地将乔乐然固定住，怕人逃跑似的。他面部肌肉微微颤抖着，语气稚拙、凶蛮："我是……我是龙……一半是龙。"

乔乐然先是哈哈笑了一声，接着，笑容缓缓僵在脸上。

林涯凶狠地钳着他，模样明明很不讲理，却又莫名透着一丝凄惶："反正你拜过我，你爹娘把你献给我了……你嫌我也没用，也别想撵我，你想养我也得养，不想养我……你也得养！！！"

乔乐然心跳如鼓，喉咙涨得像是塞了个拳头，他转了转眼珠，视线被冥冥中的什么牵引着，径直落到林涯衬衫微敞的胸口……

那鼓胀结实的胸肌上竟覆着一层龙鳞，利如刀刃，银如霜雪。

龙，神话产物，华夏图腾，流淌在先祖血脉中的隐秘与传奇，龙象征着尊崇、力量、正统、皇权……古往今来，引无数帝王蹭热度。可这无法改变龙在生物学层面上的爬行动物特征。

分明是人的身体，却覆盖着鳞片，如此鲜明的异类特征如硫酸般泼向乔乐然的视网膜，嘶啦一下，激起剧痛般的惊骇。

乔乐然的脑内闪过一些意象：森白的巨蟒，冷腻溜滑的银鳞，扭动的躯干缓缓摩挲皮肤的煎熬，爬行类低得令人寒毛直竖的体温……他打了个冷颤，却挪不开视线，着魔似的盯着。

林涯行事一贯粗暴，揪住一根线头就能把毛衣拆了，摊牌也一样，既然一时没忍住，那就索性摊它个片甲不留！见乔乐然僵着没动静，他努力组织语言，笨嘴拙舌地讲述前因后果，什么半仙之体龙神庇佑啊、什么拜神啊、什么他偷偷保护他十几年啊、什么之前不说是怕他折寿、什么现在有人参娃娃续命不怕了啊……甚至还着重强调了他不吃人！

可讲着讲着，他发现乔乐然一直不给反应，那张挂满泪痕的脸浑浑噩噩，一双大眼睛中了邪般愣愣看着他胸口那几片用来自证身份的鳞。

吓傻了？

林涯的心缓缓沉下去。

他循着乔乐然的视线扫视自己的胸膛，心里腾地烧起一股令他燥热刺痛的邪火。他费了这么多口舌，暗中护他这么多年，忍受了这么久的误解，不懂事儿的小郎君却一门心思关注他的外形、他的鳞片……

他闭上嘴，不再徒劳地解释，而是沉默地任由龙鳞蔓延，胸、腹、腰背、手臂……他微微一动，身上便响起金石相蹭的刮擦声。

一阵令人窒息的安静中，林涯忽然开口叫人："……乐乐？"

他神态阴寒，嗓音却莫名平和，是一种刺激、诱导嫌疑人招供的口吻。

这个举动颇为狡猾，狡猾得与他素来的行事风格不符，狡猾得透着几分恶意。

< 82 >

他近乎自虐般地探询乔乐然真实的反应，要戳穿他装不怕、装平静的谎言，只要他敢怕，他敢……他怕一个试试……

他用严苛的视线捕捉并审判乔乐然的一切反应：瞳孔扩张，深褐色的眼珠蓦然漆黑；腰背绷得梆硬，筛糠般抖；原本哭得潮红的脸蛋已经变得煞白煞白；半截袖下伸出的小臂汗毛直立……

乔乐然确实在怕他。

"乐乐……"林涯歪头，焦躁地凑过去，他想用肢体接触将他们绑在一起，原地、立刻、瞬间回到摊牌之前的和睦状态！他一秒都不想等！

他恼恨循序渐进，在凶兽简单粗暴的思维体系中，每一秒强作温柔的安抚都是在侵蚀他的自尊，他生怕乔乐然怕他，也不允许乔乐然怕他，有些矛盾，但也不矛盾。

"啊!"乔乐然如梦初醒，抬眼对上林涯漆黑暴戾的眼珠，惊恐地一缩，躲避林涯的接近。

自三岁学会说话以来他这可是首次失语，小喇叭都吓哑火了。

"你怕我?!你敢怕我?!"林涯咆哮。

乔乐然顿时就更怕了！

"求我的时候想什么了?"他明知乔乐然不知情，却止不住暴怒，"乔乐然，你没有良心吗?!"

想什么了？想破除封建迷信了啊!!!乔乐然仓惶摇头，企图辩解两句："不是，我……"

他还是头一次意识到他和林涯之间的力量差距有多么惊人，平时那种程度的力量压制原来都是林涯让着他。林涯折断他的骨头可能比他折牙签还轻松，他的头被手掌固定着，连稍微转一下都很艰难，只能闷哼着淌眼泪。

两人离得近，林涯身上凉滑的鳞片倏地贴了上来，骇得乔乐然头皮

两小无猜

发麻。为躲避那股邪异的触感，他抵着林涯的手掌拼命后仰，脊背反弓得几欲折断，林涯却仍疯了一样不饶他。渐渐地，那只扣在他脑后的大手变了样子，五根瘦长森白的指甲从他的视线边缘探入，像加长的狼爪，还伴随着骨节牵拉的、令人牙酸的生长声。

接着，天旋地转，乔乐然蓦地失去重心，仰面倒下。

"谁……"这一倒，让乔乐然猛地回过神了，"谁怕你了！我没怕你啊！"

林涯动作停滞，黑眼珠一眨不眨地审视着他。

他其实都快吓挺了，脑子也乱得要爆炸，全靠本能与求生欲才抓住了一根救命稻草——镇定，他必须镇定，他再任由应激反应支配身体的话，这怪……这……林涯好像会崩溃。

像掉进狮笼的倒霉游客，乔乐然全力稳住夺命狂奔的冲动，伪装出轻松的姿态安抚野兽的情绪，颤声道："没怕你，多大个事，冷静点儿，你看你这……鳞……"乔乐然舔舔嘴唇，拼命把危险的气氛往轻松带，涩声道，"其实、其实也挺好看，还防弹。"

林涯微微眯眼："……那你摸摸我的鳞片。"

他现在也就脖子以上还有人样儿，其余部位要么布满鳞片，要么干脆连形状都野兽化。乔乐然僵硬一瞬，哆哆嗦嗦地抚过林涯光滑冰冷的小臂，喉结滚动，咽了下唾沫，称赞道："你还……挺解暑的……夏天实用啊，哥，真实用……你洗澡也方便，都不用搓泥儿吧……"堆着一脸假笑。

林涯神色稍缓，慢吞吞道："我还没变完。"

"先这样就行！"乔乐然火速制止，"我们先聊聊，这都……"后半句的"怎么回事"凝固在舌尖没出来。

方才他脑子吓木了，可耳朵尚在，林涯的话他听进去七七八八，就是一时震惊过度，大脑没那么多处理器对这些信息进行分析。这会儿他勉强冷静下来，那些信息便以有意义的姿态重现在脑海中。

见林涯深吸一口气，似乎打算把来龙去脉重复一遍，乔乐然忙道："你刚才说过，我都想起来了……但你让我消化消化，这信息量也忒大了……"

"好。"林涯沉声道，急着观察乔乐然的反应，执着道，"我把原形变完。"

乔乐然不敢再制止，往被子堆成的小山包上靠了靠，想来点安全感。

林涯褪去衣物，眨眼间人已不见，卧室灯光倏然暗淡，是有巨物遮住了光源，乔乐然小脸煞白，缓缓仰头望去。

卧室中盘踞着一头睚眦。

睚眦体型庞大，算上龙尾，这间一百三十平的卧室竟生生被他占去了一小半。他四爪着地，前肢与胸背健壮宽大，腰部则骤然收束，雄性犬科动物特征明显，像极了一头成百倍放大的公狼。他周身覆盖半透明的银鳞，像裹着一层透白的寒冰，前额一枚硕大独角，光洁似镜，勾厉如刀，一条龙尾从狼模狼样的身体后方延出，游蛇般滑到床边，尾巴尖稍翘起，软软地搔一下乔乐然的脚心。

乔乐然再次失语，痴痴地仰头望着。

这次他感受到的不仅是恐惧，还有其他一些……难以言说的情绪。

这是龙神，他从小祭拜的龙神，他给过他一片鳞，只是他一直不相信。

他的龙神从玄之又玄的虚空中浮现，来到他面前。

林涯把顶着天花板的巨头放低，下巴搭上乔乐然的床，满口獠牙的大嘴一张："嗷呜。"

竟是狗叫。

不，狼叫。

乔乐然也是给震惊得有点儿精神错乱，一怔，居然不合时宜地乐了："哈哈哈哈哈……"

两小无猜

林涯对这个反应颇为满意，撒欢儿般地摇摇龙尾巴，变回正常的人形。

"我是睚眦。"他说，按着乔乐然和他额头相抵，"睚眦之怨必报的睚眦。"

乔乐然垂眼，仍旧不能自持地微微发抖，小心翼翼地向死亡边缘探出一脚："那我以前，好像没少得罪您……"

都把人家堂堂龙神当小跟班了，但实际上他才是龙神的小跟班，整个儿弄反了，简直大逆不道，四舍五入这不得秋后问斩？

"一饭之德必偿，"林涯摇摇头，筋骨修长的手缓缓摩挲着乔乐然的后颈，"也是我。"

"呼……"乔乐然肉眼可见地松了口气，叭叭发动机启动，"那我对您还、还算行吧？之前有什么不恭敬的您也能抵消是吧？您既然有恩报恩，那我可就不虚了啊……"

"对，有恩报恩。"林涯沉声重复，眼眸低垂，一字字道，"你待我真心实意，我连命都肯给你。"

这话如飓风过境，摧枯拉朽，扫清全部犹疑，荡平一切沟壑。

他眸光凌厉得能给人剥层皮，大手稚拙野蛮地箍着乔乐然的胳臂，等待回应。

他实在是头野兽，不加算计，不懂迂回，不知人心难测，也不怕背恩忘义。他认准了谁，就甘愿先一步剖白，把心交到对方手上，要杀要剐，悉听尊便……但小郎君真敢剐一刀试试？反了天了！

这会儿乔乐然已经彻底不怕了，这狗血小说般"上联：为你生，为你死，为你出生入死，命都给你；下联：为你流产，为你剜心，为你揭眼角膜，肝肾移植；横批：依法打击器官买卖"的极端话语，搁普通人说就感觉脑子不正常，但从林涯嘴里说出来那简直苏断狗腿。

"那我就还和以前一样对你，你别治我个大不敬就行。"乔乐然向来唯物的脑瓜惨遭封建思想统治，仰着脸边挨近边叽叽，嘴部利用率达到前所未有的高度，"我一个凡人，平时没少给你下跪磕头的，突然跟你平起平坐，凡人挺慌的。"

林涯提醒他："你是仙人下凡游历，不算普通凡人。"

"对对对。"张宝盆是说过他仙人下凡，乔乐然低头观察一番，除了长得特别好看之外，他也看不出自己哪儿仙了，缺乏仙人转世的实感，于是半自言自语道，"信息量太大，我都把这茬儿忘了，我真是仙人下凡？那人还真能修仙啊，我以后还怎么坚持唯物主义科学发展观，还怎么真情实感地学马哲啊，我心都不诚了，我现在就对你心诚。"

他的世界观今晚被冲击得稀碎，但稀碎的世界观过了几秒就重建明白了，年轻人真是恢复得快——他决定还是先倒戈玉皇大帝试试看。修仙啊，多牛啊，神仙肯定会飞啊，都不用学开飞机，就能圆他飞天梦。

"那张宝盆其实真有两下子？歪打正着也是着。"乔乐然心生向往，好奇得要死，一想到玄学领域全是他的知识盲区，他就忍不住说个没完，"我给宝盆当首席大弟子去得了，我有基础，估计随便修修就飞升了。但是神仙都在哪儿？是有天庭吗？我这个身体要是死了我能直接回去当神仙吗？当神仙还能下来生活吗？我下凡游历是不是得历劫，然后历完劫能升职加薪当大神仙，就跟公司派出深造似的。那你总保护我，我还能历着劫吗？你放手让我面对疾风吧，不然我无法成长……"小仙人挺愁的。

乔乐然："还有……"

林涯艰难地梳理着答案，正要回答，闻言愣住：还有？！

乔乐然小心翼翼地和他商量："那个人参娃娃汤这么立竿见影，能不能让我爸妈也喝几口？我不想光咱俩长寿。"

"可以。"林涯颔首，"你随便，还有不少。"

他想给乔乐然续命，方法不止这一个。人参娃娃在这种时候自己送上门，他自然要顺手压榨一下，反正不榨白不榨，但并不是全指望它，所以给乔乐然的亲人用也没什么不行。

"我爷爷身体也不好，还有我奶奶、我姥姥……"乔乐然掰着手指头，"还有聂飞、李文景，我们仨穿一条裤子长大的，我们寝室长对我也挺好，虽然我不怎么住寝室……"简直一人成仙，鸡犬升天。

"那我这几天游戏技术突飞猛进也是因为喝完汤体质变好了，对吗？怪不得你一点儿都不惊讶。"乔乐然脑袋一耷拉，淡淡颓丧，"电竞新星乔乐然梦断人参鸡汤！我这辈子都不能打电竞了。人家电竞运动员天天勤学苦练，我靠玄学开挂，对人家太不公平，太缺乏竞技体育精神，我这辈子顶破天也就是个名校毕业帅气有钱爱情圆满的人气主播了，我太惨了……"

林涯目光涣散，仿佛被一圈音色清脆的小喇叭怼着脑袋吹：哔哔叭叭嘟嘟哒哒……

乔乐然唠叨得激动，手舞足蹈，给这段叭叭加上了肢体的鼓点：动次打次动次打次……

简直 4D 环绕。

幸好，在得知仙人没七情六欲后乔乐然瞬间放弃飞升，连带着少了一堆问题。

"没七情六欲可不行，我这么一个有情有……义的人。"乔乐然埋头想了想，又担心，"就算人参娃娃能让我不老也不生病，那意外死亡呢？万一我哪天走背字儿，左脚绊右脚，平地摔掉头，那不就直接飞升了？"

"不会。"林涯阴恻恻道，"飞上去我也给你拽下来，重投一胎。"

乔乐然："那投胎的时候孟婆让我喝汤呢？我就不记得你了。"

林涯蛮横道："我把她锅掀了。"

"别啊，老太太熬一锅挺不容易的，你掀我那碗就行了。"乔乐然察言观色，见林涯表情如常，不敢置信道，"还真有孟婆啊？"

"没有。"林涯露出一抹罕见的微笑，不太熟练，道，"逗你的。"

真是日益通人性，都学会逗人了。

当然，前提是不变形，他暂时还不太能接受跟长着一身鳞的生物接触，这需要时间适应，可他不敢说。

林涯处于半人半兽的形态，好在脸仍旧英俊，他眼皮半合，居高临下俯视着乔乐然，狭长的眼敛着一泓锐利的光："怕我这样吗？"

"哥，你是……喜欢切换这个形态是吗？"乔乐然咽了下口水。

"喜欢，怎么了。"林涯企图揪他小辫子，冷冷道，"你说过不怕。"

乔乐然嘴硬："对啊，不怕！"

林涯俯身，灼热龙息扫过耳畔："那你就好好适应适应。"

乔乐然乌溜溜的眼珠子被林涯遛着左右转了几圈，不知从何而来的八卦之魂倏地烧了起来，清清嗓子道："哥，有个事儿想问问你，就是随便一问，闲着没事儿聊两句，我们都放轻松……"

林涯让颠三倒四的车轱辘话滚过几圈，打断道："问。"

乔乐然盘腿坐好，以一己之力展开三堂会审："那个……你都上千岁的人了，情史是不是挺丰富的啊？前任得装几车吧？"说着，暗搓搓地在字里行间挖掘陷阱，"都什么原因分手的？你挨个给我讲讲，哪位前任你用情最深，也跟我唠唠。"

林涯皱眉："没有。"

"真的？"乔乐然半信半疑，林涯怎么看也没个龙神样儿，他要不说乔乐然死也看不出他有上千岁。可林涯表示过他是北宋天禧年间出生的，思想封建，大清遗老在他面前都算小兔崽子。这人从北宋活到现在，情史不得装满三卡车？

林涯一挑眉，望向乔乐然，狐疑道："你有情史？"

乔乐然撇嘴："我没有，我才十八岁，没有也正常，你都上千岁了还没有？你别看我小就诓我……"

林涯只得把来龙去脉解释一通：天性嗜杀，为了不闯祸，这辈子尽挨封印了，清醒时间加起来才二十五年。除了时不时下山暗中观察、暗中弄死乔乐然身边的邪物之外，他的主要活动是在深山老林里抓猪吃。虽说龙性本淫，理论上各族通吃，确实有个别口味重的龙族看人族不来劲儿，看老母猪个顶个双眼皮，可林涯实在不好这口。

"你当年怎么想起来给我一片鳞的？"乔乐然满怀憧憬地问。

林涯语出惊人："……你薅的。"

害他斑秃一个多月。

乔乐然震惊："我为什么薅你？！"

林涯先是不吭声，沉吟几秒，宁可不要老脸也要维持尊严："你不懂事。"

乔乐然不信："我小时候可乖了，你肯定欺负我了！"

林涯斜他一眼，心想那是没少欺负。

乔乐然小时候家里给林涯摆神龛，神龛定时更换供品。供品大多是些水果点心，林涯是肉食动物，不爱吃，可他小心眼，他不吃，也不许别人吃。

某天，四岁的乔乐然宝宝趁爸妈不注意偷偷跑去吃给林涯上供的绿豆糕。这边乔乐然鬼鬼祟祟地蹲在神龛下面啃绿豆糕，那边林涯气急败坏地在儿童房席卷乔乐然藏在玩具箱里的小熊软糖……以牙还牙！

小乔乐然遭了贼，当晚哭成花洒，林涯被哭得心慌，最后骂骂咧咧地把小熊软糖放了回去。

诸如此类的事情居然还不少，林涯挺大个龙，跟小孩儿叽歪起来可来劲儿了。

"我没欺负过你。"林涯眼珠一转，仗着小郎君不记事，索性昧起良心，决定尘封这一段段洒满乔乐然稚嫩眼泪的旧情。

总而言之，话就这么说开了。

说开了，天大的事儿好像也没什么大不了，乔乐然对自己的跟班突然变成龙神而且自己其实是自己跟班的跟班一事接受度良好，几天下来就完全适应了狗腿子的角色，成天好奇宝宝似的，屁颠屁颠地跟着林涯，美其名曰观察龙族的生活习性。

……

六月的海，蓝得人心悸，游艇像朵浮在水上的云，前进时周身化开云絮般的浪蕊。

乔乐然上身套一件宽松半袖，下面穿条范思哲的纯黑沙滩裤，裤长逼近膝盖，不乏设计感却又足够低调，尽显时尚与贞烈。就是小腿遮不住，清瘦得那么有少年感，再让黑裤子一衬，白得扎眼。

他之前给头发染的亚麻灰，头顶长黑了，本来想染黑养一段时间，惊觉有半龙撑腰不怕化学制剂致癌，直奔理发沙龙办卡，好一顿染。一颗银闪闪的小脑袋沐浴着海风，飞扬的发梢渐变成清透的海蓝色，他垂着眼一笑，那睫毛、那梨涡、那唇红齿白，好看得像海的儿子。聂飞他们找来陪玩的嫩模和小艺人都上赶子撩这美少年，各种波涛，各种汹涌。足球赛是二十二个人争一个球，乔乐然一个人就得面对二十多个球的挤压，耳朵也被小姐姐们逗红了。

小姐姐们都聚过来逗乔乐然，二世祖们身边空荡荡凉飕飕的，逐个转移阵地上甲板撩妹。乔乐然欠欠地过去，准备撩一撩闲。

"飞哥飞哥几点了？"乔乐然先拿聂飞开刀，眼角瞄着三米外的陈焰。

聂飞中计："你不有表吗？"

乔乐然一抖手腕，愁眉苦脸："我涯哥新给我买的表，我看不习惯，这也没个针。"

聂飞一看，梵克雅宝的情人桥："这不女的戴的吗？"

"前几天发布会出男款了，我随口一提，我涯哥就非得给我买。"乔乐然顺杆爬，改良版贵妇话术劈头盖脸朝聂飞砸去，"你看这戒指，还有这沙滩裤、这鞋，全是他送我的，真想不到我乔大少也有傍大款的一天。他们游戏主播也太厉害了，尤其他这种大神中的大神，他现在赚得比我零花钱多多了。其实他去正经战队打比赛都能碾压一票人，还能为国争光，但从事体育竞技总得出国比赛，他不爱出去……"

"噗——"聂飞一口啤酒从鼻孔喷进大海，笑出猪声，"你食物中毒入侵大脑了吧！哈哈哈哈哈哈！"

乔乐然也差点儿没绷住，但仍然顽强地把话说完："我一开始还说让他给我当小弟呢，没想到这么快我就吃上软饭了，弄得我心理压力挺大的。唉……男人累，男人难，男人不想吃软饭，男人的尊严谁来还？"说完，点支烟猛抽一口，不过肺，直接吐，一脸中年失业男子的惆怅。

乔乐然拍拍聂飞，又找李文景瞎扯。

乔乐然："景哥景哥几点了？"

李文景用怜爱的目光望着他："嗓门不小，我站这都听见了，不用重复了，下一位。"

乔乐然一上午紧着忙活炫耀，说得口干舌燥，不知不觉灌下不少冰饮料，肚子隐隐作痛，跑了两趟厕所，坐在马桶上敲字。

乔乐然：大佬陪我潜水，我想看鱼，有你陪着我下水我都不用带氧气瓶吧？改天有空你带我进马里亚纳海沟瞧瞧去。

林涯：好。

发完几分钟后，乔乐然跟多动症似的，又跑出来跟林涯说："哥我又灵机一动了，我们纹个纹身吧。"乔乐然这几天中非主流病毒了，加上刚才瞄见李文景小臂内侧的梵文，又开始想一出是一出，瞎想瞎说，"我纹

< 92 >

条过肩龙，首先龙象征着你；其次青龙过肩，财路无边，还挺吉利的，你想纹个什么？"

"青龙过肩？"林涯眸光一凛，"你纹我爸？"

乔乐然大惊，忙道："不敢纹你爸，我说错了，我纹眦睚你纹小喇叭，你要嫌喇叭不好看纹个小螺号也行，都能代表我。"他们玄幻界的界门纲目科属种分得太细致了，龙就有青龙、应龙、角龙、烛龙、虬龙等等一大堆，加上龙没生殖隔离，还衍生出许多林涯这样的混血龙兽，细算起来极其复杂，乔乐然暂时还记得不太牢固。

纹身的事儿没定，游艇尾部的入水平台好几个人噗通噗通下水，乔乐然不甘落后，脱了上衣就往水里钻。林涯紧随着他下水，拽着他游，速度极快，轻捷修长，像一尾鱼。

乔乐然被牵着游出很远，忽然，林涯直起身子踩着水停住，圈起食指拇指抵住口唇，打了个悠长响亮的嗯哨。

一刹那，某种无形的波动以两人为圆心疾速排向四面八方，波动所过之处，似乎连浪尖儿都被削平了些，海潮声出现极短暂的停滞，又在人耳察觉到异样前恢复了常态。

"你干什么了？"乔乐然左右看看。

"叫鱼。"林涯言简意赅，"吸气，憋住。"

乔乐然乖乖吸足一大口气。

接着，他被林涯坠着，沉向海心深处。

林涯下潜快，乔乐然花了两三秒适应水下环境，再一抬眼，海面已隔开一段距离了。

几道锋利笔直的光钻透海水，形成光柱，水面宛如海蓝色的、即将破晓的云层。远处，规模惊人的鱼群飞速逼近，黑蓝与银白色的鳞片反射着潋滟波光，晃得人眼痛。

两小无猜

　　这庞大的银鱼群惊惧于龙息的威慑，俯首听令，它们密密匝匝地交织成长宽数倍于乔乐然身高的厚重鱼墙，沉沉向他压来，又在乔乐然紧张得开始咕噜噜漏气时骤然改变队列，幻化成上粗下细的圆锥体。这巨大的圆锥体如同一场肆虐在海底的龙卷风，那些蓝黑色鱼脊与雪白侧腹在高速的环形游动中为圆锥体渲染出不同的色彩，邃如深海的墨蓝与炫目的白亮不断交替变化，斜射而入的光线正巧将鱼群映照得清清楚楚——是一场鱼龙卷。

　　倏地，鱼龙卷散开又聚合，形成空心的圆柱体，将两人虚圈在中间。

　　乔乐然眸子亮得像浸在水里的小石子，他仰脸观赏了一会儿，指指鼻子示意上去换气。林涯揽过他，用辟水术度给他氧气。

　　乔乐然忽然觉得海底真静，好像全宇宙都没人了，连时间都停摆了。

　　就剩他们俩人和一堆鱼。

　　……

　　那天一帮人到最后都玩疯了，乔乐然看完鱼龙卷，神经亢奋得不行，多喝了几杯醉得五迷三道，跟另外几个神志不清的幼稚鬼一起玩叠叠乐，还让最后扑上叠叠乐塔尖儿的聂飞压吐了。林涯满船找人，气呼呼地把乔乐然从醉鬼叠叠乐里拔出来，直接造成叠叠乐严重塌方。

　　……

　　这天乔乐然没带林涯，独自回家探亲，落了单，冷不丁就被爸妈逮住审了一通。审问全程在轻松友好的氛围中进行，徐莉是颜控，看完照片对林涯好感度就刷到 60% 了，真不愧是乔乐然亲妈。加上乔乐然切换了战斗状态，神经亢奋嘴力高强，空口叭叭出四十二集偶像剧，夫妇俩明知其中有水分，却也架不住乔乐然疯狂轰炸，好感度硬是被刷到顶格。

　　最后乔万山甚至还提出砸钱给林涯组战队、搞俱乐部，让他正经打比赛为国争光。乔乐然严词拒绝，说怕林涯一出国他到时候连个洗脚水都没人给倒，挺孤苦伶仃的。

徐莉翻白眼："还给你倒洗脚水，惯你那臭毛病。"

爸妈这么痛快，乔乐然美得冒泡，面上却假装抗议："我一天天课业这么繁重，让他给我倒个洗脚水怎么了。面都没见就护上了！我家庭地位真是急转直下了，也就凌驾凌驾我爸了！"

乔万山看得挺开，搓搓头顶自我安慰："你爸能凌驾狗。"

这是哪来的错觉？乔乐然心疼死他爸了，决定不戳穿。

隔天，夫妇二人还把林涯叫去吃饭，一顿饭吃得颇为愉快。饭毕，两人在乔家主宅住下，乔乐然走流程，装模作样地让清洁阿姨打扫客房，跟谁还真能进去睡似的。

进了自己卧室，乔乐然终于敢放开说话，关好门美滋滋道："怎么样，顺利吧，我这拖家带口长生不老的事也瞒不住我爸妈，迟早得说，关于你身份的事我们以后慢慢渗透，我爸妈要是突然知道估计得吓出个好歹来。"

"你懂，我听你的。"林涯放弃思考。

"你该什么样就什么样，不用拘束。"乔乐然安慰他，"我爸妈特别好说话，而且他们本来就信龙神，我前段时间劝他们翻修你的龙神祠，都提上日程了，最近择个黄道吉日就开工，他们听说我终于心诚了，比你都高兴。"

龙神祠如今就是个给山精崽崽们遮风挡雨的地方，能修葺一番当然是好的，林涯攥了下乔乐然手腕，低声道："谢谢。"

"两兄弟谢什么，再说他们可愿意给你花钱了。"乔乐然老成道，"我年轻的时候不懂事儿，青春期逆反，挺烦他们迷信的，但我现在是个成熟的男人，四舍五入家中顶梁柱，也懂得这份苦心了。多亏你保佑我。之前我隔三差五就出意外、发高烧，鬼门关的门槛都快让我踏平了，我爸妈动

两小无猜

不动就跟我生离死别一下……"

他说着鼻子有点儿酸："家里有亲戚劝过他们，说我养不大，让他们趁年轻再要一个，但我爸妈都说，再要一个就不是乐乐了，不一样，不是这个孩子不好养活就再要一个那么简单，他们已经跟我建立了深厚的革命感情。"

林涯听着，用粗糙的指头轻轻揩他眼角，乔乐然嚷嚷着碰瓷儿："我没哭，别碰我眼睛，你把我眼睛都戳红了！"

林涯忍气吞声："……不好意思。"

"没事儿。"乔乐然大度地摆摆手。

林涯："……"

"还没说完呢，你知道我为什么叫乔乐然吗？就是我爸妈希望我快乐平安，别的怎么都行，随缘。"乔乐然舒了口气，"我觉得乔乐然挺好听的，至少比二号待选乔平安和三号待选乔快乐都强。"

"乐乐……"林涯不太会说话，只低声道，"以后天天都让你快乐。"

……

经过漫长的秋季与来年的一个春季，龙神祠的大型翻修改造工程宣布竣工，乔乐然也迎来了他的十九岁生日。

按照惯例，每长大一岁，乔乐然就得上山给林涯磕一遍头。徐莉和乔万山仍被蒙在鼓中，倒是人参鸡汤喝过几轮，脸上皱纹肉眼可见地少了，乔乐然厚着脸皮说这得归功于他让他们快乐了，人一快乐就变年轻，真理。

乔乐然上山拜神巨积极，往年都耷拉个小脸，今年劲劲儿的，山上有宝藏似的，言及张修鹤还一口一个张大师，也不没大没小叫宝盆了。

被徐莉调侃怎么忽然转了性时，乔乐然振振有词往自己脸上贴金："我挺稳重一成年男人，你们以后别把我当小孩儿了。"

< 96 >

在翻修一新的龙神祠参拜结束，乔乐然心特别诚地表示要留宿一宿沾沾龙气。孩子大了，不用家长催就知道自己安排妥当，可把爸妈欣慰坏了。

月至中天，乔乐然无声无息地溜出落脚的农舍，与林涯密会。

山路陡峭又长，林涯化作原形当坐骑，还用麻绳和坐垫在背上捆了个简易马鞍，省得乔乐然硌屁股。乔乐然骑上去，欠欠地喊了声"驾"，刚喊完就意识到大事不妙，迟早死在这张嘴上，结果林涯不仅没跟他计较，还特别配合地撒腿跑上了。

龙潭山近千年来一直让睚眦占着，灵气过剩，在地脉中凝结出许多略开灵识的灵核。灵核有形无质，可浮空而行，色泽以正红、金橙为主，像一团团飘摇的火。通往山顶龙神祠的路上全是这东西，都是林涯招出来的。

山路两旁林木丛生，小火团模样的灵核们乖乖用枝梢挑着自己，挑起十里灯火，原本黑黢黢的山路金红流灿，像高高地挂了一路大红灯笼。

这是龙潭山上一年一度的龙神祭，据说是林涯的生日，不知道真假。林涯其实都不怎么通人性，不在乎这些玩意儿，但山里那些受了龙神恩泽的小精怪们却很是把这祭典当回事儿，年年吵着嚷着要办，乔乐然今年也想跟着来看看热闹。

"我怎么感觉树上那些火离远点儿看特别像大红灯笼?"乔乐然拍拍林涯。

"就是把它们当灯笼使的。"林涯的狼耳朵抖了抖。

他在奔跑中掠起疾风，"灯笼"们左摇右摆，一枚小的受到惊吓没挂住，暖融融的一团，摔进乔乐然怀里。

乔乐然抱着那小火团，不烫，几乎没重量，弹软得像果冻。他揪揪小火团，道："离这么近看一点儿都不像灯笼。"

两小无猜

结果小火团就不干了，下半团奋力一蹬，蹬出一圈细密的穗子，随即它把自己中间猛地一鼓，上下口骤缩，还真把自己捏出个灯笼样儿。捏完，它得意地挺着圆溜溜的灯笼肚，在乔乐然手心里转圈。

"你还能听懂我说话呢，真新鲜。"乔乐然捏橡皮泥似的搓弄那小胖灯笼。

林涯速度比车快，不一会儿就跑到顶了，山精崽崽们把翻修一新的龙神祠布置得喜气洋洋，又红又土，入眼一水儿的大红，简直烧眼睛，但乔乐然看着特开心。

祭典上精怪们为了喜庆都穿红戴绿的，乔乐然入乡随俗，也换上了张宝盆给他弄的那身祈福法袍，朱红丝缎柔滑地贴服在身上，袖口纹绘四海图样，这些抽象的海浪绣样随人行走动作微微摆荡，精巧得像是活了。

那小胖灯笼黏上了他，忽悠悠地飘在他身边，模仿他的动作，他一弯腰，小胖灯笼就飘下去，他歪歪脑袋，小胖灯笼就斜一斜，很皮。

"怎么样？好不好看？"乔乐然唱戏似的甩着袖子，在林涯面前瞎晃。

"好看。"林涯前额那枚弯月似的独角渐趋红热，像被锻炉灼烧的金属，这枚独角是他化作原形后唯一能直观暴露出情绪的器官。山精野怪们见了，叽叽喳喳地闹他，闹得那独角愈发赤红。

林涯去龙神祠后身儿换事先定做的衣服，乔乐然乐呵呵地和山精崽崽们闲扯淡，崽崽们可喜欢好看又亲民的小郎君了，踊跃揭发尊上黑历史，连去年趁乔乐然睡觉偷他东西的事儿都抖落出来了。

"他怎么能那样儿啊？"乔乐然简直不敢相信，"干坏事儿也不带我一个！"

山精崽崽们一时哑然。

人参娃娃自从年龄被戳穿之后就懒得装嫩了，不仅不跟着山精崽崽们奶里奶气、玩幼稚游戏，还拿尊上每月发的零花钱下山浪，装成帮家长

< 98 >

买东西的小孩儿去烟酒店消费，滋儿一口老白干，抽一支红塔山，爽。

想到自己好不容易长出来的须须可让乔乐然吃了，光秃秃的人参娃娃眼底掠过一抹深深的戾气，打算好好跟乔乐然掰扯掰扯，结果这时乔乐然忽然扭头望向它，眼底掠过一丝难以名状的笑意。

五分钟后，人参娃娃退出战场，脑袋嗡嗡的。

"对了，你们镜片合身吗？睡觉的时候记得摘。"乔乐然转而关怀千里眼。千里眼近视这事儿可给他乐坏了，好在他不白笑话人家，笑完专门找厂子定制了几套巨大的隐形眼镜，千里眼往身上一贴，省得成天举着镜片满地跑。

"可合身了呢，论体贴还是我们小郎君体贴。"两枚千里眼满眼谄媚，今天尊上大喜，它们戴个红色美瞳，挺应景的。

"还给你们带了点儿城里的土特产，忘拿上来了，等我完事跟我下山取一趟。"乔乐然活泼道。

城里土特产就是各种眼药水，两只眼妖嗑药磕得停不下来，从玻璃酸钠滴到施图伦，一天天的简直醉生梦死。

祠堂前摆了许多桌宴席，高低错落，大小不一，高的就是正常人家用的桌子，低的就像大号板凳，周围围着一圈薄薄的草垫，是给矮小柔弱的山精崽崽们预备的。至于那些高桌子，是给各路大妖与神兽准备的，其中还包括龙生九子传说中的另几位龙子。林涯原本不敢请七妹狴犴，怕狴犴念叨他，但乔乐然非让他请他也不敢不从，只得硬着头皮把人叫过来。

这时，林涯换完衣服走出来。

他这辈子都没穿过大红，加上山精崽崽们唯恐天下不乱地起哄，臊得要死，越臊越凶，脸皮滚烫，眉目却狠戾得像要咬人。

乔乐然也凑上去闹他，发现他紧张得不行，浑身绷得铁块一样硬。

祭典的主持发言环节本来每年都是一只成精的八哥鸟完成的，今年乔乐然一来就把说话这活儿抢了，决定发挥特长，给大家好好说说。

"各种亲朋好友，大家好，我是从小听着各位的传说长大的。"乔乐然站在小精怪们搭的红台子上，先客套一番，恭维恭维在座各位神兽，接着道，"说来话长，我其实是年纪轻轻就被我爸妈打包塞给他了，让他罩着我，这么多年我一直不知道，他怕吓着我，也从来不告诉我，就暗中观察我、跟踪我、保护我……幸亏我不懂事，十八岁生日那天差点儿犯下严重的错误，他在旁边看着，一着急就被我炸出来了，我这才知道世界上还有这么一个人；也幸亏我脾气不好……说来说去，我们两个能当上好哥们儿真是多亏了我，我挺感谢我的。"

乔乐然叨叨得上头，说着说着，转向林涯："哥，今天是祭典，今天我们大家之所以欢聚在这里，是为了你，为了庆祝你的生日，生日得说点儿吉利话，这个我擅长，我就祝你从此往后，一屋两人，三餐四季……"就在了解乔乐然操行的宾客们以为这孩子突然转性改走小清新路线时，他又说回相声了，"五福临门，六六大顺，七星高照，八方来财，九九同心，十全十美……"

简直五毒俱全六畜不安七嘴八舌九鼎大吕……十只手也捏不住的一张贫嘴。

林涯也是真的好糊弄，居然这都给说感动了，重重一点头，沉声道："好，十全十美。"一看就是把前面那一大串忘干净了。

乔乐然挺抱歉的："对不起，本来想文艺一下，没成想，嘴不听使唤，直接就把一套吉利话秃噜下来了……你这能让我说得淌眼泪，你也真够行。"

话篓子一打开，乔乐然那嘴就停不下来了。

"小郎君，我们要放烟火啦。"山精崽崽们不得不出言提醒，这是祭典中最隆重的一个环节。

乔乐然还挺诧异："你们放你们的，该走流程走流程，不用跟我请示。"

"……"

"放——"担任司仪的山精崽崽们裹着小红布条，一人捧着一枚小胖灯笼，拿里头的火苗点烟花。

两人相视一笑，带着那些十全十美的、俗气却幸福的期许，眺向灿烂的夜空。

天边星河万里，辉光如此温柔。

【 单元完 】

第二单元

两只竹马

清晨，主卧。

乔乐然那张定制大床上隆起了一座山。

"山"体呈扁球形，直径约达三米，将床全面覆盖，有规律地小幅度膨胀、收缩，打呼噜般发出"呜噜""咕咚"的惬意低音。球体表面覆盖着橘红、暖黄与浅棕色的绒毛，毯子般绵软厚密，看上去……根本就是只巨型橘猫。

可奇怪的是，这半球没手没脚，更没有五官。

乔乐然趴在这怪东西上睡得酣甜，修长的身体将身下那厚毯般的橘毛与脂肪压出深深的凹陷，简直不知有多软。

忽然一阵吵闹的音乐声响起，乔乐然掀开眼皮，从橘红的毛垫中摸出手机，摁掉闹铃。

周日没课，他前几天说好今天早起去林涯一位熟人经营的私立幼儿园帮工。

正常来讲，闲着没事儿去幼儿园看孩子纯属吃饱了找罪受，但林涯熟人开的不是普通幼儿园，而是一家专门看护、教育神兽幼崽的"山海幼儿园"。

这位幼儿园园长名叫叶辰，本是凡人，因种种机缘巧合在一年多以前觉醒了某种特殊血脉，成为连接神兽与凡人社会的"桥梁"。

神兽是天地灵气凝聚的产物，本是上古神灵投放人间、用以镇守九州大地的"工具兽"。它们各司其职，繁衍生息，以造福黎民苍生为己任。譬如龙族，在几千年前便是为保华夏风调雨顺而生。

如今华夏国运安泰，凡人科技发达，曾为凡人们立下汗马功劳的神兽们渐无用武之地，无人祭祀供奉。因此，帮助各族神兽融入凡人社会就成了叶辰这位"中间人"的日常任务之一。眼下叶辰是二十余只神兽幼崽的监护人。除去幼崽，他还要负责看护一屋子尚未孵化的"神兽蛋"，种植灵植豢养灵兽，维护《山海经》中那些传说中的山脉与水系的生态平衡，工作相当繁忙。

事务多，一个人做不过来，自然要雇人手。可这些工作不能叫凡人插手，叶辰便用灵植做报酬请神兽帮忙，林涯已断断续续去做过许多次帮工，乔乐然爱凑热闹，也常跟着去，尤其爱帮叶辰带孩子。

那群神兽幼崽中有好几条是与林涯同族的幼龙，还有毛绒绒的�犰、狰、饕餮……乔乐然前几天说好去帮忙，打算浑水摸鱼吸宝宝，结果昨晚没睡饱，有点儿悔不当初了。

可真是春宵苦短日高起，小昏君愁坏了。

忽然，有人在床下骂了句脏话，瓮声瓮气的，像口鼻让什么捂着。接着，一双结实的小臂从扁球形的肉山底部伸出来抠住地板，林涯骂骂咧咧地从肉山下挣脱出来，粘着一身橘毛。

"哥，"乔乐然乐了，"你让沌沌坐屁股底下了？"

"你……"林涯抡圆胳膊，抽了那扁球一巴掌，"也不嫌硌得慌！"

两小无猜

肥嘟嘟的扁球挨了一巴掌，果冻般荡漾，抖动不绝，余波袅袅，趴在上面的乔乐然跟着直晃。

"咕、咕咚……"半球委屈地呜咽。

"别打脑袋，"乔乐然抗议，"挺好的孩子，再让你打傻了。"

林涯一口咬定："这是屁股。"

乔乐然："我瞅着像脑袋。"

半球带着哭腔："咕咚……"

是肚子……

这半球是一只混沌。

据《山海经》所载，混沌状如黄囊，赤如丹水，六足四翼，浑敦无面目。意即混沌长得像个黄口袋，混混沌沌没有面目，可可爱爱没有脑袋，是一头凶兽。

这只混沌宝宝是山海幼儿园中的一位小朋友，特别黏乔乐然，平时隔三差五就嚷嚷去乐乐哥哥家里玩儿。昨天晚上它来爬床，撒娇要跟乐乐哥哥睡，说好用灵力控制着不变原形，巴掌大的一团毛球蜷在乔乐然枕边，那叫一个软萌乖巧。结果这一宿过去，睡得昏天黑地的混沌宝宝就如同揉入过量酵母粉的面团，一发不可收拾……于是便有了刚刚那一幕。

"咕咚……咕咚……"

叔叔坏……哥哥好……

混沌宝宝嘟嘟嚷嚷地翻身，掉下床，在地板上软趴趴地摊成一大片儿混沌，从馄饨变成馄饨皮。接着，一滩亮晶晶的水从它身下漫开，那出水量堪比暖气管爆裂。

"你看你！又把人家弄哭了！"乔乐然朝林涯砸了个纸抽。

"他先压我的！"林涯神色暴戾，跪着擦地。

"人家才三岁，"乔乐然挺服，"三岁小孩儿你都重拳出击。哥，不愧是你。"

林涯闷不吭声，板着脸，滚雪球般将哭哭啼啼的混沌宝宝滚到一边，卷起它身下湿透的地毯。

"咕咕……咕咚……嗝——咕咚！"

"呜呜呜……沌沌不是故意的……嗝——乐乐哥哥——呜哇哇哇哇！"

混沌宝宝哭得打嗝，展开四枚成年人巴掌大的翅膀，抬起一对小得可以忽略不计的前足勉强抱住乔乐然的脚踝，如山的身躯抖动出层层肉浪，可劲儿撒娇。

"沌沌不哭，姓林的可环了，就欺负小孩儿能耐，我断奶之前让他打吐奶多少回。"乔乐然这段时间吃了不少叶辰种的灵植，记忆力大幅增强，一岁前的事都想起来了，林涯可真不是个玩意儿，仗着一岁的宝宝乔乐然不会告状，成天欺负他。

林涯冷哼，像是要抵赖，乔乐然迅速开启火力压制突突他："姓林的你别不服，我全都想起来了！十八年前你戳我肚子戳可狠了，动不动就给我戳吐奶，你家暴我！家暴只有一次和无数次，我挺害怕的，我话多，万一哪句话惹你不高兴了，你给我一下子，我直接就投胎了。"

"你长大以后，我动过你一根手指头？"林涯冤得咬牙，警惕试探，"你想走？"

"没想走。"林涯脑子不好使，听不出玩笑话，乔乐然赶紧撇清，"咱俩血浓于水胜似亲，打断骨头连着筋，后半辈子只能凑合过，谁也跑不了。"

听见"谁也跑不了"，林涯放心了，低头收拾地毯。

把大的哄明白，乔乐然转头哄小的，抡圆胳膊，擦黑板般努力抚摸混沌宝宝的巨大身体，哄道："刀不锋利你太瘦，你长大再跟他斗。"

林涯冷笑："它瘦。"

混沌宝宝最怕别人说它胖，顿时哭得更惨："咚咚咚！"

乔乐然加大力度："你别理他，他不嫌你压他吗，你再长十倍，到时候就压他，就压他，一屁股墩死他，让他瞎叭叽。"

连它最喜欢的乐乐哥哥都变着花样儿说它胖，它活不了了！混沌宝宝泣不成声，哭得像仲夏天边的闷雷："咚咚咚！咚咚咚！"

怎么还越哄越哭呢，都赖姓林的。乔乐然立刻谴责林涯："还在这儿站着，人家烦你看不出来啊。"语毕，抿了抿嘴唇。

——这是磨嘴，堪比剑客磨剑。

林涯惹不起，赶紧起身，骂骂咧咧地去卫生间拧地毯。

……

好不容易把混沌宝宝哄不哭了，处理完水漫金山的卧室，乔乐然去厨房，打算给神兽宝宝们带些空运来的稀罕食材，让孩子们吃着玩玩儿，别空手去。

他家厨子还没上工，便溜溜达达自己去找，走进堪比寻常人家一间小屋大的步入式冰箱，顿时傻眼了。冰箱里那叫一个干净，别说食材，连存放食材的架子都没了，甚至四周的墙壁板材都被神来之手削薄一层，一看就是内部空间被混沌整体吞噬的结果。

混沌是一种空间神兽，可千里之外隔空夺人首级，如今和平年代，主要夺人冰箱雪柜电饭煲。

乔乐然："……"

混沌宝宝用灵力把身体浓缩回巴掌大，圆溜溜的小团子紧张得发尖，像枚坐落在乔乐然肩头的微型金字塔。

乔乐然戳它小肚子，挺愁："抽屉和隔板给我吐出来。"

咣咣几声，抽屉隔板砸在地上，边角已被消化液腐蚀，颇为圆润，几颗海胆滴溜乱滚，帝王蟹爬得屁滚尿流……都是从混沌宝宝肚子里放出来的。

混沌宝宝："咕咚。"扎肚肚。

"下次去壳，记住没？"乔乐然弹了它一个不知道是脑瓜崩还是肚子崩还是屁股崩的崩。

混沌宝宝用毛绒绒的身体蹭他面颊，娇娇地叫："吨。"

实在像只橘猫。

其实一年多以前，也就是混沌宝宝刚孵化出来那阵子，它是真的只有巴掌大，不用浓缩。

当时叶辰就觉得混沌一身橘毛怕是不吉利，结果一年多过去，还真没辜负这身毛发，体重呈几何倍增长，眼瞅着压塌炕，饕餮宝宝都撵不上。

乔乐然有时候怀疑混沌宝宝不是黏他，是黏他家冰箱。

……

与此同时的另一边。

淡白光线从窗帘缝隙漏下，房间里的家具浮出些轮廓。

十张尺寸统一的儿童床靠墙摆成一排，许多双巴掌大的小拖鞋齐齐整整地排在床尾，床单条条浆洗得雪白，十个平均年龄三、四岁的小孩儿酣睡着。这里是山海幼儿园的一号儿童睡房。

睡房中，一个小孩儿坐起来，揉揉眼睛。

小孩儿看起来四岁左右，脸蛋白净，五官好看得像个小童星，唯一的缺点是面相略凶，眉眼线条冷厉，软软的嘴角绷得溜直。铁血硬汉，没有表情。

他跳到地上，啪嗒啪嗒跑向另一张床。跑动跳跃间，那两瓣仍保留着婴儿肥的面颊随着步伐颤悠悠的……可脸蛋颤归颤，神态依旧肃杀。

另一张床上也睡着个小孩儿，床边地上扣着一个绿玉般光洁的乌龟壳，不知道是本来就在那儿还是从床上掉下去的。乌龟壳极大，长度有一

両小无猜

米多，罩进去个成年人都不成问题。床上，还在睡的小孩儿身上什么都没盖，肥嫩的短胳膊短腿儿从背心短裤里伸出来，蜷成一团，像是冻得够呛。

面相凶的小孩儿吃力地掀开地上那枚沉重的龟壳，用双臂高高举起，接着，像夏天用防尘罩扣菜似的，咚的一声，把床上的小孩儿扣了个严实。

——约等于掖被子。

给重点照顾对象扣完龟壳，他板着脸挨着儿童床巡视，帮其他踹被的小朋友盖上被子，颇有大哥风范。

这小孩儿是一只穷奇幼崽。

据《山海经》所载，穷奇状如虎而有翼，音如嗥狗，与梼杌、混沌、饕餮一齐位列四凶，是一种赫赫有名的凶兽。

凶兽其实也是神兽的一种，只是天性相对暴戾，就被凡人安了个"凶"的头衔罢了。这只穷奇幼崽名叫沈奇，"沈"是随他另一位监护人的姓，"奇"则象征穷奇。

忽然，房中咣当一声巨响，沈奇刚扣好的乌龟壳又掉在了地上。

——那小乌龟睡觉不老实，又踹壳了。

龟壳里的小孩儿被自己弄出来的动静惊醒，慢吞吞地坐起来。

他模样生得比沈奇还好，喜气的小圆脸，一只眼睛能抵普通小孩儿两个大，黑密睫毛落下两道淡灰的影，显得眼中云烟濛濛，像是没睡醒。

"奇……奇……早……上……好……"小孩儿缓缓地、一板一眼地问好，音色糯得像甜粽，拖着长腔，五个字说了将近十秒，急性子听了能憋死。

这时沈奇已换下睡衣，穿好了背带裤。他想在小朋友面前把小手英俊地抄进裤兜里，抄到一半却发现背带裤只有一枚口袋，还在肚子正中间，像哆啦A梦。

他临时把一双小胖手改了方向，犹犹豫豫地一齐插进肚子中间的口袋。这样似乎有哪里不对，可他不流露出心虚，只淡淡道："早。"

床上那小孩儿抿了抿嘴唇，慢悠悠地伸手够枕边的小白袜，心里觉得奇奇哥哥用手抄兜挺酷的，挺令人崇拜的。

这慢吞吞的小孩儿是一只玄武幼崽，与沈奇采用类似的命名法，凡人名字叫叶玄。

玄武一族世代镇守华夏北方大地，统领北方七宿族群，龟蛇同体，以龟为主。幼崽期的玄武无论外形还是习性都无限趋近于乌龟，灵蛇则要随年龄增长，慢慢炼化。

幼崽期像乌龟，也就意味着这只玄武宝宝无论行动还是说话都相当迟缓……

就在叶玄快要碰到袜子的当口，沈奇已先一步拿起那双小袜子。他坐在床边，把叶玄的一条小胖腿儿拎起来放在自己大腿上，帮他穿袜子。

左脚穿完，沈奇又拎起叶玄的右腿，如法炮制放在自己大腿上，给他穿另一只袜子。

两条腿都被拎高，叶玄重心失衡，胖嘟嘟的小身体直直仰面倒下，咣的一声，两只脚丫翘得高高的。

一通艰难的操作结束，沈奇帮叶玄穿好同款背带裤。

一年多以前，穷奇和玄武是最早孵化出来的两只神兽幼崽。叶玄慢得生活不能自理，一双袜子要穿十分钟，监护人忙不过来，有时只能任由他慢着。沈奇性子暴躁，常被叶玄的慢动作急到窒息，忍不住上手帮忙，一来二去就帮出了习惯，两只神兽幼崽也在帮与被帮中建立起了奶里奶气的友谊。

据叶辰推测，叶玄长到上小学的年纪后会迎来一次发育期，发育期后他大约能勉强做到生活自理，不会慢得太夸张，而在此之前，叶玄仍旧要人照顾。

两小无猜

帮叶玄穿完衣服，沈奇背起他走向洗漱间，手脚麻利地为叶玄挤牙膏、兑温水、掰嘴、往嘴里倒水、向下按头利用重力让水流出、将牙刷探入口腔、刷牙、往嘴里倒水漱掉泡沫、洗脸、擦脸蛋……动作连贯，炉火纯青，俨然一副已照料瘫痪老伴半辈子的架势。

"谢谢……奇奇……哥哥……"洗漱这项大工程结束了，叶玄糯糯地道谢。

"小事儿。"沈奇挺痞地揉揉鼻尖，小胖手抄兜，淡然纠正，"叫奇哥，或者老大。"

他是凶兽，天性凶残暴戾，需要时不时通过打架斗殴、寻衅滋事、杀戮活物来消解凶性，促进身心健康发育，生长环境过于和谐友爱，容易导致他心理变态。

考虑到沈奇需要反向发育，叶辰隔三差五就使唤他杀鸡。可单杀鸡不够，沈奇还用叶辰的平板电脑找片儿看。有段时间他沉迷香港九十年代的黑帮片，幼崽们一起玩过家家，沈奇扮演黑帮大佬，还成立穷奇帮，自称邙山奇哥、四合院扛把子，安排其他神兽幼崽给自己当马仔，动辄将其他幼崽好不容易拼好的乐高警局夷为颗粒，令叶辰头疼不已。

叶玄乖乖叫："奇……哥……"

语毕，也慢吞吞地用双手抄背带裤前面的兜，和沈奇不一样，他抄兜是把两只手整个儿放进兜里，不算太酷。

"手形这么摆。"沈奇看不过眼，出言纠正。

大拇指放兜里，另外四个指头拿出来，贴在裤子上，这才社会。

"知……道……啦……"叶玄兴奋得喘不上气，感觉他俩简直有点儿不得了了，不禁拍马屁道，"老大……你……真酷……"

沈奇用舌尖顶腮帮子，驱散笑意，绷着脸接受赞誉："嗯。"

两个面团似的幼崽面对面杵着，抄着裤兜互相比酷，谁也挪不动步。

孩子都这样了，乔乐然路过走廊瞥见他俩时，竟还火上浇油，扔下一句："这造型忒酷了，不知道的以为你俩交易军火呢！"

这下完了，孩子彻底沉迷了，早饭铃响第三遍还没酷完，乔乐然只好一手一个，把两只酷崽抱到饭堂。

饭堂里，几位成年神兽各司其职，忙活幼崽们的早饭，切水果、挨桌布菜、分发餐具……人手不少。乔乐然抱着沈奇、叶玄，一缕风似的穿过，短短二十几秒，全按特征招呼一遍。

"毕姐早，我今天也特别遵纪守法，法制在我心。"

"沈哥早，订婚戒指真好看，甭跟我讲，我背熟啦。"

"周哥早，看您印堂发金，这几天肯定又要暴富。"

周步初正端着汤锅挨桌添汤，听见"暴富"挺激动，一回身碰巧撞上人，汤泼出少许，溅到乔乐然身上，半个巴掌大的汤渍。

乔乐然轻描淡写："没事儿，穿过好几回，早该扔了。"

几千块的时装哪用洗，脏就扔。

周步初肉眼可见地吁了口气。

他是头貔貅，生理性吝啬，破财等于割肉，周步初这名就是"周不出"的谐音。

乔乐然把两只酷崽放在板凳上就去后厨帮忙，周步初倒空汤锅也要回后厨，衣摆忽然被一只小胖手抓住。

一个长着兔耳朵的小孩儿单手托腮，不太善良地打量着周步初，道："周叔叔，乐乐哥哥那件上衣八千多呢，您是不是得赔钱呀？"

死穴让人捅了，周步初生理性僵直，杵那儿不动了。

兔耳小孩儿是狃的幼崽。

狃形似兔，喜食龙脑髓，与同样形貌似兔的訛兽沾亲带故，算得上近亲。因此狃这种神兽大多狡诈滑头，以戏要、操纵其他生灵为乐。

< 113 >

两小无猜

犰宝宝帮他算账，诗朗诵般饱含感情："八千多，多厚的一沓钞票呀，周叔叔！一百元、五十元、二十元，你不让我，我不让你，都从您的钱包里往外蹿，粉的像霞，绿的像玉，褐的像茶，票子里带着钱味儿，您闭了眼……"

犰脑力超群，才这么大点儿，就已预习过初一人教版语文课本，甚至全文背诵了《春》，招人嫌起来一个顶仨。

周步初："……"

哪来的缺德孩子？！

这波高清无码、直白露骨的赔钱描述令貔貅呼吸困难，一张俊脸憋得发青，扭头就走。

犰宝宝窃笑不已，特别欠。

桌对面，沈奇喂叶玄吃饭。

叶玄缓缓张嘴，沈奇往他嘴里塞一口混着西红柿炒蛋的米饭，提醒一句"舌头收好"，随即托着叶玄的下巴上上下下，辅助他嚼。等他嚼完，掰嘴往里灌一勺汤，再往后扳脑袋，利用重力帮他把食物顺下去。

对面的犰宝宝喝汤："咚咚咚，嗝儿。"

这边的叶玄喝汤："咚……咚……咚……"十秒钟后："嗝……儿……"

过一会儿，汤喝空了。沈奇对叶玄的口味了如指掌，知道小乌龟爱喝，都不用说，主动去加汤。叶玄也不干等人伺候，小嘴抵住碗沿，笨拙地扒拉米饭粒，能少麻烦兄弟一点就少麻烦一点。

犰宝宝早吃完了，却没下桌，双手托着小胖腮打量他们，看沈奇去盛汤，赶紧见缝插针地欠一波："奇奇还帮你盛汤哪？"

叶玄奋力吹捧他兄弟，表忠心："邦山奇哥……可……仗义了……我是……奇哥的……马仔！"

犰宝宝眉眼狡黠地一弯："你知道奇奇为什么对你这么好吗?"

叶玄攥紧小拳头，学沈奇唠社会磕："是大哥……就……为兄弟……两肋……插刀……"

"就知道你不懂。"犰宝宝眼珠溜溜转了一圈，见左右没人，压低嗓门，奶气道，"知不知道童养媳呀?"

叶玄不知道这词是什么意思，可辰辰哥哥说过这是特别特别不好的词，不让小孩儿说。

叶玄骇得小脸儿通红，觉得这场谈话太可怕了："小孩儿……不说……不好的……话……"

"奇奇不仅拿你当马仔，还拿你当童养媳呢。小时候他伺候你，长大你就得给他当媳妇儿啦，不然他怎么不伺候别人呢? 你想想，是不是这么回事?"犰宝宝一枚耳朵竖起，一枚耳朵耷拉着，蔫儿坏。见叶玄直捂耳朵，他扒拉开那只小手，贼兮兮道，"等你长到十八岁，奇奇就要亲你啦，得亲一百多口才放你走呢!"

"哎……呀……"叶玄臊成小番茄，双臂抱头吧唧趴到桌上，鼻尖儿都压平了。

犰宝宝憋着笑，嗞嗞地添油加醋："到时候奇奇想亲你，你让不让他亲呀?"

叶玄急出一脑门汗珠，左右为难了好一会儿，才从牙缝里挤出个极小声的："让……"

穷奇大哥那么仗义，他当马仔的也……也不能差事儿!

"嗞——"犰宝宝恶作剧得逞，怕穷奇回来揍他，连蹦带跳地跑开，圆尾巴得意得直抖。

沈奇端着汤回来时，叶玄羞耻得稳不住人形，索性变回玄武形态，缩进壳里。

"怎么缩起来了,"沈奇英气的小眉毛一拧,"谁欺负你了?"

一想起"童养媳"仨字,叶玄就臊得要昏迷,不好意思见人,龟脑袋拼命在壳里挤着,都快榨出汁了。

沈奇把玄武壳端起来,透过洞眼朝里窥视。小乌龟的脸蛋全藏在脖子肉里,黑豆眼紧闭,一声不吭,看不出什么。

"玄玄?"沈奇把筷子伸进去轻戳,结果他越戳,壳里那团软肉缩得越紧,再戳,叶玄就狠狠咬住筷子头不撒口。

沈奇不甘心,把玄玄举到嘴边,照着壳就是吭哧一口。咬完,感觉这玄武壳仍然硬得能把他乳牙硌断,遂无奈放弃。

此事以晚饭时叶玄饥肠辘辘地钻出壳吃东西为结局,无论沈奇如何逼问,叶玄都一口咬定什么都没发生,特别嘴硬,可真是王八咬人不撒口。沈奇死活问不出,隔几天也就忘得差不多了,再隔几天,这段小插曲便完全被他抛在了脑后。

......

孩子不记年月,或许因为这个,童年这东西溜得极快。短胖的手指头裁一纸光阴,折出破风的机头与宽阔的尾翼,漫不经心地抛飞出去,就一头扎穿了几轮春夏秋冬。

春日细雨沾湿了泥地,两只崽崽正巧去掘冬眠的灵虫,凡人瞧不见的品种,个个像小灯笼。在叶玄床头摆一瓶,晚上沈奇背他去尿尿都不用开灯,敲敲瓶壁,招呼灵虫们起床贡献光和热,干得好就随手揪几朵花给它们加餐。

长夏草木深广,连龙都不乐意出空调房布雨,唯有结霜的甜瓜、冻硬的葡萄以及浸在冰镇气泡水里的灵气樱桃才能救命,两只幼崽分着吃,最后一口凉冰冰的食物总得推让到恢复室温。

还有刮净了枯叶的霜风,在落叶堆里打个滚,一身碎屑草梗还没择净，初雪已匆匆而至，星和月亮冻得冷硬，连光都凉得像冰针，崽崽们在院里堆雪人、打雪仗。

打雪仗时，除了叶玄，哪只幼崽也不敢往邦山奇哥身上扔雪球，生怕被奇哥做掉。可一轮到叶玄，连砸奇哥的雪球都是奇哥自个儿搓的，搓完，还要攥着叶玄的小拳头，上赶着往自己身上扔……

玄玄是兄弟，我跟兄弟没说的——被问及为何差别对待时，沈奇总是奶里奶气地这么说。

这么一来一去，转眼便是几年。

软嘟嘟的神兽小团子长了一圈，变成神兽大团子，在九月开学季背起书包，化身小学生。

在现代社会的行政体系中，神兽幼崽们来路不明。既无出生证明，又无双亲，身为他们的监护人，叶辰这两年一直没闲着，到处疏通关系，补办各种手续。待到幼崽们需要入学时，叶辰早已将他们的身份证明安排得滴水不漏。

名义上，这些凭空出现的神兽幼崽都是某家慈善机构收养的孤儿，手续一应俱全。

孤儿听起来有些凄凉，但实际上幼崽们都是被叶辰与其他监护人往死里宠的，个个过得都是纸醉金迷的日子。

这样一来，上学对大部分神兽幼崽而言都不是什么问题了，唯独叶玄是个例外。

在迎来一次快速生长期后，叶玄动作缓慢的生理特质得到很大改善，能勉强生活自理，课业活动努力大约也跟得上，但他的谈话举止仍旧比正常孩子慢一拍。

叶辰担心叶玄入学后会被其他同学当成轻度残障人士，进而遭遇区别对待，影响心理健康。辗转反侧几个晚上之后，叶辰终于私下把叶玄叫来谈话。

几年过去，叶玄成功从胖嘟嘟的二头身长到一米二，挺有个小学生的样子了，脸蛋变化不大，模样又奶又乖。

叶辰婉转婉转再婉转，向叶玄说明了他上学后可能会面临的问题，让叶玄权衡利弊，自己决定。

叶玄乖得过分，一听辰辰哥哥口风不对，立马耷拉下小脑袋，蔫蔫道："明白了，辰辰哥哥……那我，过两年……再去，学校吧……"

活脱脱一个失学儿童。

当其余神兽宝宝采办文具、收拾行囊，忙活得热火朝天时，叶玄就丧唧唧地趴在小床上装睡，连沈奇都叫不动他。

开学前夜，月黑风高。

叶玄慢吞吞地蹭下床，偷偷拉开沈奇的小书包，眼中尽是艳羡。

奇奇、犰犰、沌沌他们都要去上学，就他一个去不了。而且，以后白天奇奇就不在家了。

想到这个，叶玄的眼眶泛起一圈红，哽咽着摸上沈奇的文具盒……
……

翌日清晨。

临出发，沈奇带着军火大佬验货般的谨慎检查书包。

铿啷，邦山奇哥冷着脸打开蜘蛛侠文具盒，眸光一沉。

这批"货"让人动过！

他笔盒里那八支崭新的铅笔不知被谁削得尖尖的，教科书也都被包上了歪歪扭扭的书皮，每一本书的扉页上，在那歪歪扭扭的"沈奇"二字旁边都画着一只小乌龟，书包装水壶的侧兜里还藏着一枚直径不超过三厘米的微缩龟壳。

< 118 >

沈奇扭头，见叶玄没背龟壳，光秃秃地趴在小床上，脑瓜转过一个别扭的角度，用脸蛋冲着墙。

"玄玄？"沈奇蹙眉，吧嗒吧嗒跑过去，戳戳叶玄。

叶玄纹丝不动。

沈奇爬上床，用两只小手扳叶玄的头，却扳了一手眼泪大鼻涕。

奇哥稚气地爆了句粗口："谁欺负你了？"

叶玄被沈奇扳得被迫转过脸，噙着两大包泪水，吸溜着鼻涕，悲泣道："我不能……上学！"

"你不是自己不想上的吗？"沈奇话说一半，察觉出不对，压低嗓门道，"辰哥让你别去的？"

硬汉从来不叫辰辰哥哥，都是叫辰哥的。

"我想上，但是我……我太慢了……老师、同学，可能会觉得我……奇怪。"叶玄语气凄凉得犹如诀别，"你把，我的龟壳……还有，书上画的，小乌龟……当成我，背着我去，上学吧！"

沈奇嘴唇一抿，二话不说把叶玄拽下床。

一分钟后，叶辰眉梢抽搐，望着面前两枚叠在一起的神兽团子。

叶玄伤心得腿软，走不动路，勾着沈奇的脖子让他背着，湿漉漉的小圆脸埋在沈奇肩头，泪水打透了沈奇崭新的校服，天蓝洇成深蓝。

沈奇镇定道："辰哥，想和你聊聊玄玄上学的事。"

"……"叶辰眨眨眼，"奇哥。"遂展开大佬级别的交涉。

了解过叶辰的担忧后，沈奇向叶辰保证会负责叶玄在校期间的安全，不让同学欺负他，每天向叶辰汇报叶玄的在校情况，同时，两个崽崽都同意如果叶玄无法适应学校生活就让他回家。与此同时，叶辰也会先与校方打好招呼，以凡人能够接受的方式向校方说明叶玄的特殊情况。

其实叶辰本来也没有强迫叶玄不许上学的意思，本意是让他自己选，

两小无猜

奈何玄玄过于懂事，直接就违心地选了不去。

于是，一番交涉后，叶玄也背起小书包，昂首挺胸地和沈奇他们一起上学了。

若干年后，在题海中挣扎的叶玄不太能理解当年自己为什么削尖了龟……头也要去上学。

不过，他还隐约记得小学入学第一天时的心情。

他被与生俱来的硬壳保护得极妥帖，是一只白白嫩嫩的、行动迟缓的小动物。离开壳的保护，他禁不起风吹日晒，跑不远、跳不高、走不快。依照玄武慵懒散淡的天性，叶玄理应找一处人迹罕至的山坳沉眠，唯有在北方大地出现天灾人祸时才醒个一时半刻，出手庇佑，履行北方守护神兽的天职。

除去这些时候，他应当是一副不如如山、坚如磐石的模样，日久天长，沉重庞大的龟背会堆积厚厚一层泥土，爬满幽绿的藤蔓与芳草。适逢太平盛世，他便一梦百年。

可奇奇哥哥不嫌玄玄慢腾腾，无论玩儿什么、干什么，他宁可背着他、拉着他、抱着他，也要带他一份。沈奇磕磕绊绊地把他拽进人间，害得他再也不想找个山坳睡大觉了。

再说……等他长大了，沈奇还要亲他呢。

"上来。"一年（五）班在走廊尽头，对叶玄来说路线不太善良，沈奇卸下书包，反背在前胸，背朝叶玄蹲下，"我背你。"

叶玄用小手攥住沈奇校服衣角，软软道："我们……一起走……"接着，拼命迈开小短腿儿往教室走，连脸蛋都跟着使劲，绷得紧紧的。

想跟着奇奇哥哥，无论走得有多累。

……

转眼间，开学已满一周，一年（五）班要在周一下午最后一节课上竞选班干部。

倒数第二节课下课，叶玄慢吞吞地去上厕所，沈奇走到一位小组成员桌边，敲敲桌子，低声道："伸手。"

那小孩儿伸手，沈奇从袖筒露出几根细白的、香烟似的东西，小孩儿一攥拳头，赶忙收好。

沈奇抬抬下巴，嘴唇不动，含糊道："下节课机灵点儿。"

"放心吧奇哥！"小孩儿拿袖口狠狠一抹鼻涕，挺上道。

沈奇如法炮制，贿赂一圈，小组成员人手一把棒棒糖。

十分钟后，临时班会开始，班里个头儿最高的沈奇理所当然地成了体育委员。然而，已拥有体委职务的沈奇并没有放弃班长与本组小组长的竞选，班长他拼不过那个成天围着班主任转悠的小眼镜，小组长职位倒是一组七人全票通过。

小组长负责管理组员的自习纪律，以及收取组员家庭作业、课堂作业、杂费，并以小组为单位统一上交给各科课代表或班长。

沈奇在靠墙这趟最后一排，叶玄在倒数第三排，他要罩叶玄，因此不动声色地竞选了小组长。

……

数学课下课，小组长收口算题卡。

"我快……写完了……"叶玄写字慢，他同桌都开始摸鱼了，他的口算题卡还空着好几行。

沈奇收完六份口算题，也不在叶玄身边催，站到讲台上，把那六张题卡翻过来倒过去地数。

数学课代表来催，没好气儿："沈奇，就差你组了！每次都差你组！"

沈奇眼皮都不抬一下："我没数完。"

数学课代表撇撇嘴："就七张纸你都数不完啊。"

两小无猜

沈奇凉冰冰道："对，我弱智。"

数学课代表竟无语凝噎。

临美术课上课，叶玄才把题卡填满，沈奇作漫不经心状在他桌边溜达一圈，然后把七份题卡丢在敢怒不敢言的数学课代表桌上。

课代表飞奔去办公室送作业，沈奇把叶玄的胖墩儿同桌拎走，挨着他坐下。叶玄方才拼命写字，握笔握得死紧，葱白般细嫩的手指让铅笔棱磨红了，沈奇用小手帮他揉揉，随即摆出老大的架势教训道："以后慢点儿写，有我。"

叶玄耷拉着乌龟脑袋，不吭声。

沈奇啧了一声："听见没？"

叶玄鼻翼翕动，泫然欲泣："我总给你……拖后腿……我要不……还是……"先不念了吧，回家跟辰辰哥哥学种地。

沈奇："不行。"

叶玄："我还……没说……"完呢。

沈奇拿一双凌厉的黑眼睛瞪着他，音色奶气未褪，话却相当硬气："是兄弟，就别说见外的话，你究竟当不当我是兄弟？"

"当……"叶玄不知想起什么，脸蛋倏地和手指头一样红了。

"那就别见外，奇哥罩你。"沈奇胡噜一把叶玄软软的头发，起身回座。

为培养学生们的自理与协作能力，学校规定班级每天的日常清扫与周五下午的大扫除都要由小学生们独立完成，禁止雇佣家政外援。

男生负责扫地拖地、摆放桌椅，女生负责擦灰。沈奇与叶玄被分配打扫靠墙的过道。

沈奇力气大过成年凡人，他趁没人注意，两手托住叶玄双侧腋下，拿小猫儿似的把叶玄从地上拿起来。

"呀……"叶玄慢吞吞地踢蹬短腿儿。

沈奇把他放在椅子上，淡淡道："坐着，我扫。"

接着，沈奇飓风过境般狂扫一气。叶玄不甘心偷懒，起身走两步，蹲下，小乌龟状探脖，细细环视，然后慢吞吞地从桌子腿下面抠出一小片纸屑。

其实那纸屑细小得约等于没有，沈奇扫得又快又好。叶玄再起身走两步，蹲下，再走两边，蹲下……什么都找不着。

这时，沈奇拎着投洗好的拖把回来。

叶玄细白的指肚拈着那一小片纸屑，模样略局促，见沈奇漆黑的眼珠朝他那点儿可怜的"劳动成果"转去，他缓缓把小手缩起来，直恨身上没背壳。

沈奇伸手把那纸屑拈走，攥在拳头里，没什么表情道："谢了……再帮我检查一遍。"

没再把踊跃参与扫除的小乌龟往座上按。

叶玄眸子水亮水亮的，小短腿儿迈得更有劲儿了。

……

叶玄与沈奇入学后一个月，沈奇在学校打架了。

受害者是个胖墩儿，高大黑壮，在一年级小学生中是巨石强森般的存在，在班里颇有势力，入学一个月就已集结了一票党羽，有几个顽皮的男孩子天天跟着他横行霸道。按理说有沈奇在，轮不着别的小学生组织帮派，可胖墩儿玩的这套沈奇三岁就玩腻了，根本不稀罕和他争，成天用隐退大佬的慈爱目光打量胖墩儿的帮派，跟他们井水不犯河水。

结果那天胖墩儿作死，编顺口溜嘲笑叶玄干什么都慢半拍是弱智，不慎被沈奇听见了。

真是想退隐江湖都不行！沈奇气炸了，像条疯奶狗似的，从一楼追打胖墩儿到三楼，又从三楼追打回一楼。胖墩儿虚长一身肥肉，面对瘦削

两小无猜

干练的沈奇毫无还手之力，被收拾得浑浑噩噩恍恍惚惚，在牙槽中晃荡了小半个月的乳牙也成功脱落。

"叶玄我罩的。"沈奇容色沉凝，胳膊上的小组长一道杠鲜红如血，"再念他顺口溜，你知道后果。"

"奇哥！奇哥我以后不敢了！"胖墩儿攥着乳牙求饶。

奇哥一战成名，从此班级里再没有同学敢欺负叶玄。

玩归玩，闹归闹，别拿玄哥开玩笑。

胖墩儿为沈奇不合年龄的威势所折服，率领一众小弟投入奇哥麾下。每天放学，胖墩儿都屁颠屁颠地率众小弟轮流帮叶玄拎书包，还自掏腰包购买辣条、汽水，帮奇哥贿赂纪律委员，抹去沈奇和叶玄自习课叽叽咕咕说小话的违规记录。

某天大课间，胖墩儿讨好地帮沈奇抄作业，抄着抄着，忽然周身肥肉一颤，狗腿地找沈奇告密："奇哥，我发现有人搞你。"

"谁？"沈奇眼皮一撩。

与沈奇坐同桌的叶玄也忐忑地望过去。

"就这儿、这儿，还有这儿，"胖墩儿翻开沈奇的课本，"你看，你名字旁边全让人画上王八了，谁给你画的，你说一声，咱们放学打他。"

"不是……王八。"叶玄忿然瞪圆眼睛。

"这是玄武。"沈奇面色一沉，一字一字道，"镇守北方的神兽。"

胖墩儿乐了，没心没肺道："玄武哪有这么难看啊，不就是王八吗？"

叶玄的小脸蛋噌地红透了，慢吞吞地在书桌下绞起短手指头。

沈奇不动声色，扫他一眼，平静道："画得好看，是玄武。"

叶玄抿紧嘴唇，脸蛋红得更不像样子了。

不过这次是另一种红。

胖墩儿乐道："哪儿好看啊……"

见胖墩儿还要杠，沈奇扭头就拽着胖墩儿的红领巾把他拖出教室。

几秒种后，走廊里传来噼里啪啦乒乒乓乓的声音，以及胖墩儿的惨叫声。

"奇哥杀人了啊啊啊啊啊——！奇哥别杀了！"

……

就这样，每当叶玄面临需要在凡人社会改换环境、重新与大量陌生人建立社交的阶段——譬如小升初、中考、高中分班——沈奇都会采用物理手段让叶玄身边不怎么善良的那部分人明白，叶玄只是慢性子以及口齿不太伶俐，没病、不傻、有人罩。

在沈奇的保护下，叶玄的求学生涯一路顺畅安稳，偶尔运气不好遭遇校园霸凌，沈奇都会第一时间替他加倍打回去。叶玄唯一需要担心的就是沈奇主动出击、没事找事跟人打架。

两只相逢于幼时的神兽宝宝一路携手成长，从幼儿到少年。叶玄在十二岁再次迎来快速发育期，身体机能愈发趋近凡人，生理负面影响削弱，考试不再慢到答不完题，学习成绩突飞猛进。

沈奇则相反，念小学时成绩凑合，还身兼两份班干部职务。自从步入青春期，他的性格便日益跳脱毛躁，成了个到处惹是生非的刺儿头，甚至不如七岁时沉稳懂事，除了叶玄，谁也制不住他。

叶玄温吞，软乎得像团年糕，轻易不动气。越是如此，当叶玄蔫头耷脑、唇角绷直、闷不吭声时，沈奇的负罪感就越是噌噌地涨，一天哄不好，他一天如坐针毡。

初二那年，沈奇参与校外两帮混混的群殴作战，撂倒十几个。幸好沈奇身为凶兽施暴天赋满点，一拳一脚拿捏得极有分寸，挨揍的去医院一验全是轻伤，赔钱了事。

叶玄因为这跟他闹了有史以来最大一次冷战，往壳里一缩，三天三夜不冒头。沈奇焦灼得要疯，哄、求、认错，往龟壳缝里塞检讨，国旗下当着全校师生念的检讨他才写一千字，给叶玄的检讨他憋出五千。后来他急得把手伸进龟壳拽人，也不知道伸哪去了，被羞愤难当的小乌龟咬了好几口。

三天后，叶玄一出壳他就狗腿地哄："玄哥，您以后有话好好说，能别往壳里缩了？你不在这几天我作业都没着落了……"

"谁让你……不听我话。"叶玄余怒未消，眼皮半合，纤秀的睫毛遮住大半瞳孔，"让你别去，惹事儿……你答应了，还去！"

这是真发火了，那语气都能听出感叹号了。

沈奇双手合十，叽叽咕咕念经："错了错了，以后听你的，玄儿，你是我哥，玄哥，再乱跟人打架我就是傻子……"见叶玄神色有所缓和，忍不住小声辩解两句，"……哥是凶兽，隔三岔五不斗个殴、杀杀生，心理容易扭曲、不阳光……"

"你还……"叶玄气沉丹田，憋足一口气，怒道，"……狡辩！"

"不狡辩不狡辩，以后我手痒痒就帮辰哥杀猪。"沈奇不敢再辩解，"辰哥家的猪要不够杀我就上屠宰场勤工俭学去，别生气了，行不？"

叶玄总算慢吞吞地点了头："唔……"

小乌龟平时又乖又软，这种把老好人惹毛的愧疚感相当要命，况且沈奇这些年惯叶玄早已惯成本能，又仰仗叶玄借他抄作业……多方因素加成，沈奇逐渐养成强硬的狗腿性格，叶玄让他往西，谁让他往东他削谁。

中考，沈奇考得一塌糊涂，叶玄则高分考入全市排行前三的重点高中。叶辰不敢让沈奇离开叶玄这剂"镇定剂"，靠捐楼硬把他塞进叶玄所在的高中。高一一年，沈奇成绩稳定在年级倒数前五，好在有叶玄规束着，倒是不怎么惹事，安安稳稳地混日子。

高二文理分科，叶玄选择了更感兴趣的文科，沈奇文理一样吊车尾，索性叶玄去哪他去哪。全年级八个班，理多文少，于是每班理科生原地不动，文科生从八个班级单独划出来，组成高二（九）班。

除去文理分科这件大事之外，高二晚自习下课时间也从八点延长到十点，轻松愉快的高一一去不返。由于晚上十点放学可能引发各类安全问题，高二、高三的学生都被校方要求住校。

初中之前，沈奇、叶玄同叶辰和其他神兽住在一起。初中以后，四合院里的常驻非人类居民越来越多，渐渐住不下。年纪比较大的神兽幼崽便三五成群住到外面，互相照应着生活，住房由叶辰分配。

叶玄、沈奇、狐和混沌获赠一套位于江边的大平层，四室两厅，一人一间卧室，外加一间书房，各自独立，也算是半集体生活，可住寝室还是头一回，需要适应。

叶玄像个焦虑的老父亲，开学前半个月就开始向沈奇灌输寝室规章制度：不能在寝室抽烟、打游戏得戴耳机、别攒袜子、勤洗澡、不要大喊大叫、轻轻开关门……

沈奇最怕人唠叨，暴躁得想杀猪，却不敢惹叶玄，咬牙切齿地听着。

……

好不容易捱到开学，两人搬进学生寝室。

寝室在二楼，爬着不费劲，条件也不错，明亮宽敞，四人上下铺。另外两个同学一个叫姜翰，一个叫谭浪，分班前都是外班的，双双瘦高条、小麦肤色单眼皮、脑门儿爆着几颗痘，打眼一看简直亲哥俩。

这对伪兄弟不约而同，提前一天来报到，当沈奇叼着烟，一手拖着一个超大行李箱赶到时，两个下铺早堆满了。

沈奇在门口停了半秒，把剩的半截烟掐灭，一脚把他的滚轮箱踹到墙角，又恭恭敬敬地把叶玄的箱子拖进去。

"二位，"他朝姜翰和谭浪走去，英俊却自带几分狠戾的脸上挂起个

两小无猜

团结友爱的笑容，"能商量个事儿吗?"

伪兄弟俩直觉来者不善，怕是要抢下铺，脸双双一沉。

"我发小身体不太好，想给他要个下铺，不是给我要，我睡吊扇上都行。"沈奇双手合十，冲两位拜拜，"哪位能跟我发小换一下，这学年生活费找我报销……"

听毕，伪兄弟争先恐后把行李往上铺扔。

沈奇惊恐："一个就够，俩报不动!"

姜翰和谭浪猜拳，用三局两胜制一决高下。谭浪赢取本学年生活费报销名额，把东西一股脑儿扔到上铺。

谭浪东西都放完了，门口才无声地探进一颗脑袋。

明天才开学，新来这人却穿着一身秋季校服，也不嫌热。纯黑毛呢外套裹着清瘦的身板，刻着校徽的铜纽扣板正扣到下巴。

一双朦胧的睡凤眼，在瞄见那位正撅着往床底放鞋的人时缓缓睁成杏核眼："沈奇……"音色其实听得出是少年，可调子糯，音尾软软的，实在太像跟男朋友撒娇了。

谭浪想换件上衣，这会儿正着光膀子，闻言一激灵，以为被妹子看光了，扭头一看，那点儿隐秘的小雀跃登时一扫而空……妈的，男的。

男的这么嗲! 存心忽悠人嘛!

"玄儿……"沈奇听见叶玄叫，得令的狗子般嗖地一抬头，忘了脑袋还伸在床底下，把床板磕得一凸，疼得龇牙咧嘴还没忘邀功，"给你收拾鞋呢，还给你要了下铺，这俩哥们儿都好说话，晚上请他们吃饭。"

听说沈奇帮他要下铺了，叶玄赶紧用视线把谭浪上下捋一遍，见新室友哪儿都没挨揍，还乐颠颠地吹口哨，这才放下心。

叶玄两手空空，只肩头挂两个空瘪的书包，俩大箱子全是沈奇拎的。沈奇把几双鞋、小台灯、小药箱、洗漱用品之类的杂物都归置好，烦躁地吁出口气，下意识摸出烟和火机。

姜翰瞄见了，皱眉，犹豫着该不该吱声。

这位同学方才进寝室前主动掐烟，还花钱换下铺，说话有商有量，倒是能讲理。可他那模样长得帅归帅，五官线条却太锋利，透着戾气，加上举手投足那股飒劲儿……一看就不是善茬儿，而且还得是"不是善茬儿"里最不善的那茬儿。

姜翰正琢磨着，叶玄先开口："寝室里，不能抽烟……"

"忘了。"沈奇把火机和烟揣回去，还解释一句，"习惯动作。"

叶玄温吞地眨一眨眼："你刚才，进寝室楼……也不该抽烟……"

高中寝室楼确实严格禁烟，刚才也就是宿管大爷没在，才让他叼着烟进来了。

沈奇飞快扫另外两人一眼，像有点儿挂不住，粗声粗气道："啊，以后出去抽。"

语毕，埋头收拾行李。

屋里另外俩人挺新鲜地杵那儿看着，觉得这可真叫一物降一物。这位叶同学长得软乎乎的，说话还慢捻儿，结果沈奇这么听他的。

"衣服，我收拾……"见沈奇从行李箱里抱出一团衣服囫囵往柜里塞，叶玄往柜门前一堵，救出那团衣服，慢悠悠搡他一把，"你拖地……抹灰。"

谭浪、姜翰虽早报到一天却啥也没干，空置一暑假的寝室到处暴土扬灰。

沈奇得令，也不计较另外俩人跟不跟着干，立马去卫生间投墩布，五秒钟后，拎着水淋淋的一根拖把出来。

叶玄眼皮一撩，支使道："弄干点儿……这么多水，成和泥了……"

他正在给沈奇叠一件黑T恤，慢吞吞，却没一丝多余动作。修长的

两小无猜

五指让黑布一衬，白得像陶瓷，熨烫般缓缓抹平布料上的褶皱。

沈奇瞟他一眼，忽然隔空中毒了似的，卷地风般蹿回去给墩布脱水，出来就是一通猛拖，连姜翰和谭浪那一亩三分地都没放过。

"……"谭浪和姜翰不约而同地对视一眼，都有种叶玄朝楼下扔个飞盘沈奇就能顺窗户蹿出去的错觉。

在叶玄面前，沈奇向来狗腿，但以前也没狗得这么严重，只是从几天前开始变得格外狗。

沈奇脑子简单，摸不太清原委，甚至都没察觉到自己这段时间的行为模式有什么变化，他从小就惯叶玄惯得厉害，言听计从本来就是常态。

而那一点儿难以察觉的、微妙的变化，起源于前几天晚上……

来住校前，沈奇、叶玄、沈白和叶云团一起住那套临江大平层——沈白是当年狡诈多端的狐宝宝，叶云团则是混沌宝宝，云团取"云吞"的谐音，四舍五入就是馄饨。

那晚，几只神兽幼崽组团去浪，叶玄在这方面不大合群，待在家里看书。看到十点多了，打算冲个澡，想起主卧浴室的莲蓬头前天坏了，还没修好，漏凉水漏得厉害，就去了客卫。

这套房是五室两厅三卫的设计，一间书房，四间卧室。叶玄这些年因为慢，慢成了团宠，带卫生间的主卧归他。叶云团的混沌能力颇为实用，开任意门帮沈奇他们逃课、用空间藏匿零食、课外书，为组织立下汗马功劳，也分得一间带卫生间的次卧，剩下一间客卫两间客房就归沈奇和沈白。

叶玄在客卫冲完澡，发现没拿浴巾。浴巾不好混用，反正家里没人，他用纸擦了擦手，捧起那团换洗衣物，湿淋淋地就想溜回主卧，结果一开门，被晃出卧室接外卖的沈奇撞个正着。

水汽蒸腾，佛手柑淡香飘溢。

"你怎么……"叶玄软软的声音和淡香一起飘过去，有一丝慌乱，"没跟他们……去玩啊？"

"下午睡着了，四点睡到十点半，"沈奇黑发蓬乱，打着呵欠朝叶玄瞟去，噎了一瞬，"……起来没一会儿。"

他自打上小学就没再跟叶玄一起洗过澡，也早已忘记上次"坦诚相见"是什么时候，大约是初二暑假去游泳那次，但也都是穿着泳裤的。

叶玄岔着两条细腿，站在溅水的大理石砖上，往下迈一步，脚踝细得直招人上手抓一把。

毕竟脚腕长得细，就是惹人抓。

叶玄的脚趾尖被热水泡得泛红，可脚趾本身白，唯独尖端，像让人横抹了一道胭脂……沈奇一怔，目光像是受了惊，猛地往上一跳。

好嘛，手指尖也是泛红的，像水蜜桃。

曾经软得像个小包子似的叶玄长大了，和他一样——沈奇仿佛是刚从四五岁时魂穿过来，刚意识到这件事。

外头，外卖小哥咣咣敲门，存在感极强。

大约是觉得被沈奇看也没什么，叶玄平复得很快，甚至没抖开换洗衣物遮遮，而是探询地看向门，语气平静："有人，敲门……"

"啊……"沈奇嘴皮子秃噜了一下，没话找话，"你那什么……洗澡呢？"

外卖小哥继续敲门：咚咚咚，咚咚咚。

"你快，开门啊……"叶玄催促，往主卧走去。

"喔。"沈奇愣头愣脑地走到门口，别别扭扭地回头溜一眼，确认叶玄已回到主卧，才打开门。

吃饱喝足，沈奇回卧室躺下。

都怪下午觉睡得太久，十一点多他反倒睡不着，直挺挺地躺尸、瞪

两小无猜

眼发愣。

沈奇十七岁，这年纪颇有些尴尬，是未成年不假，可事实上，这个年龄的男生脑子里时常黄波万顷。

沈奇不同，他纯得不像话。

他是头凶兽，青春期不注重发育，光顾着发狠，过剩的荷尔蒙大多用拳头打出去了。烦躁就寻衅滋事，嗓子干就喝水，热就脱，完事儿。

可今晚，"症状"发作得格外明显，纵使心大如沈奇也难以将它们忽视。

灯没开，光线昏暗，四下黑乎乎的。可无论沈奇的视线转到哪，一条细白的轮廓都如影随形地黏附在视野中央，类似一种视觉暂留现象。

沈奇焦灼地翻个身，有点儿懵。

这感受不好形容，尤其沈奇大脑沟回有限，更难咂摸清楚，反正他心里挺不舒坦的，像是后悔，觉得当时晚出屋十秒接外卖就好了，这也太尴尬了。

想了一会儿，沈奇觉得自己有病，估计是澡堂子去的太少，矫情的。澡堂子里全是光屁股的，大老爷们儿都互相看，人家说什么了？

况且这可是叶玄，叶玄是他发小，过命的兄弟。

兄弟，为对方送命都不眨眼，遑论看一眼对方呢？他看了叶玄居然尴尬成这样，不仅是矫情，而且摆明了没把叶玄当兄弟！

这哪行？！

沈奇噌地坐直，义薄云天地回忆兄弟出浴。

兄弟，就得坦坦荡荡！

半小时后，沈奇的 QQ 空间发布了一条新说说。

沈奇：啊啊啊啊啊啊啊我啊啊啊啊啊！！！！！

……

九月一日，高二上学期正式开学。

沈奇混惯了，新学期分班，都带不来新鲜感，无非换个地方陪兄弟混日子，开学典礼他几乎是站着睡过去的。

典礼结束，进班分座位，新班主任是个不苟言笑的中年男人，首轮排座按男女生和身高来，沈奇一米八四坐最后一排靠窗，叶玄一米七七，坐倒数第二排靠墙，两人隔了整个教室。

叶玄无所谓，同班就挺好，不用非坐一起，又不是小学生。

他慢悠悠地整理桌膛，归拢新发的一厚摞书，正收拾着，后面咣啷啷几声响。他扭头，只见沈奇没事儿人似的坐在他身后，而原本该坐在那里的谭浪正匆匆绕过讲桌，朝靠窗最后一排狂奔，班主任正在走廊维持纪律。

这两人仗着新班主任记不住，私自换座。

谭浪白长大高个儿了，动作笨拙得很，沈奇猛挥手，伸着脖子用气声喊："你快点儿！老师进来了——"

教室里爆出一阵压抑的低笑，几个女生见喊话的是沈奇，顿时笑得更欢乐。

沈奇这么帅的男生，就连犯傻都格外有趣。

坐最后一排的另外几位同学笑不出来，因为他们课桌上印着几个大鞋印。

叶玄："……"

沈奇是踩人家桌子跑过来的。

"快给他们，擦擦……"叶玄摸出纸巾往后递，沈奇接过，扔向桌子脏的同学，双手合十朝他们拜了拜，"别告诉老师，谢谢谢谢！"

咚的一声，谭浪也安全上垒，一屁股坐到椅子上。

班主任疑惑地探进上半身，沈奇一脸正经地翻地理书。

< 133 >

两小无猜

班主任绷着脸退回走廊，继续给等在走廊的同学安排座位。

几秒钟后，叶玄肩膀被人拿笔戳了一下，他回头，沈奇咬着嘴唇朝他笑，露出一颗小尖牙，又帅又痞。

"哥牛不？"不知怎的，沈奇心痒难耐，直想邀功，"这都能坐你后边。"

叶玄缓缓绽出笑容，文明捧场："牛……那什么……"

叶玄那么白，肤质细腻，表情变化起来，就像一方乳白的丝缎被揉乱。

前几天夜里的中邪感猝然来袭，沈奇手未经大脑允许，用食指关节刮叶玄的面颊。

那触感像椰冻，滑、微凉，可紧接着就是烫。沈奇猛地一缩，愣愣地瞪着那只擅自行动的手："哎？"

这手成精了？！

叶玄对此没多大反应，眼皮缓缓撩起，讶然片刻，就恢复了平常的模样，转回去看书。

沈奇则躁动了一节课，碰过叶玄的食指抽疯般一阵阵发热。

我兄弟这脸……有腐蚀性？

沈奇狐疑。

……

开学头两天，校方决定给同学们来一记下马威，课还没上，先来一波摸底考。

几天后出成绩，叶玄与沈奇分别勇夺全班正数、倒数第一名，考虑到高二（九）班是高二唯一的文科班，他们同时也是年级组正倒数第一名。

沈奇不在乎，他念书纯是陪叶玄，能在叶玄旁边待着就成。其余的不在乎，训斥也好，鼓励也罢，他油盐不进。

午休时间，吃完饭的同学三三两两回到教室。叶玄前座的女生转身，瞄着他桌上的数学笔记："叶玄，你还记不记得上午那道题的第三小问……"

又是个问题的。

自打摸底考成绩出来，叶玄旁边那过道成天车水马龙的，说是找学霸问题，可个个眼神热烈。

刚开学那阵沈奇风头最劲，他这种桀骜不驯的英俊对十几岁的少女有致命的杀伤力。加上高一新入学一批学妹，那几天沈奇走哪都有一帮姑娘用眼神热切地偷瞄他，课间还常有女生搭伴在他们班后门路过。

路过是没问题，问题是这些姑娘共同点特明显：都不怎么往沈奇那儿看，可唇角噙着神秘的微笑，一走远就突然嘻嘻哈哈，还红着耳朵互相晃胳膊。

班主任为方便监督不让擅自关后门，给沈奇愁坏了。

那天沈奇憋不住了，在一对高一学妹反复路过第三遍时，他突地把上半身从后门探进走廊，朝她们抬抬下巴，招呼道："同学，搁我这消食儿呢？"

"哈哈哈哈！"

"噗……"

两个学妹破功，笑闹着跑开。

一传十，十传百，沈奇不仅没成功撵人，还起了反效果。后门观光团人数不降反升，"消食儿"甚至成了高一女生看帅哥学长的黑话，本班女生也对他格外关注，搞得沈奇每逢下课就趴着装睡。

可摸底考成绩下来后，叶玄人气出现了反超之势，毕竟沈奇太傻了，看看他那成绩单就令人兴致全无，也就舔个颜。

……

"第三小问……要先求出，这个值……"叶玄给前座女生讲题。

两小无猜

女生模样不赖，蓬松的自来卷，扎成活泼的高马尾，前额饱满，漏下少许扎不上去的碎发，眼睛又大又圆，水灵灵地朝叶玄瞄一眼，不住地乖巧点头："唔……我明白了……那这步呢？"

叶玄埋头演算，俩人额头都快贴上了。

沈奇斜眼把那女生睨着，大长腿一伸，踹叶玄的椅子杈。

咣啷、咣啷、咣啷，连踹三脚。

叶玄没回头，好脾气地把椅子往前挪了一大截，胸口紧贴桌沿，让沈奇舒舒服服地活动腿。

这一挪，跟前座女生贴得更近了。

"没让你往前蹭！"沈奇把住椅背，刺耳的一声响，连人带椅拖回来。

"唉……"像饲养多年的哈士奇又拆家了，却打不服、骂不懂、舍不得揍。叶玄认命地叹气，坐好，继续讲题。

沈奇眼珠一转，见同桌女生在扎头发，手一摊："借个皮筋呗，细点儿的。"

女生慌慌张张地打开装皮筋的小盒："你拿。"

沈奇捏出一根，乐了——一条细细的黑皮筋，中间缀着个指甲大的小乌龟，壳还是粉的。

"这个吧，谢了啊。"沈奇修长五指撑着皮筋，撩叶玄头发。

叶玄发型挺正常，但在男高中生里算长的，没让教导主任摁着剃了全靠学习好，沈奇勉强拢起一小把，堪堪扎出个小拇指长的细辫儿。

"唉……"叶玄又叹气，缓缓转头，"你干什么啊……"

"给你扎个小辫儿。"沈奇穷极无聊道，"这皮筋上有个乌龟……别拆！好不容易扎的！"

叶玄听话地撂下举到半空的手，回身忙正事："这道完形……主要是，联系上下文……"

就这么一会儿，前座女生都问到英语了。

领你家去给你当家教得了呗？沈奇盯她一眼，面色不善，怕叶玄说他，忍着没吭声。

一会儿一下的，沈奇揪叶玄小辫，小学男生般手欠。

叶玄起初由他揪，揪到第十次时终于被撩烦了，不顾沈奇抗议，反手把皮筋撸下来丢进桌膛。

"玄儿，玄哥，玄玄，小玄子……"沈奇持续撩闲，趴桌上，临过道那条手臂向前平伸着，叫一声就碰一下叶玄肩膀，辅以踹椅子，还挺有节奏，动次打次动次打次的。

叶玄排除万难，坚持帮助同学，硬是在沈奇哗哗叨叨的干扰下给同学讲了十五分钟题。

讲完，叶玄缓缓起身。

"去哪儿？"总算不给外人讲题了，沈奇眸子一亮，扯他衣角。

叶玄无奈："厕所……"

他的座位临过道，不用同桌让，抬脚就能出去，可沈奇硬是把一条大长腿伸直挡住他桌腿和椅子间的空隙，痞气道："不让去。"

"……"叶玄再慢捻儿也被沈奇弄得有些心浮气躁，懒得开口，把脚抬高，想直接跨过去。

他抬，沈奇也抬，笔直的腿，无赖似的横着："叫哥就让你过。"

叶玄嘴角绷直了："沈奇……你怎么，像小学生……一样啊？"

沈奇那股无名火又拱上来，冲口而出："谁让你不给我讲题的？"

叶玄的薄眼皮悠悠抬起来，色泽浅淡的瞳仁全露出来，疑惑地把沈奇端详着："你想让我……给你讲题？"

不想，想个屁。沈奇搔搔鼻尖："啊，对啊。"

"那……晚上，回寝室讲。"叶玄推他的腿，"快上课了。"

两小无猜

那股轻柔的力道弄得沈奇忙把腿收回去。

……

下晚自习，四人回寝。

姜翰和谭浪人五人六地装了一星期，渐渐不装了，双双五天没洗澡，号称要凸显阳刚本色，这两天洗脚都靠沈奇踹着去，用浴室的主力就沈奇和叶玄。

当然了，沈奇本来也不乐意洗，都是怕熏着叶玄。

吹风筒轰隆响过一阵，叶玄裹着一身佛手柑香的淡薄水气背靠墙坐到床上，留出一半位置，招呼闷头打手游的沈奇："沈奇……你中午，不是说……让我给你，讲题吗？"

沈奇秒退游戏，挖矿似的从书包里挖出一团宝贝，徐徐展平，是一张摸底考卷子，错得红彤彤的："讲卷子？"

"我先看看……你答得，怎么样。"叶玄拍拍床，"你上来……"

寝室楼一楼整层都是供电到半夜的自习室，因此寝室内没配备学习桌，四张床，四个大柜子，纯是给学生休息的地方。

沈奇爬上去，跟叶玄隔着几公分坐好。

"……"叶玄迷惑，"卷子？"

沈奇一言不发地下地，把方才随手扔回书包的卷子翻出来，重新爬回去，也不知道他刚才是打算爬过去干点儿什么。

叶玄默不作声地检查沈奇卷子上的错题。

沈奇轻咳："……要不你从第一题开讲。"

叶玄摇头："那应该……不行。"

沈奇一想也是，从头开讲得讲到猴年马月："那你挑几道重要的题给我说说吧。"反正他也没真想听，就是较劲，也不知道跟谁较，估计是虚空。

叶玄慢吞吞地翻出一本高一教科书："从这儿……开讲。"

沈奇确实也就是个初三水平，上高中就没学过，于是老实坐那儿听讲。

叶玄翻着书，边讲边用荧光笔画出需要背下来的知识点。

两人这距离，沈奇无可回避地近看叶玄的脸，也不是他想看，但叶玄至少比教科书好看。

睫毛、眼皮、鼻梁、脸蛋，还有嘴唇……叶玄的唇瓣一开一合，珠贝般白的小牙，齐整地圈着舌头，舌尖随音节若隐若现，发出"四"之类的音节时，嫣红的舌尖就贝肉般从齿缝中挤出一线，因沾着唾液，让灯映出一星湿滑的水光。

鬼使神差地，沈奇瞥了他一眼。

他不瞅啥，就看看叶玄舌头什么颜色，舌苔厚白或者泛黄都说明不健康，要发黑就快嘎屁了，神兽也是血肉之躯，也不能不保养……就这么胡思乱想着，他看清了，叶玄的舌头是柔亮的淡红色。

破案了，他兄弟身体挺健康的！

"玄儿，那个……"沈奇粗鲁地打断正在讲解公式的叶玄，犯了狂犬病似的，咣地蹦到地上，手忙脚乱地穿衣服，"我下楼跑两圈！"

"你怎么了……"叶玄担忧。

见姜翰在卫生间，谭浪戴着耳机，叶玄压低嗓门问："是不是，凶性又……发作了？"

就算平时再和凡人没两样，沈奇也仍旧是凶兽，凶兽需要不定期发泄凶性，这是生理带来的限制。就连软糯如叶云团的混沌，一个月也有二十多天凶性勃发，非得大吃特吃才能压制得住。

"对，"沈奇咽了口唾沫，粗声粗气道，"我凶性发作了。"

"那你记得……门禁前，回来。"叶玄叮嘱。

他一直用薄被盖着腿，伶仃的脚踝与瘦长的脚从被沿下探出来。他爱干净，哪都是香的、洁净的。

"对了，你那个，"沈奇脑子突地发空，愣愣地问，"你身上这什么味儿？"

"就是，架子上那个……沐浴乳……"叶玄话音未落，沈奇猛地凑过去，停在距他几公分的地方，狠狠闻了几下。

给兄弟望闻问切一下！

叶玄："你……"干什么？

话没说完，沈奇已疯狗般蹿出去。

叶玄："……"他家哈士奇这是彻底傻了。

……

转眼到了十一国庆节。

高二年级获得三天假期，在周六都要上课的高中这是相当难得的休息。

学校后操场紧邻的小巷中，叶玄步履拖沓，来来回回地走着。

他一身学校制服，领扣规规矩矩系到顶，鼓囊囊的钱夹与新款智能手机从长裤口袋里露出小半截，配上那清瘦得仿佛一拳就能撂倒的身板以及好看但文弱的脸蛋，特别招人抢。

叶玄从巷头缓缓踱到巷尾，又踱回来，十几分钟过去，揽客不成，溜着墙蹲下，郁闷道："也没人……抢我啊。"

沈奇斜背着书包从树上一跃而下，踩一脚围墙，落到叶玄身旁。

他穿着叶玄同款制服，明明从头到脚都是一样的，却被他穿得像是另一套衣服：四敞大开的制服外套、衬衫扣子五颗只系三颗、下摆一半掖裤子里一半耷拉在裤子外，领带松散如野马的脱缰，皮肤微黑，五官英俊得凌厉。

沈奇挨着叶玄蹲下，叼起根烟，纳了闷了："怎么不来了呢？"

叶玄缓缓道："你这是，钓鱼执法……他们也没有，那么傻……只是，普通傻。"

沈奇在小巷里蹲守的是一伙抢过叶玄的地痞，确切地说，是抢叶玄未遂过。

事情发生在半个月前，也就是叶玄讲题讲到一半，沈奇突发狂犬病下楼跑步的隔日……

那天也是周六离校日，放学后沈奇去附近便利店买烟，让叶玄在巷口自个儿等了两分钟。就这么两分钟没看好，叶玄就让几个混混盯上了。这帮混混近期在这一带流窜，组团抢学生生活费，专挑面相老实的书呆子。

叶玄让几个社会人围着，波澜不惊地奉上钱包，慢悠悠道："我同学，买东西去了……你们，等他回来……抢他。"

"没问题，哥等着。"混混让他逗乐了。

小屁孩儿还等援兵呢，他们这么多二十来岁的小伙子，能怕高中生？

一分钟后沈奇回来，见有架打，大喜过望，把几个混混全招呼进小巷，揍得酣畅淋漓。

揍到后面，混混们哭天抢地想跑，一跑到巷子口就被沈奇揪回去摁趴了继续收拾，最后几人现金被洗劫一空，跪地求饶叫爸爸，也说不好究竟谁更像混混。

几个混混横惯了，栽在高中生手里，咽不下这口气，请来几个硬茬子在校外蹲守。没成想，八个五大三粗的混混打不过一个未成年，还被抢了第二轮。

沈奇揍得挺上瘾，难得能正当防卫、合理揍人，简直欲罢不能。盼望着，盼望着，周六又来了，沈奇无耻地唆使叶玄当诱饵，结果那帮混混干脆不来这边抢了。

叶玄蹲着，托着下巴，巷子里光线暗，他的面部线条显得格外柔和。

沈奇盯他两眼，踩灭一截烟屁股，朝他一伸手，是个简明扼要的拿

两小无猜

钱动作。

"干什么……"叶玄像被败家子讨要养老金的老父亲般捂住钱夹。

沈奇随便找了个借口："买烟。"

他们的监护人叶辰相当富有，成为神兽与凡人社会的"桥梁"后，叶辰获取到大量灵植种植与灵兽养殖的资源，这些玄幻产物被他改头换面投入凡人市场，每年都会为他带来惊人的财富。

吃水不忘挖井人，叶辰每年都给神兽发分红，沈奇、叶玄这些幼崽的分红被叶辰以他们的名义存起来，只给他们零头当零花钱。虽说这"零头"和绝大多数凡人学生比起来已算是相当宽绰了，但沈奇花钱大手大脚，每逢月底手头紧，算算日子，也是该没钱买烟了。

而沈奇这两回从混混那抢来的钱都上交给叶玄了。

"那都是，我们学校的学生，被他们抢的钱……我还得回去打听，谁被抢过……还给他们呢。"叶玄蹙眉，模样严肃。

沈奇没真想要，却故意用恐吓的语气问："给不给？"

"我不给你……"叶玄垂眼。

沈奇犯浑道："抢了啊。"

说着，他忽地凑近，一手撑住砖墙，把叶玄圈禁起来。

叶玄见沈奇又要发疯，本能想缩进壳里避险，奈何背上无壳可缩，默不作声地把腿蜷了蜷，贴墙贴得更紧。

他蜷腿的动作招来猎食者的凝视，沈奇扫过他因蹲姿暴露的脚踝。

他们的校服类似西装，衬衫外套与长裤。长裤是统一身高尺码，对身腿比例好的长腿人士不大友善，一蹲下就滑上去一大截。紧绷的黑袜裹着细瘦的脚踝，从平整的裤腿延出，能窥见袜沿上方窄窄一道白皮肤……

"搜身了啊。"沈奇粗着嗓子，继续那个玩笑，"放哪个兜了？"

"别闹，"叶玄缩着，下意识地捂书包，无奈道，"都是，同学的钱……"

脑子一空，手就不听使唤，沈奇倏地探手，狠握了一把叶玄的脚踝。

他得逞般愉快。

"没放……袜子里！"叶玄缩脚惊讶。

对啊，谁能把钱塞袜子里?！沈奇触电般撒手，急忙去掏叶玄衣兜。

叶玄敏感怕痒，又笑又躲，沈奇也笑，张牙舞爪地摁着他挠痒痒，是少年间寻常的玩闹。

两人正闹得欢，沈奇毫无预兆地把手伸向下方，又狠攥了一把叶玄的脚踝……属实有病。

"我真没……放袜子里。"叶玄迷惑。

"不闹了。"沈奇腾地跳起来，手抄进裤兜，突兀地停止这场玩闹，含糊道，"逗你玩呢，不抢你。"

叶玄慢吞吞地爬起来，方才他被沈奇按得半躺，起身时后背和裤子上一层浮灰。

沈奇瞄见那些灰，习惯性帮他拍，嘭嘭拍了两下，倏地抽回手，不太自在。

叶玄却满不在乎，自顾自拍灰。

沈奇梗着脖子催促："拍完没?"

"拍完了……回家吧?"叶玄挺乖地微微抬头看他，见他神态像要吃人，担忧道，"你是不是……凶性又发作了?"

"啊。"沈奇遮遮掩掩的，直觉这话不能说出口，偏过脸道，"架没打上，难受，我待会儿家楼下跑圈去。"

……

沿江边栈道冲刺了十个来回，沈奇甩甩脑子，把捋不清的乱麻甩出去，脑子就又空空荡荡、干干净净的了，这才舒服。

他出了身透汗，精悍的小麦色肌肉挂满水珠，一回家就直奔卫生间，结果一进去，懵了。

叶玄蹲在他的脏衣篓边，指尖挑着几条他的贴身衣物。

"玄儿……你、你……"沈奇卡带了。

"都告诉你，一百遍了……"叶玄蹙眉，脸蛋板着，"贴身衣物，不能扔洗衣机……你全堆在这，是不是……又想一起，扔洗衣机？"

"而且你还老攒，一攒就好几天……你这都赶上，细菌培养皿了……"叶玄把那几条衣物丢进小盆，神态慈和，毫无嫌隙，看起来简直比沈奇亲爹都亲，"以后我帮你，手洗……"

沈奇窒息！

"不用！！！"沈奇公牛般冲过去，一把夺走小盆别到身后，"我自己洗！我手洗！我不攒！"

"你跟我，有什么……不好意思的。"叶玄慢悠悠地，小乌龟式歪头，"我也不是……没帮你，洗过。"

沈奇舔舔嘴唇，心想也是，这小王八蛋小时候慢得生活不能自理，连撒尿都是他亲手把的，一把就是七年。他向来邋遢，叶玄前些年也确实帮他洗过贴身衣物，他们兄弟俩是真没说的，真亲密无间，早就超越世俗那些礼节啊、隐私啊之类的玩意儿了。

可是……

沈奇脸红脖子粗，几乎喊破音："不行！！！"

叶玄缓慢叹气："那你可，别偷懒……你生活习惯，太差了……"

沈奇连推带拉地把叶玄弄出去，嘭地摔上门，靠着门板喘粗气。喘了一会儿，连澡都不敢冲，扑到洗手池前就是一顿手洗，生怕叶玄偷偷帮他洗了。

……

经历过手洗贴身衣物惊魂夜后，翌日早晨八点，沈奇被门铃声吵醒。

叶玄拖着步子去开门，似乎是送快递的。

一听见叶玄的动静沈奇就睡意全无，也不知怎么，他爬起来，晃悠悠地往外走。客厅里，叶玄蹲着拆包裹，露出一小截腰，见他出来，招招手道："你来……"

沈奇把眼珠子从叶玄后腰上拔下来，走过去，随口问："买什么了？"

"我给我自己买的……顺便给你，带几条。"叶玄扯掉塑料包装，把一小团东西放到沈奇手心，"这个码，是你的……"

那团东西沁凉得不合常理，溜滑，像丝缎，又轻又薄，贴上皮肤倏地就热了，像要在他掌中化成一滩温水。

沈奇面颊倏地升温，抖开，是条浅蓝色内裤。

我这两天是不是流年不利命犯内裤！？沈奇手一哆嗦，把那玩意儿扔飞了。

"你扔它，干什么……"叶玄蹙眉捡起，把布料翻转出来，导购般讲解道，"这款可舒服了，你试试……它内档面料里，混有草珊瑚，天然抑菌的……"

还用手！碰！！！

沈奇像个被调戏的姑娘，面红耳赤，却敢怒不敢言，狠剜叶玄一眼！

叶玄却眼皮都没撩一下，轻声慢气道："它家这个 U 凸的……设计也挺好，不箍人……号称是，全裸级别的，舒适……"浑然一位关心儿子生理健康的慈父，亦或交流内衣购买心得的闺蜜，一派坦然。

全什么裸？！小王八蛋开什么黄腔呢！？

沈奇颅压猛增，眼珠子唰地通红。

叶玄心无杂念地导购："还薄，所以可好洗了……打点儿香皂，搓两

两小无猜

把，就干净……"

"行、行了！"沈奇勉力维持才没狂喊出声，一把夺过那几个标着加大号的袋子，疯狗般冲回卧室，扑到床上一顿踢腾，三观炸裂。

客厅里，叶玄耷拉着脑袋，收拾一地的空盒与塑料，软软的唇瓣抿成一线。

奇奇跟他……好像有距离了。

不像前两年那么……亲密无间了。

……

扑腾完三分钟，沈奇仍然要疯。

那团冰蓝的布料还攥在手里，洁净、崭新，用指肚捻一捻，柔软滑溜。

不是什么正经面料！

沈奇又疯了一阵，疯完，记忆回笼，隐约想起叶玄是买来自用的，顺手给他捎几包罢了。

自用！

叶玄在屋里成天一身棉布家居服，长袖长裤、浅灰格子，还老不吱声，谁成想……可真是知人知面不知心啊。

夜半三更，沈奇不睡，仰躺着，默默发癫。

过一会儿，贤者沈奇跳下床，收拾好纸篓，套上件衣服，准备摸黑去走廊丢趟垃圾，反正睡不着觉，闲着也是闲着。

怕吵醒叶玄，他做贼似的摸到卧室门口，刚把门板拉开一半，叶玄就睡眼惺忪地从对门主卧走出来，打着赤膊。

"你……"沈奇一个趔趄没站稳，脑袋磕在门框上。

敌军不穿裤子！

只是睡觉，就敢单穿一条内裤，那要是洗澡，这小王八蛋岂不是得不穿衣服？！

像话吗像话吗像话吗？！

沈奇梦回大清。

"你，小心点儿……"叶玄挺心疼，想帮沈奇揉揉脑袋。

"我、你……"沈奇面部肌肉微微抽动着，智商也被门板磕掉一块，低吼道，"你睡衣呢？"

"脱了睡，舒服。"叶玄往厨房方向挪动。

沈奇气促道："裤子穿上！"

叶玄懵懵的，反驳道："又不是，在寝室……"

他在寝室睡觉穿睡衣睡裤，但在家睡自然是以舒服为主，大半夜起来去厨房喝杯水，也没必要刻意穿上……这也要管，不是精神病吗？

可沈奇直勾勾地盯着他，眼神吓人，语气也凶悍，威吓道："穿上！"

叶玄顺着沈奇惯了，凶兽嘛，喜怒无常可以理解，温良恭俭让的还算哪门子凶兽？他不想惹沈奇发飙，抿了下嘴唇，掩上门去穿睡衣，头顶睡翘的一绺毛发也蔫巴地垂着。

一分钟后，叶玄把睡衣睡裤穿好，一声不吭地去厨房倒水，长得很好欺负的脸蛋儿罕见地绷着。

性子再软，也还是被凶得不高兴了。

沈奇像条看家护院的疯狗子，又凶又呆地杵在地上，盯着叶玄进厨房喝水，又盯着叶玄出来。

怕被叶玄看出端倪的恐慌渐渐消退，他回过神，这才意识到自己刚才的表现无比欠揍且傻缺，也难为叶玄能顺着他。

于是……

当叶玄快快不乐地躺回被窝时，卧室门忽然被人推开，沈奇鬼鬼祟祟地摸进来。

叶玄以为这精神病要突击检查自己睡觉时的着装情况，郁闷地掀起被子："我穿着呢……"

沈奇用力抹了把脸："都脱了吧。"

叶玄缓缓生起气来："沈奇……你有病吧……"

沈奇欣然承认："我有病。"

"我再也，不脱了……省得你，再说我。"叶玄赌气地用被子把头一蒙，半点儿不露出来，像小乌龟缩进壳。

被子外静下来。

叶玄性情宽和，蜷在被窝里委屈了一会儿，情绪就淡了不少，周遭一片安静，困意逐渐来袭。

他以为沈奇发完疯就会走，蜷缩着数完三百个数便把脑袋探出被外呼吸新鲜空气……结果被沿掀起的一瞬间，他劈头迎上两道直勾勾的视线！堪比闹鬼！

"干啥！"叶玄吓得心脏一突突，刚消的气全回来了！

沈奇在床边蹲守了五分钟，按兵不动，守株待兔，颇有刑警潜质，见小乌龟露头，他急忙告饶："我错了，玄儿，我就一傻子，你别跟我一般见识。"

叶玄绷着脸，不吭声，又把脑袋往被窝里缩。

沈奇紧着往后扯被，不让叶玄缩头，实为讨好，却像耍流氓般劝说："你脱了吧，脱了睡舒服。"

"都说……再也不脱了。"叶玄仍扭着往后缩，赌气，"以后连洗澡，都不脱衣服……行了吧……"

沈奇一急，三两下卷起被子丢到床尾凳上，叶玄顿失遮掩，顶着张恼怒脸，蜷手蜷脚地趴在床上。

"我真错了，你脱了呗。"沈奇猛地翻身上去，双臂撑住床垫，身子虚悬在叶玄上方，"……你要不脱我帮你脱啊？"沈奇单手绕到前面，作势解叶玄的领扣，像是要弥补乱发火的过错，也像孩子气的玩闹。

他动作虚浮，单是隔空比划，其实连根纤维都没碰着。

叶玄却当他真犯浑，硬要剥衣服，吓得死死攥住领口，拼命歪身子躲。这一歪，他失衡倒下，从背对变成正对。

"沈奇，你……坐好！"叶玄驯狗子似的喝他。

沈奇差点儿就一屁股坐好了，叶玄躺着，露出颈窝和呈直角的左肩头。

左右两条细绳从叶玄后颈延出，是双股红线紧绞，缠得极细，但够结实。那细绳红若丹霞，被奶白却锋利的锁骨托着，绳结下串着一枚瓷白的兽牙。

兽牙长约四公分，小指粗细，是沈奇幼年褪下的乳牙。

他们神兽生来自带天眼，能见妖邪，幼年的叶玄饱受天眼折磨，害怕脏东西——对龟、蚌类的神兽而言胆小是基本设定，毕竟他们的倚仗是甲壳，而非利爪獠牙，打得好不如躲得好。叶玄宝宝每逢妖邪侵扰都要蜷缩在小龟壳里不出来，连脸蛋都要随四肢一同蜷成一团，有时半夜睡得踏实把小龟壳蹬飞，睡醒睁眼说不定就要被什么怪东西脸贴脸精神污染一波。

为了让兄弟睡得安心，沈奇送他一枚乳牙。乳牙尖端被叶辰用金刚石打磨得圆钝，根部也用金刚钻钻出小孔，再用红绳串起给叶玄贴肉戴着。

穷奇牙是大凶之物，能克杀诸多阴邪，叶玄戴着吊坠，周围清净了不少。

这么多年过去，叶玄早不怕了，可习惯成自然，这枚穷奇牙他一直戴着。

看见这枚吊坠，沈奇恢复了一丝清明，猛地撒手，跳下床。

他一直都是叶玄的守护者。

"跟、跟你闹着玩儿呢。"沈奇结结巴巴，"你……你该穿穿、该脱

两小无猜

脱，不用管我……"

十秒钟后，沈奇被叶玄慢吞吞地轰了出去。

咔哒，是叶玄给卧室门上锁的声音。

沈奇："……"

……

半个月后。

教室里，沈奇死狗状委顿在座位上，眼下两道青黑，死气沉沉，一副几日之内必有血光之灾的面相。

无他，熬的。

叶玄识趣，知道他凶性发作心里烦躁，并不缠着他问东问西，将存在感降至最低，为沈奇营造安静自由的空间。

叶玄的体贴乖巧反而令沈奇燥郁更甚，一见叶玄轻手轻脚、紧张的小模样，他就恨不得照着叶玄咬一口，好打破这份熬人的安静。这么连着两周下来，沈奇把自己折腾得印堂发黑，像个英俊的活鬼。

这会儿是午休，沈奇怕叶玄搭话，惯例趴着装睡。

前座传来窸窣的响，沈奇神经紧绷，竖耳听着。

忽然，有什么东西轻轻抵住他的手臂，接着是额头，温暖的呼吸扫过手背，佛手柑淡香涌动。

沈奇撑不住，蓦地睁眼。

原来叶玄是从前座转过来，占据了他桌子的上半部分，和他面对面地趴着，鼻尖仅仅隔着几公分。

"你是不是……生我气了……"叶玄小声问，瞳仁映着窗外的云，很亮。

"没有！"沈奇弹射而起，后脊贴牢椅背拉开距离。

"你怎么……老躲我。"叶玄起身，绕到沈奇同桌的座位上，坐下，

< 150 >

耐心道，"你最近……怎么了？"

睡衣风波已过去了，叶玄性情大度，加起来一共也就生了十分钟的气，早好了，根本没往那上考虑。

"没怎么。"沈奇猛装蒜，身子一侧，不耐烦似的背对着叶玄。

"肯定是，我哪惹你……不高兴了。"叶玄猜测，"你就算，凶性发作……也不至于，这么多天。"

如果是别人让沈奇不爽，沈奇肯定当场解决，这一秒受的气绝不憋到下一秒，唯有叶玄制造的不愉快能让沈奇如此忍气吞声。

"没有，别瞎想。"沈奇闷闷地否认着。

下午第一节是体育课，叶玄换了件运动服。扁扁瘦瘦的身体，布料垂坠着，一身清爽的少年气快溢出来了。两只手臂从袖口延出来，白得发透的皮肤下凸显出两道浅浅的青筋。

"这个……"叶玄的手指头慢吞吞地在手机屏幕上划了几下，找出一条电影宣传的微博，伸长胳膊，把屏幕凑到沈奇眼前，"今天晚上，就首映了……我们等周六，去电影院看？"

那是他和沈奇期了小半年的一部电影。

沈奇语气敷衍："嗯，去。"

他此时满腹少年心事的纠葛，酸楚混着迷惘，又是严重睡眠不足，没心思看电影，纵使强打精神也仍显得很没精神。

叶玄愈发觉得不对，温声道："你还是，心情不好……我哪惹你不高兴了，你说……我又不是，不听你的……你说得对，我就改。"

温温软软的嗓音劝着，沈奇哪里还能心情不好，他只觉得耳朵痒。

"奇奇……"见沈奇定格般一动不动，叶玄用周围同学听不见的音量讨好地叫沈奇的小名，还把身子往他身子上一趴，哄他，"你别，不理我啊……"

这一下撒娇意味太明显，沈奇崩溃道："别往我身上趴！"

语气还挺生硬。

叶玄微怔，缓缓僵住了。

十六七岁的男生这种生物，大大咧咧是常态，互相偶尔语气差些不耐烦些，甚至互骂傻逼，都十分正常。可叶玄不一样，叶玄是被沈奇从小罩到大的，沈奇跟别人脾气燥，和叶玄却向来都是好好说话。

叶玄的嘴角撇了撇，他还以为自己想多了，原来没想多，沈奇烦他了。

气态的委屈成几何趋势增长，密度大得都快液化了。

"你最近，对我怎么……"叶玄咬了下嘴唇，黯然道，"一点儿都，不好了……"接着，那委屈倏地液化了。

沈奇凶完那句就后悔了，见叶玄这么难受，慌得心脏都漏跳了一拍，抬手去抓人，叶玄却耷拉着脑袋把他的爪子拍开，走回座位上。

沈奇心跳得口腔冰凉，悔得天塌地陷，现在可好，叶玄讨厌他了，当真一步到位。

"玄儿，玄哥……"沈奇咻地蹿到倒数第二排的过道上，堆出一副马仔的卑微笑容，蹲在叶玄脚边，低声道，"你往我身上趴，随便趴，你趴死我都行。"

有几个坐得近的同学投来八卦的目光。

沈奇怕叶玄没面子，又溜回去，猛发微信。

沈奇："我真知道错了，这几天就是心情不太好，别问为什么，你就当我来大姨妈吧，但我不该拿你撒气，我再也不了。"

叶玄不回。

沈奇："玄哥，看在我这么多年伺候你刷牙洗脸洗脚丫子的份上，放我一马。"

叶玄仍然不回。

沈奇急得脑子蹿风，打字道："你连尿都是我从小把到大的，我没有功劳也有苦劳，你……你不理我，也行，你给我把回来。"

叶玄："……"

叶玄红着耳朵，把手机关机，往桌膛里一丢，阻隔了沈奇的无限叨叨声。

直到下午体育课上课，叶玄都没搭理沈奇。

什么掩饰、隐忍、克制……沈奇慌得全顾不上，叶玄能理理他就行。体育课集合，从教室到操场这一路，他不住伸手拨弄叶玄、拽袖子、扯衣角。叶玄全程面无表情，沈奇碰他，他慢吞吞地闪到一边，沈奇撩着他说话，他装没听见，色泽浅浅的眸子爱搭不理地盯着自己的运动鞋鞋尖。

体育课打铃，（九）班自动列队，本该站排头的沈奇混到中等个头男生的阵营中，挤到叶玄身边，两条大长腿微弯，贱兮兮地半蹲着。

"哎，"沈奇拿胳膊肘碰叶玄，用气声道，"今天晚上带你看首映……"

叶玄缓缓举手："老师……他站我旁边……还跟我说话……"

体育老师循声望去。

文科班一共也没多少男生，沈奇挺大个个子，屈腿蜗居在男生队伍中段……无法更明显。

全班哄笑。

沈奇被体育老师拎着衣领子逮回排头。

小王八蛋，还学会举报了……沈奇磨着牙。

体育老师挺照顾这些指望在体育课上放松放松的学生，课上得佛系。整队完毕，全班惯例绕场八百米跑，跑完自由活动。

叶玄发力，拔足狂奔，恨不得用玄水之力把空气中的水蒸气都调用起来推动他前进。

两小无猜

一百米过后，叶玄风驰电掣在全班最矮小文弱的姑娘身后十米开外。

姑娘则与大部队队尾间隔五米，痛苦地歪着上半身，按着一跑就岔气的小腹。

如果不是叶辰提前与老师打过招呼，立稳了叶玄"身体不好"的人设，就叶玄这表现，非得被扣个"消极怠跑"的大帽子，加罚绕场十圈不可。

沈奇在排头领跑一小会儿走过场，随即故意放慢步子。

体育课跑圈时沈奇常常与叶玄并列倒数第一，在队尾悠闲打野。不过他扭头就会在一年两度的校运动会上一口气挣回半学期的面子，动辄碾压校田径队。

"奇哥等人啊？"谭浪打趣道，从他身边超过去。

沈奇痞气一笑："跑不动了，等技能冷却。"

跑步大军呼啸而过，沈奇与叶玄队尾重逢。

"你别，跟着我……"叶玄无情拒绝。

沈奇厚着脸皮："那我还不能跑得慢了？"

叶玄攥了攥拳，无言以对。

两人于是吭哧吭哧埋头跑，沈奇见叶玄不再攘他，狗子似的凑过去，朝叶玄撩起自己的制服衣角，轻声道："抓着。"

他怕叶玄累，跑圈时总让叶玄借力。他一般是借叶玄抓自己手腕，但这会儿他估计叶玄不爱碰他，就让叶玄抓衣角。

叶玄小乌龟式缩手，满脸的不稀罕抓。

"你自己跑不累啊？"沈奇问。

叶玄闷闷道："累——"

沈奇："来。"

叶玄："也不用你……"

沈奇脸上挂着些讨好的笑，貌似游刃有余，有一百种哄叶玄高兴的法门，实际上慌得膀胱紧缩，淡淡尿急，想想让叶玄帮他把个尿。

他体育课懒得换运动服，敞怀穿着制服，领带在跑动中被风吹得斜斜飞起。他绞尽脑汁想了会儿对策，忽然捉住自己的领带，把它硬塞进叶玄手里，叶玄正想撒手，沈奇抢先一步，臭不要脸道："汪。"

营造出一种遛狗子的效果！

"噗……"叶玄被逗笑了，笑完，松开穷奇牵引绳，无情且缓慢地板回脸。

"别收啊！"沈奇恨不得手动把叶玄嘴角拎回去，"都看见你笑了。"

这时，第二圈已临近终点，前方几个跑得快的男生忽然撒起欢儿，嗷嗷怪叫你追我赶，想争个第一。那笑闹声传进沈奇耳朵里，沈奇一偏头，睨了毫无防备的叶玄一眼，猛地顿住步子。

叶玄戒备："干……什么？"

"上来。"沈奇绕到叶玄身前，一弯腰，身子往后一顶，在叶玄的低呼声中勾住一双膝盖弯，硬是把人背了起来。

叶玄怕仰过去，本能地搂住沈奇，胸腹都被身下硬梆梆的肌肉硌得微微发痛。沈奇发力狂奔，疾风般掠过跑道，灵活地穿过人墙缝隙，后发制人，率先冲过终点线。

沈奇把叶玄放在地上，巴巴地道："你第一。"

几个被沈奇的疯狗速度远远甩开的男生也笑闹着冲过终点线，体委开始吆五喝六组织打球，几个不嘴贱难受的男生拖着长声"噢噢噢"地围着沈奇起哄，还有个不怕死的干脆一跃趴到沈奇背上，嚷嚷着让他背，却被沈奇一把揭下来糊到地上。

"滚蛋！"沈奇笑骂着，眼皮一撩，目光飞快扫过叶玄，又落向糊在地上那男生，跟他互怼。

叶玄虽还沉着脸，眼里却有笑意了。

男生们胡闹了一会儿，取球的回来了，就呼啦啦跑去篮球场。沈奇没去，在叶玄脚边转悠，双手合十，冲他念经："还生不生气了，别生气了呗，还生不生气了，别生气了呗……"

叶玄有种再这样下去就要被沈奇超度了的感觉，打断道："别说了……"

"那你还生气吗？"沈奇问。

叶玄先摇摇头，旋即琢磨琢磨，用教育狗子不能随地大小便的那种耐心且直白易懂的口吻道："你心情不好……可以找我说，我愿意，哄你、陪你，怎么都行……但你要是，总这么……一不高兴就，拿我撒气……我就觉得，你不重视我，对我不好了……"

见叶玄肯好好说话了，沈奇悬了一下午的心这才放下，忙趁热打铁，甩开腮帮子呲溜呲溜当舔狗："知道了，以后再也不了，我重视你，对你好，我什么时候对你不好过？也就这几天，这不春天来了万物复苏么，我狂犬病也发作了……"

顿了顿，沈奇发现自己的道歉好像尽打嘴炮了，半点儿实际行动也没有，怕哄不明白这小乌龟，忙补充道："电影不周六去看，不让他们剧透你，晚上我陪你看首映去。"

叶玄软软道："那得，夜不归宿……"

语气透着担忧，却并不否决这个提议，甚至有丝跃跃欲试的味道——这小乌龟就是看着老实，心里野着呢。

"那就不归宿了，等查完寝的，我偷偷带你出来，咱们校那寝室楼我爬着跟玩儿似的……我这个月零花钱还剩不少呢，给你买周边……首映完事儿得两点多了，我们别回寝了，连收拾带磨蹭的其实也睡不了多一会儿，不如等天亮直接去教室上课，那几个小时我找找别的地方，带你玩儿去……怎么样？"

……

晚上十一点，管理员最后一轮查寝的步伐远去，沈奇摸黑从上铺溜下来，从热乎乎的被窝里把小乌龟挖出来，低声道："走了。"

学生寝室楼唯一能出入的楼门一过门禁时间就会落锁，厚重的双层玻璃大门，门口小屋有管理员值夜，没有操作空间。一、二楼的窗户都焊着铁条防止臭小子们爬墙，沈奇可以咬断，但没必要。

他们寝室在二楼，两人轻手轻脚上到三楼，溜进水房拉开窗。

"我背你下。"沈奇道。

叶玄探头，看看高度，道："才三楼，不用……"

"跳下去声太大，宿管能听见。"沈奇道。

玄武扛物理打击能力强悍，别说三楼，叶玄从八楼往下跳都摔不坏。

"我不跳……我用蛇。"叶玄浅色的瞳仁微微一亮，身周浮起一些星星碎碎的光点，它们萦回在昏暗的空间中，彼此纠缠裹挟着，凝聚出一条碗口粗的碧青大蛇。

"还是，有点儿短……"叶玄自言自语着，那蛇的直径就被他意念修细了些，长度却增加了，总体积不变，挺符合科学原理的。

这是玄武灵蛇，叶玄的灵气聚合体。

按理说，叶玄也是有战斗力的，不必全仰仗沈奇保护，这么大一条蟒蛇放出来，哪个凡人不打怵？可当刺头儿少年们还在用拳头和拖布杆子当武器时，叶玄弄来条蟒蛇吞天噬地，这岂止画风不对，简直都不是一个故事体系。叶辰一直千叮万嘱让叶玄不许招蛇对付凡人，加上打架斗殴寻衅滋事有利于沈奇身心发育，所以平时需要干仗全是沈奇出手。

蟒蛇用尾巴扒住窗框，叶玄骑马一样骑在蟒身上，搂住蟒头。随即，蟒蛇把头探出窗外，身体蜿蜒在外墙上，头部高昂，稳稳托着叶玄，施施然路过还挂在二楼空调外机上张牙舞爪的沈奇，将那颀长帅气的身形衬托

两小无猜

出一抹傻逼之气。

叶玄落到一处灌木后，仰脸看看沈奇，笑了。他人安静，笑也笑得没声，只看得见两弯翘翘的嘴角和单侧的梨涡。

出了寝室楼后面就好办了，两只神兽崽崽用灵气隐藏身形，嚣张地走在夜幕笼罩的校园中，还在校门口保安眼皮子底下爬门翻墙。

出了学校，沈奇带着叶玄沿学校围墙走了一段，在某处墙根下找到一辆摩托车。

这摩托车造型极炫，与寻常代步用的小摩托车根本不是一个物种。它六七百斤重，像头钢铁猛兽，一些打磨得锃亮的机械配件粗犷地露在外面，熠熠地淌着几道路灯投射下的光，堪称车中硬汉，非得沈奇这肩宽腿长有肌肉的身材才驾驭得了，要是拎个短腿儿小瘦子放上去，比起摩托车骑手，可能更像根不慎长在车座上的小草。

这是几个月前叶玄送给沈奇的十七岁生日礼物。

著名摩托车品牌，狂野硬汉的象征，十几二十岁的男孩子一看就腿软。叶玄送沈奇的这个系列价格高得令人咋舌，花光了叶玄这些年来积攒的压岁钱及部分零花钱——几个监护人对他们这些神兽崽崽很大方，但沈奇花钱太凶，这车对他来说也就能在梦里摸摸，颇有积蓄的叶玄却一咬牙就买了。

沈奇爱这车爱得没命，每周回家都给擦得锃光瓦亮，擦完再狠狠亲两口，就差搬到床上把它给睡了，奈何平时骑的机会太少，今天总算能派上用场。

"车哪来的……"叶玄问。

这车平时放在他们家楼下停车场，可沈奇今天一整天都没离开过学校。

"我让桃桃送来的。"沈奇道。

桃桃是只饕餮，小女孩儿，曾经是全家的宠儿。

叶玄眉眼微弯，语气欣慰："桃桃还会，骑摩托了呢……真厉害。"

沈奇呵地一笑："她哪会，再说钥匙在我这呢。"

叶玄："那……"

沈奇仿佛一个魔鬼："她扛过来的。"

随着桃桃慢慢长大，这位曾经的宠儿不仅食量与日俱增，还渐渐练就了一身足以移山填海的怪力……沈奇宠不动妹，索性厚起脸皮被妹宠。

"她本来也练夜跑，"沈奇骑上摩托，厚颜无耻道，"正好路过这边，帮我扛辆摩托，捎带手的事儿，哥还帮她练负重了呢……上来。"

叶玄本想为桃桃打抱一下不平，可抬眸瞥见沈奇，本来就不利索的嘴巴彻底哑火了。

沈奇没穿校服，披了件风格硬派的夹克，姿态散漫地跨坐在摩托车上，粗犷的马丁靴，又长又直的腿支着地，薄唇叼着根烟，正低头打火，特别飒。

叶玄噤声，乖乖坐到后座上。

沈奇挺怕人碰的，犹豫了一下，想让叶玄别抱他腰，可摩托车上没安全带，不让叶玄抱他也是有点儿反人类，显得他不注重叶玄的安全……沈奇无法，只好干脆傻愣着，感受从后背传来的温度。

一支烟吸完，沈奇冷静了些，基本适应了。他打火、捏离合，钢铁巨兽发出咆哮，刚开出十米，叶玄突然把软乎乎的脸蛋贴在他后背上了。

吱——沈奇急刹车。

叶玄用脸蛋蹭蹭他，小声问："怎么了……"

沈奇摸出支烟塞嘴里，仗着叶玄在后面看不见他的脸，淡淡道："回忆下路线。"

神态和语气南辕北辙。

其实他是怕一手抖开沟里去。

两小无猜

两人看完电影时是凌晨三点，还有两小时日出。

不尴不尬的时间，除了酒吧、夜店似乎没什么适合消磨时间的场所。

"带你去个地方。"沈奇载上叶玄，摩托车呼啸，穿过长长的街道。

叶玄没问要去哪儿，乖得好像车上压根儿没这人。直到车子驶入学校附近那条常常发生勒索事件的死胡同，并速度不减径直冲向尽头黑糊糊的墙时，叶玄才从沈奇身后探出头，缓缓望向胡同尽头，不安道："怎么……"

夜空黑如墨洗，胡同中也没路灯，可叶玄却瞥见了一抹暖色的光。

一切都发生得极快，叶玄还没想清楚、没看明白，一个"了"字的音也还没发出来，沈奇已毫不犹豫地加大油门，一头撞上死胡同尽头的墙！

叶玄身下一空。

下一秒，发动机怒吼着，载着他们穿越墙上不知何时多出来的混沌印记，凌空跃向一片砂砾淡白的海滩，天水相交处旭日喷薄。

天地间霎时盈满了光。

日出了！

这片沙滩上空无一人，亦无游客活动过的迹象，目之所及没有任何建筑，大约是一片尚未开发旅游业的野海，原生态的海水缥碧澄透，晨曦跳跃在浪尖上，像绞碎的金箔。

沈奇刹车，隆响戛然而止，四野倏然安静，唯有浪潮起落，柔如巨神呼吸。

他昨天下午拜托混沌打通了一条空间遂道，撞向巷尾那面墙就会直接跌落到这片沙滩上，这里与国内有两小时时差，风景好、水干净，又没人。

"……惊喜吗？"沈奇吁了口气，心脏在胸腔里扑棱得像只鸽子。

叶玄震惊得连话都说不利索了，结巴道："惊……惊……"

几秒后。

沈奇咬了咬牙，不可置信道："就没喜吗?!"

叶玄脸蛋急得通红，补全道："喜……"

两人下车，远远眺着东方的天际，细腻的云絮被朝阳照着，如火浪涌动。

海风将衣服吹得紧贴皮肤，少年人清瘦的身材显得扁扁的，在无限延展的天海与白沙间，伶仃的两条。

"这边贝壳好看。"沈奇说着，捡起一枚草帽螺。

草帽螺的壳背花纹像螺旋编织的草帽，因此得名。

"给你戴个草帽。"沈奇用上衣下摆把螺擦擦，往蹲在地上刨沙的叶玄脑袋上一扣，叶玄就像戴了顶微型草帽。

叶玄从沙子里抠出一枚细长的白海螺，慢上加慢地起身，防止头上顶着的草帽螺掉下来——但他也不伸手去扶，因为不扶才是草帽，扶了就只是一枚容易掉下来的草帽螺了。随即，他把白海螺贴到沈奇额发上比量着，含笑道："给你戴，发卡……"

晨曦渲染着他的五官，令他多出一分少年式的、雌雄莫辨的漂亮，深黑眉睫浓烈地浮凸在浅金色的皮肤上，那么诱人，又那么天真。

两人一人顶着一枚海螺，互望着，傻兮兮地笑。

正笑着，一波格外大的浪朝他们卷来，眼看就要打湿鞋子与裤脚，叶玄微微一偏头，视线扫过海岸线，两人附近的海岸线便随着叶玄目光驯顺地后退，像只乖巧的猫。

他们在海边瞎玩，拍摄日出与彼此的照片。估计叶玄溜达累了，沈奇挑了块干爽的地方坐下，看叶玄沿着分毫不敢造次的海岸线捡这捡那，贝壳、海螺、好看的石头……

叶玄用衬衫下摆兜着那些好玩儿的零七碎八挨着沈奇坐下，慢悠悠

两小无猜

地把宝贝一件件拾起来向他展示，连一块被海水打磨多年的啤酒瓶底在此时都肩负着伪装祖母绿的重任，被迎着光高高举起。两颗毛茸茸的脑袋凑到一起，品鉴宝石般欣赏那色泽青润的瓶底。

他们的皮肤被阳光晒得熨烫，叽叽咕咕地说着些没营养的闲话，在时断时续的交谈中，叶玄的回应愈发不及时，脑袋也不知何时搭上了沈奇的肩头，绒毛般细软的发丝搔着沈奇汗津津的脖子。

沈奇颈间一阵酥痒，低头一看，发现叶玄已枕着他的肩膀睡了过去。

"……别在这儿睡啊。"沈奇动了动肩膀，想把叶玄弄醒，"风大，吹着你。"

叶玄苦苦挣扎，眼皮艰难地分开一点儿，又黏了回去，还索性栽进沈奇怀里枕他的腿。

"醒醒。"沈奇喉结微动，试探着捏了下叶玄的脸蛋儿，又火速松开。

叶玄死死闭着眼，困得鼻音糯糯的，哼唧出一些梦呓，一副叫不醒的样子。

沈奇无法，只好脱了上衣裹住叶玄让他睡。

叶玄睡颜恬静，嘴角勾起细微的弧度。

沈奇挪开目光。

叶玄这一觉一直睡到快上学，沈奇骑摩托载叶玄回去上课，两人赶在早自习铃打响前赶到学校。

早自习，班主任没在。沈奇耐不住寂寞，仗着地理优势一会儿一拨弄叶玄，揉揉脑袋瓜、戳戳后背、拨拨耳垂、冲后颈吹口气儿……周围同学见怪不怪，沈奇向来就是这多动症小学生的德性。

"我先看会儿书……"叶玄好声好气地哄他，"等下课，我陪你……压操场?"

"现在压呗，没老师，上课前回来。"沈奇盯着前面那削瘦端平的肩，躁动得直抖腿，压低声音，"走啊，哥有话跟你说。"

叶玄眨眨眼："什么……话？"

沈奇贱兮兮："经过沙滩上的相处，我对我们现阶段的关系有一些见解。"

"还见解，什么……"叶玄不看好这个提议，"老师待会儿，就过来了……"

沈奇只好接着撩闲。

他本意不是招人烦，他就是想让叶玄理他，想看叶玄接受他给出的刺激并做出各种反应。

"你能不能……别闹啊。"两分钟后，叶玄又扭头抗议，语调毫无气势，尾音软绵绵、慢吞吞，像寄居在壳中的软体小动物爬行时拖曳出的湿痕。

沈奇听得上头，愈发作死，掐叶玄脸蛋儿。

"你那个，破手……"叶玄缓慢板起脸，软软地骂，"是不是得，给你……绑起来？"

小嗑唠得挺狠，可是跟语气严重不搭，沈奇差点儿笑出声，手往桌膛里一塞，告饶道："别别别，错了。"

过一会儿，他歪着身子，半个屁股悬空，一条长腿伸到倒数第二排过道，用鞋尖碰叶玄的鞋帮。

"沈奇，你能不能……学会儿习？"叶玄小乌龟式缩脚，"我给你……留那十页书呢？"

"待会儿看，十页我十分钟就看完了。"沈奇态度极不端正，光顾着撩骚，那只欠脚追过去，又碰碰叶玄。

叶玄再躲。

反复几次，叶玄就差把脚搁同桌腿上了，沈奇还没完没了。

两小无猜

叶玄弯腰，突地摁住沈奇的欠脚，手速莫名快，像蓄势已久的小王八猛地探头咬人，接着，他一手扳住沈奇的42码球鞋，一手攥住沈奇脚踝。

"诶，干什么，玄儿？"沈奇有点慌。

"你烦不……烦人？！"叶玄一把薅下那只限量版球鞋。

下一秒，球鞋划出一道圆润的抛物线，咚地砸到讲台上。

沈奇："我×！"

哄堂大笑。

"你狠！"都这样了沈奇还嘚瑟呢，脑袋不住向东南西北攒动，实时播报，"我玄哥太狠了，鞋都给我撇了，我玄哥要收拾我了，我回寝就得跪键盘，浪儿啊，晚上键盘借我用用……"

叶玄："……"

沈奇单腿蹦着去取鞋，浑身洋溢着莫名其妙的喜悦。

……

这第一天，沈奇浪得飞起，叶玄布置给他十页书，他答应得好好的，结果一天下来半个字儿没看，尽撩闲了。

晚自习下课铃响起，班主任走出教室，学生们哗啦一下聒噪起来。姜翰和谭浪朝沈奇挤眉弄眼，隔空喊话："包宿走起不，奇哥？"

沈奇一看课程表，明天上午：语语政数……

语文和政治，这两科任课老师都佛系，吊车尾窝在后排睡觉他们从来不搭理，因此这两门课是包宿后补觉的最优选择。

"我……"沈奇心思活络，正想应下，话锋陡地一转，指指前座的叶玄朝谭浪摆口型：我问问！

谭浪挺配合，贼笑着摆口型：你问！

"那个，"沈奇把空瘪的书包甩在肩上，绕到叶玄桌边，敲敲桌角，讨好道，"他们叫我包宿……"

"你都答应我……"叶玄恹恹的，眉眼、唇角的线条都耷拉着，"以后好好学习了……还去。"

"我去吗？我不去！我就是想让你看看我是怎么坚定地跟这帮差生划清界限的！"沈奇神色一肃，凝眉瞪眼，神似革命宣传画报上抵御敌军糖衣炮弹的战士，扭头朝谭浪摆手，"不去！叔叔，我不去！"

谭浪和姜翰笑成憨批，沈奇也劲劲儿的，可叶玄脸蛋并没什么笑模样，垂着眼背起书包往寝室走。

沈奇这会儿正上头，憨得厉害，没意识到自己快要大难临头。

两人回寝，对面上下铺空着，谭浪他们去包宿了，叶玄朝沈奇摊手："奇奇，给你划的书……拿过来我看看，那些例题……你都看懂了吗？"

"那个……"沈奇这才回过神，想起来还有十页书的任务，一翻书包，空空如也，连支笔都没带回来。

"你一点儿都……不把我说的话，当回事儿……"叶玄的唇瓣抿成细细一线。

"不是！"沈奇慌了，"我当！"

"你这一天……尽蹽我凳子，撩闲……不学习！你说话，一点儿都……不算数！"叶玄越说越气，摸出一枚指甲大的微缩龟壳，往地上一摔，龟壳暴涨一米多，人没了。

叶玄缩进龟壳的过程几乎快到看不清，毕竟种族天赋，毕生速度全在这个动作上了。

"玄哥！"沈奇噗通跪在壳边，急得冒虚汗，"我错了！！！"

叶玄不吭声，缩在龟壳里发小脾气。

"没不把你话当回事，就是太激动了。"沈奇脸红脖子粗，猛解释。

叶玄："……"

两小无猜

沈奇岔开话题想逗叶玄笑："你出来，我给你道歉，我从寝室门口滑跪到阳台，我再跪着从上铺跳下来……"

还插科打诨，没正形……叶玄恼怒，身体团得更紧。

龟壳边缘有五个洞，用来伸乌龟爪和脑瓜，直径不小。沈奇趴着，胳膊伸进洞里逮人，叶玄溜边躲，他够不着。抽屉里有点外卖攒下的一次性筷子，沈奇翻出一根，再伸，筷子头戳到一个又软又弹的东西。接着，咔嚓一声脆响，筷子被小乌龟咬折了。

"诶！别把牙崩了！"沈奇抽出半截筷子。

叶玄："让你……乱戳。"

"你出来说话。"沈奇十指勾住壳沿，青筋暴凸地往上抬。

玄武壳的重量受灵力操控，可轻如羽毛，也可重逾千斤，随玄武年龄增长，壳的重量上限也会逐年增加。叶玄气鼓鼓地把壳往下坠，跟沈奇较劲，可他还是只十几岁的玄武崽崽，撑了一小会儿，较劲失败，壳被沈奇掀了。

叶玄在地上趴跪着，撅着小屁股，面颊因较劲憋得通红。

"你给我……放下！"叶玄愤怒呵斥。

沈奇一哆嗦，条件反射地放下。

"你别老……掀我壳！"叶玄更气。

这乌龟当得忒没尊严，本体动不动就暴露。

"你要是，真知道错了……"叶玄趴得软乎乎的，训斥道，"你就该去……看书！"

"我看！我回教室取一趟！三分钟！"沈奇回过神，松手，龟壳咣地砸在地上，他冲出寝室楼，朝教学楼跑去。

说好的改邪归正，他太散漫了，革命还真不是请客吃饭。

三分钟，沈奇跑了个来回，叶玄指定的那本高一数学参考书被他攥在手里，都卷变形了。

叶玄从壳里出来了，靠墙坐在床上，双膝屈起，腿上摊开一本课外英文杂志，绷着脸蛋不理他。

"……我看书了啊。"沈奇吸吸鼻子，小心翼翼地挥挥那本参考书，搭边在叶玄的下铺坐下，两条大长腿岔着，手肘挂着膝盖，不太自在地翻开书。

高一数学不难，起手讲集合的含义与运算，沈奇独立看完一章三个小节的讲解与例题，没费什么事，挺好理解。令人欣慰的是，他的傻，是情商上的傻，是愣，和弱智还是颇有些区别的。

"你留那十页我看完了。"沈奇微侧身，怕触怒河东狮般，僵硬地向叶玄展示书页，"还超了……例题能看懂。"

叶玄的薄眼皮懒懒一撩，又垂下，默不作声。

沈奇舔舔嘴唇："……那我再看会儿函数。"

上高中以后，沈奇安安静静坐着看书的时刻可以说是屈指可数，他不太适应，勉强按捺着毛躁的性子，一会儿拽拽袖口、松松领子，一会儿把圆珠笔按进按出、转笔捡笔……尽管如此，他终归是看进去了，还一直看到十一点半熄灯。

寝室倏地暗下去，叶玄合上书，下地穿鞋，窸窸窣窣的响动令他的存在感愈发鲜明。

"2.3映射马上看完了……"沈奇干巴巴地汇报进度，怯怯起身，指指灯，"那个，黑了，我上一楼再看会儿。"

寝室一楼的自习室供电时间比生活区更长，常年驻扎着几位似乎不需要睡眠的学神。

叶玄不咸不淡地嗯一声，也不知道消气没。

"我真挺拿你话当回事儿，就是头一天没控制住，以后你再给我留作

两小无猜

业我争取超额完成。"沈奇走开几步，惝惝地回身，修长五指把卷起的书捏得嘎吱响。

叶玄又嗯一声。

沈奇吁出口气，缴械似的掏兜："烟、打火机、手机……都放这，我下楼就看书。"

叶玄软软地嗯一声。

沈奇在自习室挑灯夜读，看完了二次函数的性质，困得头重脚轻，觉得凡人有病吧，闲着没事发明个函数折腾人。他回寝，蹑手蹑脚地进浴室洗漱，水流开得细细的，怕吵着叶玄。

洗漱完，他穿着条睡裤，打赤膊路过叶玄的下铺，正要爬上去睡觉，手腕让人轻轻拽了下。他低头，见叶玄无声无息地坐起来了，平直的肩，薄而清瘦的身板，即便在昏暗中也能显出鲜明的轮廓。

"没睡啊？"沈奇立马邀功，弥补今天的错误，"我看完 4.2 小节了，那什么……数学挺有意思的。"语气警惕又讨好，坚守政治正确，跟踣雷似的。

好在叶玄没再难为他，还许诺如果期末考试有进步就给他奖励，比那辆哈雷摩托车还好的奖励，跟驯兽似的，抽一鞭子给一甜枣，沈奇知道这小乌龟驯兽呢，但还是欢实地扑上去闹他。叶玄裹着被子扑腾，沈奇就摁着他欺负、挠痒痒。这么一闹，沈奇过盛的精力总算发泄掉一部分，勉强按捺着躁动的情绪爬回上铺。

半小时过去，沈奇毫无睡意，一想到明天的学习任务和两个月后的期末考试就亢奋得想打挺。他辗转反侧，心里狂冒泡泡，实在睡不着，他打算跟朋友谈谈心，扒着床栏往下看，呼唤他的小乌龟："哎，别睡了，陪我说会儿话。"

叶玄睡颜沉静，被子掖得可乖，只露出上半张脸。

"叶玄?"沈奇瞪圆了眼睛,"你这就睡着了?"

叶玄着实睡得纹丝不动。

沈奇:"……"

沈奇气不打一处来,裹着被猛地一翻身。

男人,没一个好东西!

雄乌龟也是!

……

转眼几天过去,沈奇为了领奖头悬梁锥刺股,各种超额完成,把高一上学期数学的基础知识吃透了。

进步确实不小,可老毛病还在,多动症、爱撩闲,注意力不集中——好朋友就在前座,眼皮一撩就看见,沈奇没那定力,总忍不住和叶玄说小话,撩撩他,或者盯着那截后颈发愣。

这天一早,自习铃打响,班主任板着脸迈进教室,扫视一圈,开口:"叶玄,和周政换一下位置。"

沈奇抬头一看,叫周政的同学坐在正数第三排,还在靠窗那趟,离他特别远。

"老师!"沈奇举手,内心慌得很,表面嬉皮笑脸,"叶玄去前面没人给我讲题了。"

班主任语气平板:"有题下课去办公室问老师。"说完,捧着一沓卷子走出教室。

"你跟老师说一下去……"沈奇戳戳叶玄,小声哔哔。

叶玄扭头收拾书包,缓缓道:"我让老师,换的……我坐这排,看不清,黑板……"

"你还能看不清黑板?"沈奇瞪圆了眼,"你故意的吧?"

叶玄颔首:"你上课,总打扰我……"

两小无猜

沈奇攥住他书包带，压低嗓门，用气声求饶："我不撩闲了不行啊？"

他音量极轻，奈何教室太静，他一开口其实满教室都能听见，旁边一圈同学发出窃笑。叶玄缓慢而坚定地掰沈奇手指头，收复书包带："你上次，也这么说……你别闹了……"

"噗……"这回连教室前几排的同学都笑开了。

"笑屁啊！"沈奇朝前排吹胡子瞪眼睛，他兄弟跑了还笑，没有一点儿同学的情义！

结果同学们笑得更厉害了。

沈奇耍赖撒娇挽留无果，叶玄还是换到了第三排。

沈奇恨得磨牙，俊脸阴沉，在最后一排颓着，今日学习任务都没心思做了。

第二节课下课是课间操，轮到叶玄值日。

教室人走净了，叶玄慢悠悠地擦黑板，擦到一半，沈奇忽然煞气腾腾地冲进教室，迈上讲台一把撑住叶玄身后黑板。

力度太猛，拍起一蓬粉笔灰。

"你看你……全是灰。"叶玄埋头擦嘴，淡红舌尖慢条斯理地探出一点儿，朝垃圾桶吐小口水，"呸……呸……"

沈奇专程逃了课间操跟朋友吵架，岂料一拳打在棉花上，被卸了劲。他兀自凶狠地瞪着眼，语气却虚浮："知不知道你这几天都错哪了？"

叶玄柳叶似的薄眼皮一撩，看看他。

沈奇一被撩就傻，嗓门登时又低一档，哄人似的："……有点儿解题思路没？"

叶玄摇摇头："没有……"

沈奇噎了片刻，先翻一波旧账，唧歪道："我就感觉你不重视我，那天我一宿都没怎么睡，你睡得喊都喊不醒。"

"我本质是，乌龟呀……"叶玄微微歪头，平和地端详着沈奇，"别人家的乌龟，一天有五分之三的时间……在睡觉，我每天睡得都，这么少了……那入睡，肯定快啊。"

叶玄的作息沈奇再清楚不过，无非想作一把，他舔舔嘴唇，转移火力："你换座之前怎么不跟我商量?"

叶玄："和你商量，你能同意吗……"

沈奇粗声恶气："废话，肯定不能!"

叶玄神色平静："既然你，这么肯定……那还有什么，商量的必要呢?"

沈奇啧了一声："那也得商量! 你别跟那帮傻子直男似的!"

叶玄悠悠叹了口气："唉……好吧，以后……什么事儿，都和你……商量。"

"……"沈奇偏过脸，用舌尖顶了顶面颊，美得差点儿笑出声。

……

期中后的月考沈奇进步不小，原本三四十分的数学一举突破百分大关，其他几科也有个正经答卷的样子了，总分较期中提高了一百多分，期末考进前三十不再是空谈。

距离期末考试还有半个月，纵是颇受年轻人欢迎的平安夜来临，班级里也毫无节日氛围。班主任亲自坐镇晚自习，同学们精神紧绷，连翻动书页与写字的唰唰声都透着股整齐划一雷厉风行的气势。大雪下了大半个晚自习，迫于压抑的气氛，没人敢朝窗外多看一眼。

冲着期末前三十的奖励，进入冲刺阶段后沈奇学得比谁都拼。数学是他的优势科目，叶玄早晨派给他一套卷子，他掐表答卷，写一会儿就匆匆扫一眼黑板上方的钟。

一派严肃紧张的氛围中，叶玄忽然起立，朝讲台走去。

他弓着腰，一手捂着肚子，虚弱地拖着步子，语调乖顺："许老师，

两小无猜

我胃疼，还想吐……今天能不能让我，早点儿回寝室……"

素来不苟言笑的班主任慈祥得像个老父亲，忙不迭道："行，快回去吧。"

叶玄扶着讲桌边缘，有气无力地哀求："许老师，我疼得挺厉害的……我能不能找个同学，陪我一下……"

"我！"沈奇风一般卷过来，"我陪他！"

班主任语调降八度："先陪他去医务室拿药，送完人回来给我上自习。"

沈奇一口应下，奔回第三排，轻车熟路地翻出叶玄的围巾和羽绒服，挽着他往外走，走到七班的地界，焦躁地用羽绒服把叶玄裹起来，围巾缠几圈，轻轻碰他肚子，连珠炮发问："这疼吗？还是这儿？晚上都吃什么了？"

叶玄不大容易得凡人的病，却对乌龟常见病易感。

小时候的玄武宝宝对自身定位不够清晰，视未开灵智的凡龟为同族。五岁那年，也不知玄武宝宝从哪捡来一只流浪的小陆龟，三言两语就和流浪龟建立了友谊，他央求心灵手巧的狸力叔叔给流浪龟打了个别墅级饲养箱，有小门、小楼梯、小洞穴……住宿环境极佳。

乌龟没有声带，但可以用呼吸道发出气声，玄武宝宝闲着没事就蹲在饲养箱前，和流浪龟聊些龟言龟语。

这流浪龟常年混迹于京城周边那几座提供放生服务的小寺庙中，受寺庙灵气熏染，灵智稍开，常年骗吃骗喝，放生完再回，回完再放，是根龟中老油条。

玄武宝宝："呼……哧……"

流浪龟发出喷气声："哧……嗤……呼哧……"

——竟是给玄武宝宝讲了个乌龟笑话。

不愧是走南闯北的老油条乌龟，嘴皮子利索路子野，骚话一套套的。

玄武宝宝面无表情："……"

五秒钟后。

玄武宝宝使尽浑身解数："哈！！！"

叶玄和流浪龟玩得好，就求着奇奇哥哥陪他逛凡人的花鸟鱼市，想多领几只乌龟小朋友回家玩儿。沈奇不知其中利害关系，就用零花钱给叶玄买了几只小草龟，叶玄乐得什么似的，还在家里举办龟龟赛跑。可家里小乌龟多了，交叉感染，玄武宝宝不幸得了龟摩根氏变形杆菌病，一连好几天爬不起来，恹恹地趴在床上淌鼻涕、吐白沫，吃了好几种乌龟药和灵植才见好转。

出了这档事，叶辰不得不出手限制叶玄的社交活动，家里不让养新的小乌龟了，沈奇也提高警惕，不许外面的野乌龟勾搭叶玄。

……

"你是不是又跟外头那帮野乌龟玩了？"沈奇黑着脸。

"没有……"叶玄踮脚凑到他左耳边，吐着软乎乎的热气，"我哪都不疼，我跟老师……撒谎呢……"

沈奇低声问："你撒谎干什么？我这刷题呢，就你给我那套数学卷子，倒数第二道大题刚有点儿思路。"

还挺埋怨。

沈奇说着话的工夫，两人已走到教学楼大门口。双层玻璃门，挂着军绿色的厚重挡风帘，叶玄推门，费劲地撑起帘子，清寒风气裹着碎雪，拂乱他柔软的额发。

"待会儿他们一下课，脚印不就把雪，踩脏了吗……"叶玄捉住沈奇的腕子，蹬着新雪朝寝室楼的方向走，轻声慢气道，"平安夜……我们，看看雪。"

偌大的校园不见人影，雪粒如蒲公英的绒羽，细腻的白抹平一切凹

两小无猜

凸礴隙，世界沉凉洁净，靴底踩出悦耳的咯吱声。

他们逃了晚自习，出来看雪。

叶玄掏口袋，微红的指尖挑出两个耳机，一个塞进沈奇耳朵，一个给自己。

耳机里流淌出糖果般甜糯的童音，是一首德语圣诞歌 *Schnuffels Weihnachtslied*。

不知怎么，我的世界突然乱成一团……

我的心嘭、嘭、嘭地跳着……

叶玄轻轻跟唱那不断重复的三个德文音节："klopf、klopf、klopf……"

沈奇不甘示弱，扯着嗓子跟唱："啦啦、啦啦、吧啦啦……"

叶玄垂着眼笑，沈奇见他笑，啦啦得更来劲，薄唇凑到叶玄耳边，和着旋律乱唱，两人步履凌乱，笑闹着、踉跄着，唱着七扭八歪的歌。

歌声仍旧响着：

我搬来一株圣诞树……

我同你一起装饰房屋……

小兔窝里的光亮燃起……

这个平安夜，叶玄难得当了次"坏学生"。

……

期末考结束，学生领完成绩单就能回家过年，走廊喧腾吵闹。

沈奇岔着两条长腿坐在教学楼正前的台阶上，背对着乱哄哄的同学们叼起根烟，又丧又颓，炸起一身刺儿。

三十一名，他大爷的，和叶玄说好的是考进前三十。

奖励泡汤了。

沈奇比弄丢了飞盘的狗子还失落。

那么圆、那么大、那么鲜亮的"飞盘"……丢了！

他愤愤夹着烟，中指关节握笔握出薄茧，粗粝地擦过烟纸。考前半个月他成宿熬夜，瘦了几斤，五官愈发锋利鲜明，丧归丧，却更英俊了。

叶玄软归软，但可有原则，说什么是什么，铁定不会给他放水，况且他考前还拍胸口放言绝对能考进前三十，现在哪有脸跟叶玄胡搅蛮缠？

沈奇越想越烦躁，正凶性勃发着，考第三十名的那人忽然从他身边晃过去。好死不死的，正是沈奇前座，这衰人跟叶玄换座位不说，期末总分还偏巧比沈奇高2分，压他一个名次。

2分！！！

"诶，你过来。"沈奇弹飞烟蒂，朝男生抬抬下巴，粗声恶气，"对，就你。"

男生推推眼镜，不敢动："……怎么了？"

"你说呢？"沈奇起身，一米八四的身高颇具压迫性，"过来。"

男生畏缩着朝他走两步，站定，慌得猛推眼镜："呃……那个……"

沈奇狠狠咬着香烟过滤嘴，不好意思真找人麻烦，只双手抄兜杵在那，用"还我血汗钱"的讨薪目光直勾勾地瞪着人家。

他正想放句狠话免得跌份儿，肩膀上却忽然多了个东西，扭头一看，叶玄不知什么时候站到了他身后，稍稍踮脚，把下巴搁在他肩上，语气温温软软的："你们……聊什么呢？"

"这不……"沈奇一噎，"给同学拜个早年么，祝他早年快乐。"也是吓得人话都说不明白了。

语毕，紧跑两步捡起刚才弹飞的烟蒂，骂骂咧咧："谁啊？这么没素质？"

男生："……"

沈奇捏着烟蒂，谴责地看着那男生："校园是我家，维护靠大家，懂吗你？"

两小无猜

叶玄看出端倪，却没戳穿，低下头像在忍笑。

领完成绩单回家，沈奇活力全无。再过几天就是除夕，叶玄领着自带储物空间的混沌宝宝出门囤年货。一下午加一晚上，沈奇像条被遗弃的狗子，长手长脚地窝在懒人沙发里，乍看像断气儿了，幸好偶尔还会起身如厕。前往卫生间时，也是双臂垂在身侧懒得摆动，脑袋栽歪着，沈白逗他他就呜噜呜噜地支吾两声，眼珠间或一转，丧得像个丧尸。

晚上，饭没吃几口，沈奇怏怏地回卧室挺尸，灯没开，加上没心情玩手机，躺着躺着就稀里糊涂地睡着了。

一觉睡了没多久，他被床尾窸窣的响动惊醒。

他嗅到了熟悉的佛手柑香气，因此没慌，只是懵，揉了把惺忪的睡眼，清醒过来。

叶玄好整以暇地抖开一张卷子。

沈奇："……"

是沈奇的期末数学卷。

"你的卷子，我分析了……一晚上。"叶玄不紧不慢道，"你这道大题的，第三小问……是从这个步骤开始，出错的。"

沈奇做梦似的瞧着卷子，眼神涣散，像个傻子："……哦。"

他想破头也想不到叶玄会在这种场合抖出一张卷子。

叶玄浑然不觉状："这里开始，应该是套这个公式的……"

沈奇智障脸："阿巴阿巴阿巴……"

叶玄笑了一下，又敛起笑容，指指卷子上用荧光笔圈出来的一行字："你这个步骤之前，其实都写对了……这个小问，老师1分都没给你……我觉得，判得不对……有这个解题步骤，应该给2分的。"

也难为他从这片密密麻麻的狗爬拉字里找出一处漏判的得分点。

飞盘失而复得，沈奇眼珠铮亮："我去！"

"你总成绩加 2 分，就和周政一样了……你们两个，并列第三十名。"叶玄认真道，"奖励，还是……可以给你。不过，得等等……很多配件，还在国外呢，没那么快……邮来。"

"真的？什么奖励啊!"沈奇急得都快像狗子一样吐舌头了，"摩托车吗？怎么还要配件？自己组装吗？……"

闹得叶玄一宿没睡好，都有点儿后悔要给他奖励了。

……

春末夏初。

期中考结束，运动会与五一小长假接踵而至。

校园欢闹喧腾，天气也很给面子，学生们挤在运动场看台上，阳光泼了满背，面孔晒得红热。拉环噼啪脆响，喷出冰凉的碳酸汽水，还有彩气球、礼炮与招展的旗。

运动会开幕式各班走方阵，按校方统一要求，每班都制作了班旗。高二（九）班的班旗是叶玄亲手设计的，以深黑为底，用类似泼墨的写意手法勾勒出浅色的兽影，兽形似虎而有翼，做仰天长嗥状。旗帜正中是一个狂草的"玖"字，色泽鲜红，点睛夺人。

文科班男生少，能拿名次的更稀罕，学校不成文的规定是一位学生至多报三到四项，可沈奇不仅承包全部跑步项目，还报了跳远、跳高、铅球……开幕式结束后就没闲过，东奔西跑赶场子，一会儿上主席台领个奖。

学校运动会，奖品都是些与运动或学习有关的小物件，运动水壶、记事本、羽毛球拍、校长签名版篮球……沈奇像只筑巢的雄鸟，一趟趟往返于主席台与观众看台，搜集来这些奖品，全堆在叶玄旁边的空位上。

"你下一场，是什么……来着？"叶玄掏出纸巾，给沈奇擦汗。

"男子三千米，马上检录。"沈奇说着，给叶玄套上一枚黄铜材质的金牌，又扣上顶耐克棒球帽，全是刚领的奖，"戴上点儿帽子，别晒着。"

叶玄抬起小乌龟爪子慢腾腾地抓帽子，抗议："黑帽子戴上，更吸热……"

"那不戴了。"沈奇急急掀了那顶帽子，鼓起面颊朝那蓬细软的黑发吹凉气。叶玄扭头闭眼抿嘴，躲避喷溅的口水沫，脸蛋皱成十八个褶的包子。

沈奇又不敢吹气了，把帽子塞进叶玄手里。

帽子黑，让五根白生生的手指抓着，看得人心热。忽地，沈奇单膝跪地，不理会旁边同学犀利的视线，捉住叶玄抓着帽子的手，低声道："都好好收着，我赢的。"

叶玄的薄眼皮安静地垂着："嗯。"

沈奇舔舔嘴唇，像要说什么郑重的话，憋了几秒钟，一开口，仍旧是笨拙、孩子气："我以后赢什么都给你。"顿了顿，他又道："一顶帽子也给你。"

……

高二男子三千米检录完毕，九个班每班两名选手，比赛尚未开始，选手们在起跑线附近溜溜达达。

四百米一圈，要跑七圈半，叶玄从体委手中接过班旗坐到观众席第一排中间，准备等一下给沈奇加油。

这时，一个身材颀长的男生从起跑线朝叶玄的方向走过去。这人叫李骁，校田径队的，文理分班前同叶玄和沈奇一班，长得有几分痞帅，平时爱逗叶玄说话，分班后在走廊撞见也爱追着叶玄撩闲。沈奇之前是觉得这人有点儿烦，后来一见此人便如临大敌，恨不得冲他"吠"两声。

"哟，玄哥。"李骁吊儿郎当地晃过去，"待会儿也给我加加油呗。"

叶玄神态安详："我不给你……加。"

李骁乐道："这么无情，分班就不认人啊。"

据叶玄观察，李骁应该只是觉得他慢悠悠说话的模样好玩儿，逗他约等于吸猫，没有其他意思。可他怕沈奇瞎闹，决定还是和李骁保持距离，遂半开玩笑道："对，我特别……无情。"

李骁逗他："那你嘴闲着不也闲着吗？"

"我挺忙的……我得给，沈奇加油。"叶玄从容道，"我说话……这么慢。"

"行，那不破坏你俩感天动地的兄弟情了。"李骁吸了一波小乌龟，心满意足地晃回去。

沈奇看他的眼神就仿佛在看西门庆。

他有心找个由头向李骁挑衅，奈何叶玄就在不远处，他不敢，一股火闷在心口，越烧越旺。

比赛即将开始，一众选手在起跑线各就各位。

一阵令人神经紧绷的安静过后，发令枪响，沈奇正狂躁着，疯一般蹿出去，转眼就甩开李骁一大截。

李骁在校田径队算拔尖儿的，本来打算给班级夺个冠，没想到沈奇如此生猛，顿时也被激起股劲儿，咬紧牙关企图咬住距离。毕竟沈奇起手爆发冲刺肯定坚持不住，他不被甩开太远即可，等沈奇减速他就能渐渐赶上。可要命的是，沈奇开始爆发冲刺后速度竟丝毫不减，眼看第一圈就要跑完了，他与大部队的距离越拉越夸张……

就在李骁跑得快要炸肺的当口，前方观众席忽然传来一声有气无力的呐喊："沈奇……！慢点儿……！"

是叶玄。

他站在最外道的白线外，双手握着他亲自设计的班旗缓缓左右摇晃。他摇得太慢，四下又没风，班旗软塌塌地耷拉着，和他的助威声一样软。

遭遇这股安详氛围的侵袭，全体运动健儿士气肉眼可见地减弱。

李骁："……"

这辈子真是头回看见这么给人加油的!

沈奇抬头，一愣，炸出一后背冷汗："我×!"

光顾着意气之争了，得亏叶玄提醒——再这么飙下去，一不小心破了男子三千米的世界记录他就摊上大事儿了!

沈奇倏地放慢速度，李骁舒了口气，打算趁机追回一段距离。

沈奇也不在乎这点儿随时能追回的距离，他朝叶玄撩了一眼，忽地转换方向，从最内道冲向最外道，跑到叶玄面前，夺过他手中的班旗，一手握住旗杆，将它斜斜扛在肩上。

他向前疾跑，扬起风，班旗抖出猎猎的响，旗帜正中浅色的穷奇与鲜红的玖字像是活了，被风揉皱，又被风舒展，变换出种种形状。扛旗奔跑风阻很大，可他丝毫不露疲态。

九班观众席骤然沸腾。

沈奇扭头朝观众席比了个"第一"的手势，眼睛只瞧着叶玄，露出一个少年意气的笑。

"沈奇! 沈奇!"九班的姑娘们喊破了音，有人激动得把遮阳帽丢到天上。

沈奇扛着班旗领跑，全程与拼死拼活咬在第二名的李骁保持着一段微妙的距离，说长不长说短不短，遛人似的，李骁跑得怀疑人生，最后冠军还是被沈奇拿下了。他率先冲过终点线的一瞬，沉静如叶玄都受到周围气氛的影响，缓缓跳了一下，以示激动……

叶玄平时说话做事都慢腾腾的，给人留下的印象太深刻，以至于在旁人眼中，他连起跳下落的速度似乎都比别人慢三分，简直是重力加速度都为他改变。

　　经此一役，全校都听说高二（九）班有个扛班旗跑三千米还血虐田径队的狠人，对此事反应最激烈的人就是负责校田径队日常训练的体育老师张磊。沈奇是个练体育的好苗子，校田径队去年就向他抛出过橄榄枝，可沈奇一口回绝了。这次运动会沈奇表现得这么高调，张老师的心思便又活络起来，向沈奇许诺各种好处，其中包括体育特长生的高考加分政策。

　　高不高考的沈奇以前不在乎，现在成天学得头秃，听说能加分，也有点儿犹豫，去找叶玄商量。

　　"我觉得还是，别去了……"叶玄缓缓蹙眉，"你对凡人，有天然的，体能优势……利用这个优势，加分，好像不太公平。"

　　沈奇不太服，小声嘟囔："那凡人对我还有智力优势呢。"

　　叶玄字斟句酌："奇奇，你其实，能达到凡人的……智商平均线吧。"沉思片刻，回想沈奇日常表现，语气染上三分游疑："至少，肯定没有明显地……低于平均线。"

　　沈奇："……"

　　沈奇自认脑子不太灵光，不介意自嘲，也不怕别人说，可唯独叶玄这么说，不行。

　　"谁家哈士奇会解函数题？"沈奇话锋一转，不干了，直拿胳膊肘拐他，偷换概念强词夺理，"啊？我问问你。"

　　叶玄："……"

　　"记得上次看那视频吗？那边牧，叼数字那个，叼出个 1+2=3，再叼个 2-1=1，微博都转好几万。"沈奇冷笑，"我总分能上 500，能写会算，已经天纵奇才了我告诉你，你知足吧。"越说越振振有词。

　　叶玄一时失语。

　　沈奇眸中闪过一抹讥诮："边牧最聪明？爷笑了。"

　　叶玄："……既然你这么聪明，就更不需要……体育特长生，这个加分项了。"

不管怎么说，反正是把沈奇劝了回去。

……

高二下学期的运动会和五一小长假像一道分水岭，一边是最后的轻松校园时光，一边是分秒必争的苦读。

日子过得充实，时间就溜得奇快，转眼高考已过。沈奇勉强摸到一本线，经过一系列考核，成功被一所一本警校录取。叶玄则惯例将年级第一收入囊中，顺利考入一所国内排名前十的名牌大学，进入地质学系学习。

新的校园生活开始了。

八月末，暑假的悠闲烟消云散，大一新生们着手为入学做准备。

沈奇和叶玄的大学离得不远，车程大约二十分钟，见面不难。

两人高中住校，寝室生活需要的零七碎八都熟稔于心，许多东西都不必采购，把高中寝室用过的搬去就好。

两个大号旅行箱摊开放在客厅地板上，叶玄的箱子几近全满，许多个大小不一的浅蓝色旅行收纳软盒分门别类、方方正正地排布着，恰好填充满箱体的全部空间，引起强迫症患者的极度舒适。沈奇的箱子却只马马虎虎地塞了三分之一，人没影了，不知道又让哪的飞盘勾跑了。

"奇奇……"叶玄挨个房间找人，在门口站定，缓缓伸脖瞄一眼，人不在，又缓缓缩脖。

找了一会儿，在临江的露台上找到沈奇。

沈奇线条悍拔的背微弓着，小臂搭着露台栏杆，望着江，抽烟。

那背影有一种硬汉式的、深沉的忧郁。

叶玄凑上去："奇奇……你先去把箱子，收拾完。"

"……一会儿的。"沈奇嘟哝一句，嗓子发哑。

叶玄的薄眼皮抬了抬："你怎么了……"

"没怎么，"沈奇头一低，咬住烟，"抽根烟。"

"你说话声，不对……"叶玄用一双乌龟爪子扒住他小臂，站到他右侧，探头看他脸上的表情。

"真没事儿!"沈奇焦躁地朝左一拧头。

叶玄不恼，踱着步子朝沈奇左侧走，刚蹭到左侧，还没来得及看清沈奇的脸，沈奇又猛地往右一扭头，叶玄耐心十足，原路返回，踱回沈奇右侧……

"你怎么了……"叶玄走不快，索性黏到沈奇身上，逮着一个方向拼命伸脖看，心平气和地缓缓复读，"你怎么了……你怎么了……"小膏药般撕不脱。

沈奇拼命掩饰，挣扎中却仍不慎让叶玄瞥见半张脸，轮廓锋利、英俊得很硬气的脸，挂着两道泪痕。

叶玄怔住。

沈奇狠狠用小臂蹭一把脸。

叶玄担心地看着他："奇奇……"

沈奇羞愤欲绝："你瞅啥!"

叶玄乖乖垂眼，看鞋尖。

沈奇抹把脸，反正这副没出息的样子也被看光了，索性破罐破摔，胸口剧烈起伏，带着哭腔叽歪："那我跟你分开不得想你吗? 我这辈子! 活了十九年! 就跟你分开过五天! 我能适应吗? !"

"嗯，你不能适应……"叶玄软软附和，顺毛摸。

沈奇红着眼圈考他："你说说，我是在哪五天和你分开的?"

叶玄柔声道："我还没，出生的……那五天。"

沈奇薄唇一扁，泪水再度夺眶而出，大狗子般猛地扑住叶玄，扑得叶玄跟跟跄跄地后退两步。

两小无猜

这是一个用力宣泄的拥抱，沈奇骨架大，用身体将叶玄整个笼住，弓着背，用下巴抵住叶玄单薄的肩，猛蹭。

"奇奇，没事的，离得那么近……我们都这么大了，也不用非得，天天黏在一起……"叶玄温声哄着，轻抚狗头，抚着抚着，发现沈奇耳朵里塞着一枚无线耳机，也不知道在听什么。

叶玄眨眨眼，从沈奇裤兜里摸出手机，指纹解锁，关闭蓝牙，打开公放。

手机正循环播放着一首多年前的校园歌曲：

"若不是你，包容我年少时轻狂和执拗；

我不可能，在颠簸的路上走得那么好……"

沈奇哭得一抽一抽，相当动容，极为走心。

——这二逼竟给自己的人生配了段音乐。

叶玄的眼中渐渐充满了对智障的关爱。

"带你抛下课堂，翻过围墙，只为了往一片大海……"

沈奇抽噎道："你记不记得那次平安夜，你逃晚自习，带我看雪……"

"告别了初爱，告别了制服上的名牌……"

沈奇巨伤感："咱们的青春就这么结束了。"

叶玄慢悠悠按下暂停，歌声戛然而止，空气中的 MV 感瞬间烟消云散。

叶玄："把音乐关了，是不是就，没那么……想哭了？"

沈奇沉默半晌，闷声道："……没那么有感觉了。"

"你的青春期，应该还能持续个，二三百年……"叶玄理智分析，"这才刚开始，不用，这么伤感。"

沈奇面无表情："哦。"

过一会儿，擦干青春的泪水，被叶玄拎回屋收拾行李。

……

大一新生入学，一律军训伺候。警校规章严格，军训时期从早到晚就没个能摸鱼的时候，觉都睡不踏实，随时摸黑紧急集合一波，沈奇那天半夜突发奇想，打算变个原形飞去叶玄学校，刚起飞就让紧急集合铃震下来了。

沈奇连续五天没见到叶玄，想想警校军训得训将近四十天，心态崩得稀碎，比狗皮膏药还黏人，逮个几秒钟的空隙都要摸出手机瞄一眼消息，或者毫无营养地聊一下。

烈日下站了一小时军姿，才换来十分钟的休息。午饭时间已经过了，可他们班上午表现不好，看教官的意思，一时半会儿是不可能放他们去食堂了。好在沈奇不怎么饿，需要解决的只有尿急的问题，于是边往男厕跑边给叶玄发微信。

沈奇没话可说，这几天什么无聊的话都发过不止一次，脑子早掏空了，遂直接一个微信语音拨过去。

叶玄纵容地接起语音："喂？"

沈奇："没事儿。"

叶玄："喔……"

沈奇站在小便池前，拿着手机，单手解腰带。他穿着学校统一发放的夏季野战服，深色半袖浸透汗水，粘着皮肤，更显出一副虎背蜂腰的精悍身材，两条长腿漫不经心地稍稍岔着，当啷一声，腰带扣沉甸甸地坠下去，整个人凌厉得像柄出鞘的剑。

紧接着，这人黏糊糊地冲手机嘟囔："没话跟我说了？我就休息十分钟。"

几秒后，语调轻柔道："那我听你呼吸。"

腻，就硬腻！

站在一池之隔外解手的男生闻言不禁露出了呕吐的表情。

叶玄倒也乐得不用尬聊，两人安静地保持着语音连通的状态。

沈奇开始解手。

哗啦啦，哗啦啦。

叶玄正在食堂，喝到一半的紫菜蛋花汤顿时就不香了。

叶玄："先挂了吧，我这儿……"

沈奇阴沉地打断："听着。"

叶玄："……"

沈奇不悦："你小时候我给你把过多少次，什么时候嫌弃过你？"

饶是叶玄性格再温和也不禁暴躁："行行……行！别再提……那个了！"

动不动就拿这，说事儿……不给他，把回来……还真要，永无宁日了！

……

军训结束，可支配时间增加，叶玄有空就在学校附近溜达，不紧不慢地把周边楼盘踩了个遍，和沈奇商量着购置了一间升值潜力颇大的高级公寓。

公寓前任房主房产甚多，许是嫌钱多烧得慌，曾聘请海外顶级私宅设计师对公寓进行改造，却几乎不曾入住。一梯一户大平层，近300平米，精细到连灯罩仰起角度都刻意调整的变态级设计，随手乱拍即能刊入时尚家居杂志。房主近日急需资金周转，两千万割肉价，让小乌龟捡了个大便宜。

他与沈奇成年后，叶辰将十几年来代为保管的公司分红尽数交付到他们手上，那是一笔天文数字。

对心性沉静的叶玄而言，钱仅仅是帮他在凡人社会解决各类问题的清障机。分红入账，他缓缓雀跃一分钟以示礼貌，随即分拨存入私银，交给专业人士规划打理。沈奇花销不算计，十九年来每逢月底嗦泡面，一朝

< 186 >

得势不禁暴露出土大款嘴脸，收了几台全球限量的重型机车，去赛场连飙几天。挨辆临幸完，发现外形再嚣张的重机车都没他跑得快，挺幻灭的，遂蔫头耷脑地向叶玄上交家底，光留个几十万零头买烟。

公寓离叶玄学校步行不到十分钟，校内环境极好，有大面积人工湖及环湖栈道，沈奇早晚两遍去湖边遛自己，方便、风景又好，堪称完美。

叶玄独自办妥房屋交接手续，请家政打扫、更换床品，购置零碎物件，杂七杂八的事项都处理完了，沈奇那边的封闭训练才宣告结束。

三十五天军训下来，沈奇被锤炼得更精悍，小麦肤色略微加深，衬得眉眼线条愈发浓烈英挺，一进门便卷地风般冲进浴室。

二十分钟后，叶玄洗完，裹着一身清香的水汽出来，上身没穿，下面围着条浴巾，羚羊般纤细的脚踝一览无余。

沈奇的浴室里一派安静，没水声，也没吹风机声，叶玄慢条斯理地踱过去，正要敲门问一句，门里忽地传出一声撕心裂肺的惨叫："啊！！！"

"奇奇？"叶玄一惊，"怎么了……"

"没事没事。"沈奇秒答，强作轻松的语调，浓重的鼻音，像是哭了。

叶玄歪了歪头，不放心，沈奇脑回路太非人类了。他压下门把手想进去看看，浴室门却锁着，这时，沈奇又是一嗓子，嚎得濒临破音："啊啊啊啊啊——"

叶玄不再犹豫，攥紧门把手，缓缓向门内施力，木料承受不住他的怪力，发出细微脆响，下一秒，门把手连同嵌在门内的锁头玩具般崩碎，门应声而开，门板漏了个大洞。

"奇奇……你没事吧？"叶玄推开门，慢吞吞地捡起脱落的门把手。

"你把门卸了？！"沈奇惊骇。他也光围着条浴巾，蹲在浴室墙角，左右鼻孔各插一根棉签，虎目含泪。

那是前段时间国外特流行的脱鼻毛神器，将加热后的软体蜜蜡塞入鼻腔，降温凝固后拔出，除得相当干净。

叶玄的视线在那两根棉签上停驻一秒，向下滑去，只见沈奇胳膊腿上贴满了方方正正的蜜蜡脱毛纸……

"……"血压拉满，叶玄有点儿想遁入空门了。

"卖东西那人说这款有舒张毛孔的成分，拔着不痛，我他妈……奸商！"沈奇眼珠赤红，还在极力挽回智商分，"不是说好了，过几天放假去海边玩吗，我这不是想穿泳裤的时候完美点儿么，除个毛什么的……"

这套蜜蜡是他之前一时心血来潮买回来的，可买完就抛到脑后了，方才他翻箱倒柜想找瓶香水喷喷，看见这份除毛套装，就着了道了。

疼就算了，还粘得巨结实，拔了两次，硬是没拔下来。

叶玄缓缓恢复表情管理："你缓一缓，再拔……别着急，我又……"他可疑地停顿片刻，"又不会笑你。"

沈奇抹了把眼泪："要不你帮我拔吧，我对我自己有点儿下不去手了。"

"那行……"叶玄深呼吸，捏住棉签，缓缓施力。

缓缓，施力。

缓缓。

缓。

"停！玄哥！停停停！"沈奇泪如涌泉，捂着鼻子扑跪在地，"越慢越疼啊我去！自己来自己来！"

片刻后。

"啊！啊！啊！"浴室里的某人叫得很有韵律。

警校不同寻常大学，管理严格，上课、出操都查得严，像普通大学生那样一言不合就逃课窝在寝室打游戏是不可能的。学校没放假，沈奇离校也未经许可，好不容易回新家住了一宿，天亮就得回去。

沈奇想多睡一下，叶玄却有点儿撵他的意思，天才蒙蒙亮就话里话外敲打他，一会儿怕他出操迟到，一会儿怕他来不及回寝整理内务，直催。

"你们不是，天天早晨都得叠……'豆腐块'吗？"叶玄裹着薄被，细瘦的一条，蜷在床边，"你快点儿，回去……别害你们寝室，扣内务分。"

"没事，我叠得快。"沈奇又赖了会儿床，去楼下早点铺子买了海鲜粥和虾仁肠粉，拆开外卖包装，在床头柜上摆好。

沈奇："那我走了啊？"

叶玄这会儿语速倒正常了："嗯，周末见……"

沈奇没正当理由，搞不到离校许可，好在他会飞，围墙挡不住。来时靠飞，回去自然也一样，沈奇想找个宽敞地方现原形，于是走到客厅……

几秒钟后。

客厅传来沈奇的嚎叫："啊！！！"

叶玄："……"

什么朋友，一点儿都……不省心！

这是又把，哪儿的毛……给拔了？！

叶玄缓缓跑到客厅，眼皮一抬，愣住了。

他们神兽在兽形与人形间变幻时，身体部位大抵呈对应关系，譬如说，人形的双臂会成为兽形的翅膀或前肢，人形的尾椎骨会成为兽形的尾巴，人形的汗毛，也就是兽形的毛发。

沈奇昨晚追求好看，用蜜蜡脱毛，脱时没过脑子，显完原形才回过味。

眼下，堂堂四凶之一的穷奇俨然秃得像只吊炉里的烧鸡。也不知是幸还是不幸，沈奇没剃头开脸，面部汗毛和头发保存完好，因此那颗肖似猛虎的头颅仍覆盖着浓厚如黑云的毛发。一颗狰狞硕大的兽头，就这样插在因秃而瘦下一大圈的身子上……极为突兀。

与夏天被剃毛的哈士奇如出一辙。

叶玄愣了一秒，噗嗤笑喷。

沈奇心态彻底崩了，骂出虎啸："吼——"

"哈……哈！"叶玄上气不接下气，笑得很累，索性攒着笑了个大的，"嗬……嗬……哈！！！"

沈奇急忙变回人形，臊得岂止是脸，连屁股都滚烫，一扭头，无能狂怒："叶玄！！！"

沈奇俊脸通红："你早知道了吧？！故意不提醒我？"

"我也，没想到……"叶玄昨晚心思没在这上，是真的没想到，"……哈！哈！"

"你完了！叶玄！"都怪叶玄平时太靠谱，说他能犯这种低级错误沈奇根本就不信，张牙舞爪地扑过去。

叶玄倏地变出龟壳，秒缩，沈奇敲门似的擂那龟壳，又爱又恨地骂："我知道你在里边！你有本事阴我，你有本事出来啊！小王八蛋！"

"你快……飞回去啊！"叶玄嗤嗤闷笑，"待会儿就，查内务了……"

"我翅膀都没毛了！"沈奇气得直蹦，"我飞个啥！"

"嗤——"

"不是，你刚才没发现我翅膀没毛吗？！你这句肯定故意的！"

"哈哈！"

沈奇一整个秋天都没再变过原形。

……

厨房，风干机嗡嗡响着，叶玄系着围裙，从不锈钢盆里捡出猪皮结，一条条放上去烤。

猪皮结是他亲手做的，质量有保障，是取新鲜整张猪皮，切成长条焯熟，然后刮除肥油，两端打结，拧出个狗骨头形，最后用风干机吹至干硬。如果有心思弄得好些，还可在中间缠些鸡肉条，味道与口感就不单调了，是狗子磨牙利器。

叶玄脚边蹲坐着一只德牧。

德牧体态健美修长，背部黝黑油亮，双眼迥然有光。叶玄在厨房摆弄食物，它沉默观望，不上前讨要，也不摇尾示好，一副训练有素的模样，堪称狗中硬汉。

"这个得，烤一会儿呢……"叶玄看看它，"有现成的，别急。"

德牧安静等待，纹丝不动。

叶玄摆弄好那些猪皮结，擦擦手，从橱柜里取出存自制猪皮结的密封罐，还没打开，就觉得那轻飘飘的手感不对，掀盖一看，罐子果然空空如也。

"呃……"叶玄歉然，向德牧展示空罐内部，"又没了……"

德牧委屈地哼叽一声，狗头耷拉两秒钟，又迅速恢复成那副训练有素的样子。

这只德牧叫木木，是沈奇从学校带回来的训练犬。

当年沈奇高考填报志愿，出于学渣缺乏底气的心理，在服从专业调剂的一栏打了勾，结果好巧不巧，被调剂到了警犬技术系。好在警犬技术系与外人以为的"养狗专业户"差别甚大，其他预备警员要学的课程他们也落不下，毕业后还要参与公安联考，根据联考分数选择岗位，未必就会去警犬训练基地养狗。

与其他专业区别最大的地方在于，警犬技术系的学员们会在大三这一年亲自驯养一条属于自己的警犬，在训练期结束后还能将自己训养的警犬带回家。沈奇养木木养出感情，上个月训练期结束，就把木木连同一张"优秀驯养员"的奖状一起带回了他和叶玄的公寓。

"我给你拿……别的。"叶玄剪开一袋鸡肉妙鲜包，倒进木木的食盆里，唾弃某个猪皮结小偷，"我们不跟奇奇……一般见识！"

木木微微颔首，竟像是听懂了。

两小无猜

"怎么就不跟我一般见识了？"沈奇午觉刚醒，睡眼惺忪，裸着结实精干的上身，睡裤松垮地挂在腰间，两道人鱼线若隐若现。

"你说你，不磨牙……"叶玄绷着脸，指指空罐子，"昨天还剩，十二根……一宿就见底了。"

穷奇寿数千年，生性嗜杀，牙齿磨损厉害，不可能像凡人一样一口牙用到老死，因此每二十年左右换一次牙。沈奇过了一阵豁牙漏风的日子，眼看就快凑齐一口新牙。

新牙生长时牙床肉痒得厉害，叶玄看家里筷子十支烂了八支，就帮沈奇采购了不少坚果、儿童磨牙棒之类的零食。沈奇出于某种莫名的雄性虚荣心，不肯承认自己换牙期痒痒，明面上拒不食用，结果背地里不仅吃个底朝天，还三更半夜偷偷爬起来，把木木的猪皮结给啃光了。

沈奇还想糊弄："我不是喂它了吗？木木，你说句话啊。"

木木用一种温和得近乎慈爱的目光望着他，轻轻摇了摇尾巴，一副当爹的甘为儿子背锅的架势。

叶玄幽幽道："我看狗都，比你懂事……木木还不是，边牧呢……"

"哎哎，不带人身攻击的。"沈奇不敢硬犟，忙承认错误，"我下次给它留，这猪皮挺香的，没忍住。"

叶玄表情缓和下来："我以后每次都，多做点儿……你是不是该，遛狗了？"

"等哥穿衣服。"沈奇俯身，揉了揉木木的头。

"天黑就，回来吃饭……"叶玄叮嘱道，"他要是，走得太远了……你就把他往回领。"

"汪！"木木雷厉风行地吼了一声。

……

又是一年平安夜。

天下着大雪。

说好要一起过平安夜，沈奇警校这边的训练一结束，就回家找叶玄过节。

算算时间，叶玄应该早就回家了，公寓灯也亮着，屋里却除了木木没别人，沈奇打不通叶玄的电话，便披着大衣下楼找人。

公寓楼下，叶玄拎着两大袋食材与调味料沿路边走着，把雪踩得吱吱呀呀叫唤，沈奇远远望见他，忙朝他跑去。

警校发的多功能警用大衣又厚又长，穿在寻常人身上易显臃肿，却难掩沈奇颀长的身材。他跑到叶玄面前，一手揽下两个袋子，一手搂住鼻尖耳廓冻得白里透红的叶玄，半心疼半埋怨道："不是说出去吃吗？"

"雪大，路不好走……"叶玄用空出的手焐脸，"我们在家，涮火锅……"

两人终于着手准备火锅时，已是晚上七点多。

趁沈奇还在洗澡，叶玄系好围裙，溜到料理台前洗菜切菜。

沈奇知道叶玄会抢着干活，冲澡冲得敷衍，三下五除二就围着浴巾晃出来，缴菜刀、缴围裙，然后匆匆套上家居服，跑去厨房切菜。

"我切菜吧，你去……烧水。"叶玄闲不住，慢吞吞地溜到厨房。

"你？"未来的沈警官切着地瓜片，菜刀起落快出残影，唰唰剁出一片银光，装出一副老成模样道，"你面壁思过去，反省一下，为什么要偷我钱包，对社会有什么不满，为什么知法犯法。"沈奇臭不要脸道，"还有刚才为什么袭警？"

说的是刚才两人打闹着玩儿，叶玄挠他痒痒的事。

"你不是……"叶玄眨眨眼，"被袭得，挺开心吗……"

沈奇嘿嘿一笑，把地瓜片码上盘子。

……

两小无猜

室内，火锅沸腾得欢实，切片的食材在滚水中雀跃浮动，汤汁半是鲜白，半是辣红，两双筷子探进锅里，翻捡着煮熟的涮品，在同时夹给对方的过程中不慎于半空撞车，两颗滑溜溜的虾球噗通噗通掉回锅里，各自充值了五秒钟寿命。

两人同时笑了。

屋外，平安夜的大雪仍未停息。

红尘凡世，尽数沉浸在温柔的白中，清霜般的细雪是时光的碎屑，簌簌的，沙沙的，绵绵不绝，填充所有流年的罅隙，却还未满足。

他们的故事，未完待续——

【单元完】

第三单元

勾三股四

大殿。

殿身纵深极长，既宽且广，四壁红罗销金，饰以银钉玳瑁，穹顶高得骇人，抹着一层青金石。

那是来自波斯与月氏国的昂贵石料，研磨可得群青。因涂得厚腻，穹顶蓝得几近黑紫，珠贝云母疏密镶嵌，犹如星夜。

殿中突兀地横着一张卧榻。

床柱有六根，打磨光润，彩云锦、缎花纱，烟霞般绵密积聚，将那榻裹得严实，攒出个奢靡温软的囚笼。

地面看不出材质，被柔腻红锦与一脚踩上便没至脚踝的织毯铺得不见缝隙。不知是为弥补大殿空旷深长，还是为取悦何人，殿中散落各色古董摆件，都是些用来把玩观赏、打发时日的小玩意儿，什么玉山子、彩绘木俑、翠钿凤冠、仕女绢画；倾圮的竹简山、堆叠的线装书；异域的宝石匕首、鹿头骨雕、五弦琴……顶唬人的是那盏黄玉香炉，玉壁薄如蝉翼，晶莹透亮，炉内燃香，炉外可观火光。

炉中香名曰"龙悦"，据传是西海龙王嫁女时所燃之香，其味馥郁腥甜，奢靡暧昧。

两缕淡白烟气从香炉左右逸出，扭动交缠，拧成一股，又散在高处。

……

传说，水中有毒蛇名虺，虺修五百年化蛟，蛟修千年化龙，龙修五百年化角龙，千年为应龙。

有家茶楼的说书先生编瞎话，称五年前黄河水患乃灵兽蛟作乱。那蛟心术不正，不肯踏实修炼，欲寻捷径，便趁应龙前往黄河镇压水患时设下阴邪阵法禁锢应龙，啖其心肝，噬其内丹，欲早日跻身神兽之列。

"……那应龙遭此一劫，身躯残缺，法力尽失，陨落于贺兰山，为某富可敌国之巨贾白某救回并囚于府中。这白某四处寻觅灵山，掏空山腹修筑盘龙殿以供养真龙。为讨真龙欢心，此人穷尽奢华之能事，并搜罗些目不识丁的哑奴入内服侍——搁两年前小老儿是个哑巴，因缘际会得神医相助，吃下一枚用九十九条鹦哥舌头熬制的'巧舌丹'，今时今日才能在这儿说书，这些可都是小老儿亲眼所见，亲耳所闻——谁也想不到，那应龙人形居然是个美艳女子，形貌体态远胜凡间庸脂俗粉，只消一根脚趾头，就能把莳花馆的头牌整个儿比下去！那白某起初供奉龙神是出于真心实意，时日久了，渐渐生出歪念，半唬半吓地哄诱龙神，与其在殿中日夜欢好，美其名曰疗愈内丹，那龙神身躯残弱不能反抗，便半推半就地…………

下面那段官府不让讲，在座各位要是非听不可，一人加付——五十文。"

"喊——"

"嘻！"

茶楼中嘘声一片。

两小无猜

　　说书先生道听途说添油加醋，为博人眼球，能把男人说成女人，死人说成活人，断不可轻信，但凿空山腹精心修筑的盘龙殿倒是实打实存在的。盘龙殿位处山腹，四壁皆让山体死死禁锢，年深岁久，不见赤日。正因为此，饶是殿中千灯百盏密如星汉，光如白昼，却仍旧有股昏朦黯淡之意盘亘不去。加上那纱缎层层包缠的榻上盘踞着一条似人而非人的活物，愈显殿中氛围诡谲阴森。

　　青铜门轴转动，足有五六人高的巨大门扇缓沉倾开，门后现出一道颀长身影。

　　不待他言语，殿中擦拭浮尘、堆叠书卷、更换织毯的仆役们纷纷停下手中活计。无人出言请安，他们仅躬身施礼，旋即保持着半躬的姿态，鱼群般静默有序地涌出殿门。仅一眨眼的工夫，殿中已不见半个仆役。

　　榻上那活物似乎对来人有所感应，剧烈地挣扎起来。它力道奇大，挣得床脚也跟着弹跳，咣啷咣啷直响。来人身着白衫，端方温润，眉目含笑，本是一副英俊和善的样貌，看久了却莫名让人瘆得慌。他缓步上前，掀起床帘。

　　活物的模样骤然清晰。

　　那是个二十出头的年轻男子，谪仙般俊美，面颊透着几分病态的潮红，一头乌发蜿蜒如暗河，仰卧在若榴花织纹的金红缎被面上，整个人像一块清冽的寒玉，直教人想握进手心，焐得热烘烘的，再摩挲得滚烫。

　　这一幕本该是纯然的美，可这男子自脐下开始便不成人形，连接着上身的，竟是一条长逾丈许的龙尾。那龙鳞呈靛青色，逐步向月白过渡，及至大约是龙腹的部位，便仅剩少许极浅淡的蓝。这么一来，倒也难说这一幕究竟是好看还是诡异。

　　这半人半龙的男子从头到脚被细绳缚住，细绳呈草黄色，像光滑的麻绳，既弹且韧，随男子挣扎变换长度，不会将他勒痛，却也绝不会被他挣开。

来者伸出一指，挑起细绳捻弄片刻，慢声道："那条蛟龙的筋，我抽给你了。"

他又指向大殿东南角。

那一处，自梁柱垂下许多细韧丝线，缠绕并悬吊起一副灰白龙骨。龙骨长逾十丈，皮影戏中的皮影一般，被丝线屈辱地摆布成一副腾云驾雾的姿态，前额利角如弯月，是条蛟龙。

来者温声道："骨头也剔给你了，摆成什么姿势，随你高兴。"

半龙男子浑身战栗，乌金瞳仁亮得灼人，自亢奋中浮起几分畏惧。

来者邀功般掰着手指细数："内丹挖给你吃了，脑髓叫我吸干了，血肉今日已拿去喂了狗……这仇报得可还满意？"

男子听见"脑髓"二字，打了个哆嗦，脸上血色失了大半，似是极为忌惮，眸光锋利如刀，死死盯住来人。

来人是一只犴。

据载，犴形似白兔，与讹兽沾亲带故，性情狡诈善欺，以戏要玩弄无辜生灵为乐。正所谓一物降一物，犴原形貌似孱弱，却自有一套狩龙的本领，嗜吸龙脑髓，民间有一犴可斗三龙二蛟之说，蛟龙之流见了犴，正如兔子见了鹰，除去惊惶逃命别无他法。

好在龙族亦分三六九等，如螭、虺、虬、蛟，它们虽隶属龙族，位阶上却只算是灵兽，化不出人形，亦无元神转世的本事，犴将它们敲骨吸髓，就好比凡人吃猪脑花。应龙、青龙、烛龙之类才算得上龙族神兽，神兽元神不死不灭，记忆世代传承，同为神兽，犴不会将他们列入猎食范畴。

但不愿吃与不能吃是两回事儿，天晓得那嗜吸脑髓的恶兽会不会忽地凶性大发，乱杀一气，因此龙族神兽见了犴仍旧会惊得两股战战，瑟瑟发抖。

两小无猜

被龙筋五花大绑的男子真身是条应龙，名叫景霖，并非由虬一步步修炼而成，而是脱胎自天地灵气，得洪荒时期诸神封赐，受命统御黄河水脉，保黎民安居乐业。他自诩血统纯正，受万民敬拜，万兽景仰，自视甚高，桀骜狂妄，瞧不上那些在沼泽泥潭中打着滚修炼成应龙的毒虬，更别提区区一条小蛟。人一旦傲慢得失了分寸，阴沟里翻船也就是迟早的事了。

可任谁也想不到，这船能翻得这么狠。

内丹受损事小，修回来便是，被天敌趁机掳去囿于牢笼……才是天大的祸事。

那只虬忽地伸手，覆住景霖龙尾。龙尾正中有一道纵向裂隙，并不起眼。覆在裂隙周围的鳞片较其他部位鳞片轻薄小巧，且柔软异常。外观是锋锐鳞片，可手指轻轻一捏就弯，柔如羽毛。

这地方让人碰了，景霖如虾子般猛一弓背，剧烈弹跃，躲男子的手。

男子却像没留意到景霖的激烈反应，容色如常，嘴上还说着不咸不淡的废话："还有什么要求，你尽管提。"

"放肆！"景霖扭着龙尾拼命往床角缩，喉结滚动，端起架子喝骂道，"哪来的狗胆？！敢对本座动手动脚！"

"是我僭越了。"男子轻巧地收回手，起身，放下帏幔，温和道，"你好好养伤。"

"……滚回来！"片刻安静后，帐子里那人咆哮。

男子一撩帐帘，乌黑眼珠直直扫过去，片刻前端和善的假象一扫而空，唯余炽烈贪婪。

毕竟是天敌，景霖怂得一缩，被龙悦香强行激起的热度被这一眼盯得凉了一半。

脑仁儿疼。

"又怕我了吗？"男子单膝跪到榻上。

"笑话，本座会怕你？"景霖梗着脖子，哆哆嗦嗦地琢磨措辞，还想摆摆谱，训斥两句。

"怕也晚了。"

……

漫长的一场梦。

沈白睁开眼，重重抹了把脸。

这里是他办公室中内置的私人休息室，封闭、吸音，合上门，四周静谧黑暗，令人如置深海。

沈白起身，拢一拢凌乱的额发，回身，摸一把床。

梦境炽烈，他流了许多汗，浅灰床单洇湿一片。

梦源自前世。

几十年前，他在与妖族的争斗中陨落，二十五年前元神复生，由担任神兽监护人的叶辰抚养长大。

神兽肉身消亡后元神不灭，若条件适宜，则会自行汲取灵气，缓慢重塑身体。当重新孵化出的身体——尤其是脑部——生长成熟后，这一轮生命周期之前的记忆便可经元神回流入躯体，包括经历、知识，乃至情感。

但这种跨越生命周期的传承并不牢靠，毕竟元神并非可自由写入读取的电脑磁盘，这种记忆传承的强度基于每个个体不同的生物构造而存在差异。

好比沈奇，脑沟平滑，二十好几仍然是个质地纯粹的二货，仅能在梦中捕捉少许模糊的前世碎片，基本全靠叶玄讲。

至于沈白，脑力超群，过目不忘，五岁就获得了追溯前世的能力，记忆回溯对他来说就像翻阅文献一般清晰简便，但他对此并不热衷，因为

两小无猜

忆起的大抵是漫长岁月中的无聊琐事。

北宋天禧三年正月廿八巳时二刻，以山泉冲泡青城雪芽，佐以糖蒸栗粉糕，檐下掠过瓦雀三只。

北宋天禧三年正月廿八巳时三刻，青城雪芽喝光了，糖蒸栗粉糕也吃完了，檐下掠回信鸽一只，龙潭山有只相熟的狼妖生了个大白胖小子，飞鸽传书来讨贺礼。

北宋天禧三年正月廿八……

宛若一个没感情的记忆读取机器。

直到他成长到少年时期，伴随着一些隐秘的发育，在荷尔蒙的激发下，某种炽烈浓稠到几乎令人不适的感觉骤然冲破冗杂的记忆洪流，汹涌而至……

景霖在几十年前为封印妖族将内丹燃烧殆尽，刹那苍老万年，濒临陨落，幸得叶辰收留照料。这些年叶辰种植的灵植灵药没少给他用，总算帮他恢复了一具好皮囊。

皮囊恢复了，脑子却始终不太好使，记忆也七零八碎，忘了不少，偶尔状态好，能恢复一些片段。记得最清楚的是他在某朝担任国师、受万民膜拜的那一段。

他时而清醒，大抵明白时代变了、光屁股飞上天会上热搜、人人平等、老百姓普遍信科学，于是顶多宅在家里发发小脾气；时而又糊涂，怒斥这届庶民不行，不上供也不磕头，动辄离家出走招揽信徒，随即被街上那群讥讽他"您有病""傻子吧""邪教，报警了"的群众气得蹲在桥洞底下抹眼泪——当然，这事儿不能全赖受伤，景霖就算不受伤，脑子也不算灵光。

至于前世跟沈白那段像是丢得干净，一丝儿也没想起来。

忽然手机提示来电，沈白接起，午睡刚醒，一把散淡倦懒的嗓子："喂，辰哥。"

电话那边说了几句什么，他听着，忽然短促地笑了一声："好，马上到。"

休息室内有衣帽间，纵使考虑到区域有限设计得较为简便，各式西装、衬衫却仍多得人眼晕。

狐狡黠多智，善于谋算，常行商贾之道，每当通过行商获取金银财帛，需将所得半数散济贫苦之人，此为天职，与应龙布雨同理。沈白前世是商人，这辈子也一样。他自小成绩优异，跳过几级，学位拿得早，成年不久就利用叶辰这些年为他积攒下的公司分红进行创业，率团队进军人工智能领域，并顺利拿下不小的一块市场，眼下身家已是天文数字，他一手创办的慈善基金会在国内风评也是数一数二的。

沈白起身换衣服。一身定制西服，腰线劲瘦，愈显肩背平阔，色调贵重内敛。他立到镜前正一正领带，十字星玫瑰金袖扣暗光流溢，半布洛克皮鞋雕花精细，力度淡香水挥发出的海狸香予人强烈的肉欲暗示。大体绅士文雅，与他素日风格相符，细节处却闷骚得像头求偶的公兽。

他身姿笔挺，阔步走出休息室，突如其来的荷尔蒙飓风将办公区午后昏昏欲睡的员工们刮得五迷三道，胆大的老员工出言调侃："老板约会去啊？"

沈白笑笑，帅得惨绝人寰："嗯。"

办公区登时哀鸿遍野，姑娘们心碎一地。

……

从派出所大门里走出两个人。

是叶辰和景霖。

叶辰的容貌停驻在二十岁出头，为免露出马脚，早已淡出娱乐圈。

两小无猜

沈默风奖项拿遍过足戏瘾，也随他归隐继承家业，二人如今专注集团经营，日子过得像对隐居的神仙。

景霖走在身旁，黑布滚金边的直裾深衣，乌发及腰，暗金瞳仁溶着天光，亮得像含了水，打眼一看像是从哪个古装片场跑出来的大明星。

叶辰忍了又忍，没忍住，打算和景霖说说他这动不动出门瞎溜达想回家又青年痴呆找不着家的毛病——找派出所倒是找得挺麻溜，仗着人家民警同志不跟傻子计较在派出所作威作福，妄图复辟封建帝制，他好当国师。

"您就是监护人？您可算来了，我们轮流给他当御前侍卫，都当仨钟头了！"小民警气鼓鼓的，"还要宫女，不给就闹！"

叶辰赔笑，签字领人。

派出所外，叶辰好声好气道："景哥。"

景霖猛抽一口气，胸廓骤然隆起。

叶辰没留意，继续道："之前不是说好……"

景霖竭力怒哼："哼！！！"

哼得太用力，全身都跟着一蹦跶。

叶辰："……"

叶辰定了定神："不是说好出门前先和我们说一声吗？"

景霖昂头，容色倨傲，唇瓣红软柔润，吐字却尖硬如钢钉："本座行踪何须向尔等小儿报备？！"

叶辰好脾气地沟通："那我给您的手环呢？上面有地址，您打个车给司机看一眼，就能回家了，车费您到了叫我们付。"

"呵！"景霖冷笑，眸中精光暴闪，"还敢提那破圈儿，本座莫不成是尔等养的狗？！"

这脑子显然正坏得起劲儿，叶辰默然，决定先不费口舌，等他糊涂劲过去再说。

片刻静寂后。

景霖："哼！！！"

身体康复后没了拐杖，想震慑这没大没小的凡人还真缺个趁手的物件儿。

"那您先跟我回家？"叶辰耐着性子商量。

"不回。"景霖容色冷肃，姿态端庄，踱至路边站定，"日日教你圈在家里，都要闷出病了，本座就在这里观赏圆脚马，此物甚为滑稽，多少能解解闷。"

叶辰下午还有事，耗不起，扭头给沈白打电话："……派出所闹半天，还不回家，要在马路边看大汽车。"

景霖脑子糊涂加记忆障碍，唯有本能尚存，知道畏惧天敌，犯浑时打人毁物恧天怼地，可沈白一出马，登时就会缩成一团龙球。这么些年叶辰一制不住他就请沈白出手，景霖要是浑得厉害，甚至会被叶辰打包送到沈白家小住，住个十天八天再出来就会老实好一阵子，堪比送进少管所。

二十分钟后，沈白赶到。

来接景霖，他没叫司机，自己开车，通勤用的纯黑迈巴赫优雅地滑行到路边。

他下车，径直朝景霖走去。

现在景霖糊涂得几近可怜，他也像是终于长出了一丝良心，有再多机会也不曾逾越半分，强捺着性子等景霖恢复。

"跟我回去。"沈白走到景霖近前。

景霖瞥他一眼，一怔，嚣张气焰全无，咻地缩到叶辰身后。

这样的反应沈白早已习惯，景霖对他向来是畏惧加不甘，常常被他吓到面色雪白，还不忘哆哆嗦嗦放两句狠话。

"听话。"沈白温声哄着，往叶辰身后绕，叶辰配合他，侧身一躲，把景霖暴露出来。

景霖躲闪不及，死命低着头，看那架势，简直恨不得把自己脖子撅折再将脑袋塞进胸口。沈白还没见过这种怕法儿，双手抄着兜，好玩地一哈腰，观察景霖的脸。

"放……放肆！"景霖面颊红得怪异，目光游离，结巴着吆五喝六，"本座、本座岂是你能看的？！"

沈白直起腰，讶然："脸红什么？"

景霖恼羞成怒："笑话！这是本座的脸！本座愿意红还是愿意绿自然是本座说了算！"

……

一分钟后，景霖骂骂咧咧地被沈白拎上车，也不知吃错什么药，脸色奇怪得很。

在副驾蜷缩了一会儿，景霖攒足怒气值，猛拍仪表盘："混账！放本座下去！不然宰了你的座驾！"

等红灯时，沈白偏过脸，不凉不热地盯他一眼："坐好。"

景霖："嘤。"含泪缩回副驾座椅与车门形成的夹角中。

他耷拉着脑袋，贼溜溜地向沈白瞄一眼，又火烫般倏地收回视线。

片刻安静。

沈白单刀直入："想起来哪段了？"

景霖臊得险些把安全带拖成两截："啊啊啊啊啊！！！"

沈白发出一声闷笑。

景霖目光疯狂闪烁："没想起来！"

这些年他时不时就能恢复些散碎记忆，可忆起哪段，忆起多少，撒网捞鱼般全凭运气。忆起的东西越多，神志相对清明的时间也就越长。

自两个月前开始，他一入夜就不舒服，流转于奇经八脉的灵气像叫人点燃了，炙炙的、烫烫的，烧得他经脉燥热难捱，自骨髓深处涌出阵阵刺痒，脑子也被灼得愈发糊涂，更有几段恶劣至极的记忆钻进景霖脑海，搅得他心神不定。

其中一段记忆中，他被一条龙筋五花大绑，废人般瘫在榻上，那股四肢百骸无一处不燥热刺痒的怪异感觉与时下无异。

捆了他的人是个面目模糊的狂徒，他记不得脸，也想不起前因后果，单记得这样的一幕：缎花帐被挑起，漏入火光和一道人影。

那人乍看起来，生着一把颀长如松竹的清俊身段，但却不能细钻研。因为那人披着一身丝绸质料的袤衣，那绸子太薄、太柔顺，薄得臭不要脸，流水般贴服，筋骨肌肉的细微隆起凹陷一览无余，细看的话，胸腹块垒结实分明得近乎剽悍。

真是不知廉耻！

那人欺上前来为他松绑，又旋身端来一枚小碗，要给他喝药。

药汤恶苦，人也讨厌，他负气扭头，那人就用勺子拨弄他的嘴。

何其放肆！他却不敢发火。那人身上萦绕着一股危险的气息，令他没由来地畏惧。况且，从蛟龙身上活抽的龙筋刚从他身上解下来，像根不值钱的草绳般被那人随手丢在地上，他打不过、逃不了，哪敢妄动，唯有耻辱地卷起龙尾，连细弱的尾巴尖儿都团成小球，别过脸以冷漠相抗。

"听话，喝药。"那人温声哄着，"温养内丹的。"

他垂着眼，凶恶地瞪着那柄瓷勺，噌地蹿起股邪火，没忍住："上次……也骗本座是温养内丹的！结果……"他打了个磕绊，脖颈发僵，直直地挺着，骂得含含糊糊，"什么、什么破药！"

那人轻轻笑了，像是无辜："我不记得了，不对症吗？"

这般轻描淡写的口吻，像干脆忘了，他气得红了眼，狠狠朝那人剜去。

他活了这么久，从未倾心于何人，不知情欲为何物，他冷傲狂妄，

两小无猜

瞧不起这瞧不起那，绝不主动亲近谁，也没谁敢招惹他。日子久了，愈发不通人性，瞧见那些你侬我侬紧着起腻的俗人，简直恨不得挤进俩人中间哼一哼。

一身干干净净的傲骨，干脆折了或许还好些，至少好过让人勾搭得酥软，搓圆捏扁，酿成蜜、拧成扭股儿糖、炼成绕指柔……

余下几段记忆，也都不能细想，他气得夜不能寐，一连几天走路都没脸抬头，唯独那人的面目死活也想不起来，直到今天猝不及防跟沈白打了个照面……

沈白就是那混账东西！！！

景霖总算想起来了。

……

车内气氛微妙。

就像是从景霖身上抻出根弦，绷得细紧，眼见就要崩断，却还有只漫不经心的手将它捻挑弹拨。

沈白脸都没偏，用后视镜扫他一眼，没继续纠结想起哪段，而是再次单刀直入："求偶期？"

雄龙求偶期不散发特殊味道，表面看不出来。有这么一猜，是因为沈白在景霖眼皮底下晃了这么多年，一直也没刺激出什么来。之前一星期没见，再见面时景霖就忽然一副被塞满了废料的模样，八成是受了什么刺激。

"求、求……"景霖惊骇欲绝，嘴都瓢了，"什么偶……放肆！大胆狂徒！"

那就是了，沈白不凉不热地撩他一眼："你还要宫女？"

景霖被这一眼撩去半条命，许是恢复记忆时连带着恢复了一部分条件反射，他肩膀一垮，红着脸，竟嘟嘟囔囔地辩解起来："本座……本座想听宫女唱个小曲，也是错了？听小曲，光动耳朵，原来这也不成了……"

"知道了。"沈白宽和一笑，也不知真宽假宽。

车库大门缓缓升起，迈巴赫驶了进去。

沈进入白的家，景霖不作声，眼珠滴溜乱转，显然是已经开始筹备越狱。

搁以前，忍气吞声住几天就算了，现在他被沈白多看一眼脊梁骨都一阵阵发麻，四肢一阵阵发虚，别说几天，连一柱香的工夫都不想多待。

引擎熄火，周遭蓦地安静下来。

忽地，沈白扭头，直直盯住他："打算怎么跑？"

景霖："……"

沈白温声道："考虑到你目前的精神状态和自理能力，求偶期确实不方便出家门，不是我喜欢给你禁足……"

攻其不备！出其不意！景霖眸中精光爆闪，趁沈白分神说话霍地推开车门，身姿矫若惊鸿，眨眼间已狂奔至百步开外！

十秒钟后。

"听话。"沈白提溜着落跑者的后脖领，手攥得死紧，柔声哄着，朝家门走去。

沈白手指修长骨肉匀亭，手劲儿却奇大，他才使不到一分力，景霖后脖领那块布料便频频传出绵线崩断的细响，眼看要被抓烂。

就这手劲儿，给龙脑瓜开瓢挖瓤根本不在话下。

景霖泪眼朦胧又怒又怕，本来蔫得像只病鸡，听到"听话"俩字瞬间又炸了毛，嚎得像头火燎尾巴的猪羔，又尖又脆生："哇啊啊啊！！！"

试图胡搅蛮缠中止对话。

沈白神色促狭："以前你可没这么不听话……是个黏人精，还记得吗？"

"黏你娘的罗圈屁！！！"景霖一激灵，暴跳如雷。

沈白轻笑："急了？"

两小无猜

景霖惊觉架子掉了，赶紧端起架子文明骂街："竖子敢尔！竟妄自攀扯本座？！"

沈白垂眼，睨着矮他半头的景霖，不紧不慢地试探道："山海境的前几任主人有个叫李元修的，让你去治理云浮村旱灾，你赶到时碰到妖潮爆发，被困在那里，和我朝夕相处几个月，这段记忆还有印象吗？"

景霖面露狐疑，没好气儿道："没有！"

沈白又挑拣着说了几段两人的旧事，景霖半听不听的，一双眼珠贼亮，直往围墙外撩，一副满心惦记逃跑的模样，唯独对"遭蛟龙陷害后被沈白捡回山腹"那段反应巨大。

他们当年确实有这么一段过往。

他是狐，景霖在生理上对他畏惧得不行，换别的龙族或许能因着这份畏惧对他客气点儿，景霖则不然，心气儿高不服输，越怕越要靠疾言厉色撑出副没在怕的样子，与他针锋相对，逮个屁大的机会也要要威风。

那么多年，他纵着他、顺着他、容着他，看得出景霖的石头心像是有丝被焐热了，只是偏着不认。显然，对付景霖这号人光宠是不成的，于是他就趁景霖伤重对他做了许多混账事。后来景霖伤愈，恨他，溜得比耗子还快，他寻得上天入地，再后来……

他在那场战争中陨落了。

听说景霖发了狂，内丹寸寸成灰，想来本是打算为他复仇，一同归去的，结果差一点儿，没陨成，脑子还烧傻了，其他神兽总不可能自作主张捅他一刀帮他。况且，元神转生需要孕育神兽的山海境护持，当时山海境被妖族蹂躏得万里焦土几近损毁，谁也不敢打包票这一次神兽陨落后仍能顺利转生，若是真的无人复兴山海境，他们的元神只能永世沉寂。

于是到最后，就落了这么个啼笑皆非的结局。

沈白笑意敛了几分，"别的事，全不记得？"

什么别的！哪有别的？！景霖闹得更凶，可实在摆脱不开钳制，急得直扭，扭得像发廊门口的转灯。

"……好好走路。"沈白面色渐趋沉郁，紧了紧景霖的后脖领。

"吭。"被那恶兽的爪子滑过后颈，景霖怂得泄了气，恢复病鸡模样。

沈白这处住所是一座仿庄园式别墅，庭院极宽敞，出了车库是绿地与喷泉池。无论大小建筑，墙面皆如水洗般洁净，绿植修剪精巧，路石纤尘不染，连砖缝都剔不出一粒土，按理说清洁人员少不了，可两人鸡飞狗跳一路走来，四周不见半个人影。

沈白刷指纹开门，提溜着景霖径直走到保姆房，推开门。

保姆房面积挺大，可半张床也没有，灰白理石砖围起一池蓝得透亮的薄水，说是室内泳池，水过于浅，说是室内温泉，又没一丝热乎气儿。水里散落着几枚青润如玉的螺，螺壳有大半个人高。

"次卧收拾一下。"沈白吩咐道。

螺壳里冒出只白净的小手，哆嗦着比了个 OK 的手势。

这是寄居在壳中的螺妖一族。

螺妖天生软弱胆小，身无长技，唯独扫洒持家伺候人的本事不赖，厨艺尤其高明——只要别吩咐他们炒田螺。古时螺妖想找铁饭碗，常常会找个水稻田一躺，一旦被凡人捡回家就找个犄角旮旯一躲，趁人不备强行做饭干家务，等凡人产生依赖离不开它就现原形——毕竟是妖，模样大多都过得去，迷倒几个乡下傻小子不成问题——就靠这手碰瓷儿结婚，还衍生出田螺姑娘的民间传说。现代社会这套行不通，现了原形让人发到网上分分钟微博热搜，螺妖也纷纷转行干家政服务了。沈白为了在家里待得不拘束从不让凡人进家门，正用得上这群小妖。

吩咐完保姆，沈白掩上门，提溜着景霖走进客厅，西服外套随手一掷，扯松领带，岔着腿坐到沙发上，透过衬衫领口隐约能窥见胸肌的线条。

两小无猜

沈白容色阴沉，看得出带着火儿，景霖蔫头巴脑杵在沙发边上，像个考砸了的小学生。

"坐下。"沈白从茶几的食盒中抓出把叶辰种的灵气核桃，咔嚓捏碎，挑着核桃肉放在景霖手里，凉凉抛出一句，"多补补。"

天敌在发怒，景霖吓得红了眼圈，唯唯诺诺地吃核桃。

"不管你记得多少，我都是你最重要的人。"沈白一字一句道，"立个规矩，你守得住，我就不为难你。"

景霖仍然暗搓搓地用防贼的目光瞄他。

沈白盯他一眼，压着火儿："龙族的求偶期很长，为了避免发生意外，结束前你必须一直住在我家里。没有我的陪同不许往外跑，想散心可以在院子里。"

"本、本座听你的便是……"景霖眼珠乱转，一脸奸猾，自觉无比机灵，殊不知表情全写在脸上。

沈白一阵头疼。

景霖贼溜溜地试探道："本座甚感疲惫，要去歇着了。"

沈白重重吁出口气："……去吧。"

景霖得了自由，一缕风般飘上楼，躲进次卧。

光天化日从那恶兽眼皮子底下逃走难度太大，他这会脑子有点儿好使，没做无用功。

几个柔弱的螺妖正在次卧给他收拾房间。螺属水，对龙族有骨子里的敬畏，嗅到龙息个个紧张得脱水。

摆谱良机稍纵即逝，景霖昂首挺胸，拔背提臀，硬挺挺杵在卧室正中，运足一口气……

"哼！！！"

螺妖齐刷刷一哆嗦，最小的那只连抹布都吓掉了。

景霖："……"

舒坦！

这些年来，景霖没少被沈白"收监"，算下来一年少说有两三个月住在这边。为了让他住得舒心，沈白将内室装潢风格打造得颇为复古，还斥重金从拍卖行弄回一张降香黄檀嵌珐琅太师椅——据说是某朝高官后代变卖的家传古董——圆他国师梦。

为使沈白放松戒备，景霖很是老实了几小时，不闹也不逃，沉静地端坐在太师椅上。一片清削的背，挺得刀脊般薄而直，一双桃花眼垂着，时而蹙眉时而凝神……

"碰！"

"胡！"

手机屏幕花里胡哨。

是欢乐麻将 3D 版。

兴起于明朝的马吊牌经多年变迁演化成现代麻将，两者细节不同但规则框架相似，景霖别的学不来，这东西摸几圈就手熟了。奈何他牌品奇差动辄打人毁物，谁也消受不起，常年跟沈白二缺二，沈白怕他无聊，就给他下了手机麻将让他祸害网友。

"不好意思，我又胡啦！"

"不好意思，我又胡啦！"

这局有个人手气极佳，胡得一塌糊涂，呆板甜腻的电子音重复个没完。

"贱婢敢尔！"景霖暴怒，松形鹤骨一扫而空，背弓如虾脸贴屏幕，食指"夺夺夺夺"戳出残影。

臭鸡蛋 *100、臭鸡蛋 *100、臭鸡蛋 *100……

"你打牌太臭啦！"

两小无猜

"你打牌太……"

"你打……"

接二连三的臭鸡蛋特效将那人头像糊得看不出本来面目。

畅快地出了口恶气，景霖振一振衣摆，正襟危坐，指着那头像怒斥："可还敢胡本座的牌？！"

——游戏并没有语音功能，不过面壁自嗨罢了。

一局结束，又购入内含一千五百枚臭鸡蛋的辱骂大礼包。购买完毕，账户余额还够买上千万个臭鸡蛋，小恐龙头像旁缀着一溜五颜六色的钻，象征各种付费功能，实用性不强，图个尊贵。

景霖不懂怎么花钱，可身价也够吓人。这些年叶辰没亏待过他，山海境中神兽众多，景霖却是元老级，不一样的。当年叶辰还没发迹，在山海境里灰头土脸地种地养猪，景霖当时恢复得也不好，神力低微，布雨范围极窄，赶上地里旱，庄稼全靠他一平米一平米地布雨，那哪是龙啊，那就是个移动水龙头。这种一起打江山的元老，别管他明白糊涂，报酬必须得给到位。

……

景霖打麻将打到半夜，嗓子都骂劈了，回过神时发现已是月黑风高，可以开溜了。

长达数小时的斗智游戏充分锻炼了脑子，景霖自觉万分机灵，贼溜溜地乱瞟，脑力全开。

恶兽为防他飞天，早已将次卧窗子封死，钢筋石膏与墙体无异，破窗而出已不可能。

其实想一头撞塌墙倒不难，可动静太大，那恶兽必定听得见。恶兽身法疾如飘风，十倍于他，唯一弱点是耐不住长途奔袭。但恶兽豢养的十几匹圆脚马匹匹脚力绝佳，日行千里不在话下，他在天上飞，恶兽大可纵马在地上追，等他力竭落地，也便万事休矣。

还是得走门，走出这道卧室门后，是跳窗，是走大门，还是走后门，全都随他方便。若是撞上螺妖就哼它一哼，吓它个跟头。

嘻。

出大门后，悄悄潜去马厩，将那十来匹圆脚畜生的四脚废掉，那恶兽不会飞，又没圆脚马骑，一旦他跑远了，恶兽是决计追不上的。脱身后他寻个隐蔽处，先藏它个十年八年再说。

就这般行事。

景霖走到卧室门前，蹑手蹑脚压下门把手。

门竟从外面反锁了！

雕虫小技。景霖冷笑，这会儿他脑子较为清醒，凡人小小机簧诡计难不倒他。

机灵如斯！

景霖以神力注入五指，催生出五枚龙类指甲。指甲长逾三寸，勾厉如刀，尖硬如锥，与人类的手极不相称。

他凝眸观察门锁，将左手指甲探入门把手隐蔽处的一个小洞中，使劲一摁，同时右手施柔劲将门把向外拽，随卡榫咔哒轻响，门锁护盖松脱，露出内部机簧。

恶兽耳朵敏锐，卡榫响动不可轻忽，景霖眸光一沉，缓缓将耳朵贴在门上。

机灵如斯！

约莫半炷香的工夫过去，门外并无丝毫走动声。

景霖放下心来，用指甲代替螺丝刀，极轻缓、极谨慎地转动固定锁簧的两枚螺丝，连绣花针落地的响动怕是都比他撬锁的响动大些，说寂静无声也不为过。

两小无猜

两枚螺丝钉卸下，门锁的核心也即是斜舌暴露在外，景霖略一思索，用指甲轻轻勾住斜舌带动勾，缓缓将它拨开，阻碍门扇开启的力量顷刻消失，大功告成。

机灵如斯！

景霖亢奋地咽了咽唾沫，悄无声息地推开门……

次卧门正前方的走廊上，不知何时多了一个单人沙发。

枝形壁灯的光线勾勒出一道颀长身影。

沈白姿态散淡地靠坐在沙发上，双腿交叠，单手支颐，歪着头。脸上没什么表情，唯独瞳仁黑得骇人，直直盯着他。

景霖："……"

打扰了。

景霖一言不发，如推门时一般安静且谨慎地关上门，旋上螺丝钉，叩好护盖，从里面把门锁好，灰溜溜地蜷在床上。

头皮发麻。

时间一分一秒流逝，景霖眼白泛红，无法安眠，盯牢了手机屏幕上的时间。

一直等到凌晨三点，丑时与寅时交汇的时刻，这时阴气最盛，亦是人体气血至静之时。用白话说，也就是人睡得最沉的时刻。

除非失心疯，决计没有人会在这种时候杵在别人房门外！没有人！

景霖蹑手蹑脚地爬起来，赤足踏过地毯，踱至卧室门口，故技重施……

靠！！！

景霖险些吓瘫在门口。

沈白连姿势都没变过！！！

景霖红着眼圈维修好门锁，爬回床上躺好。

这一宿，硬是没合眼。

……

翌日。

一大早，沈白就提溜起景霖后脖领，把人从卧室提溜到餐厅，看着他吃饱喝足，再从餐厅提溜进车里，驾车前往公司，最后从车里提溜进专用电梯。

既然明知一扭头人就要跑，也不必再妄想约法三章会起什么效力，沈白索性二十四小时紧盯。

那恶兽竟半点空子也不让他钻！景霖蔫头耷脑，全程老实得像个公文包，任由沈白提来拎去。

叮的一声，电梯门缓缓开启。

三十二层，沈白的办公室。

一些探询的目光扫来，沈白瞬间撒手，微微偏脸，贴近景霖的耳朵，低声道："跟着我。"

有凡人在场，景霖噌地端好架子，与沈白并肩穿过晨间繁乱的工作区。

沈白打扮得极帅，170 支的塔斯马尼亚，海军蓝单排扣，适当的紧凑剪裁极显身材；帝国领衬衫配一枚领针，精巧的金鹿角，象征纯然的雄性与权势；面容英俊，自带一分毒蛇般的阴郁，余下的便是一股令人琢磨不透的神气。

景霖一身上衣下裳的汉制服饰，象牙白配茶色，腰束成极细的一把，细得脆弱，垂坠的腰带末端与裙子流云般的袖沿皆以松竹纹样绣饰，显然是个汉服爱好者。他眼圈微红，隐然噙泪，可神气却极傲慢，像哪家的小少爷叫他们老板欺负了。

两人乍看格格不入，却兀自散发着一种张力，以及一种连步调、步态都隐隐合拍的极度默契。

两小无猜

沈白自然地和员工们打招呼，仿佛带身旁这人来上班是件再正常不过的事。

他把景霖领进办公室，秘书适时地端来一杯正散发热气的黄金曼特宁。

沈白转向景霖："喝什么？茶？"

一早晨的怒气值总算攒出个大招，景霖冷笑："呵，被你当个物件般提来拎去，哪还有什么心思喝东西？！"

秘书讶异地抬了抬眼皮。

沈白低声吩咐："青城雪芽。"

秘书忙点头："是。"

沈白俯身插充电线，接上景霖的手机，尽量将嗓音放柔和："无聊就玩麻将，我等下有个会，开完就陪你出去玩。"

景霖神色郁郁地接过手机。

两人间的气氛已剑拔弩张一早晨了，沈白有心缓和，温声道："陪你开黑？帮你胡。"

"笑话，本座用得着你？"景霖冷哼，夺过手机，玩了一会儿，突地面红耳赤，"夺夺夺夺"狂戳屏幕给牌友扔臭鸡蛋。

沈白："……嗤。"

这时，茶泡好了，秘书端来，放在景霖面前的桌上。

景霖扔完臭鸡蛋，直起身，容色冷傲如仙，往秘书身上投去淡淡一瞥。

秘书妆容艳丽，职业套裙将身姿勾勒得玲珑有致。沈白对女人不感兴趣，从来不觉得这有什么，然而龙族求偶期一到，别说男女了，连物种都不大介意，看五花肉都是双眼皮——如果不是这样，沈白也犯不着提心吊胆怕景霖在求偶期乱跑。

景霖这一眼瞥完，别扭地咳了咳，威严道："这侍女还不错……下去吧。"

< 218 >

秘书："……"

脑壳有泡。

沈白微微挑起眉毛，面色不善。

景霖又贼又快地瞄他一眼，见他不悦，脑子一抽，撒着欢儿作死，为使唤秘书添水，饮马般一杯接一杯猛灌。

一壶水见底，沈白容色越来越沉，景霖嗦瑟得抖起腿来，正要起身喊那侍女添水，忽地被人从身后一把摁住。

"都是有夫之妇了……"沈白死死掐着他的肩，嘲弄地一笑。

"瞧着不像，"攒了一早晨的大招放得差不多了，加上沈白这一掐更掐去半条命，景霖逐渐怂化，"那、那便算了，本、本座也不是非得要她如何……"

沈白右手掐牢那片战栗的肩膀，左手在沙发背上缓缓滑开，俯身将景霖虚笼住，蛇一般盯着他："这么没自觉……"

肢体没有接触，却足够近，款式斯文的衬衫下方，硬热的肌肉火炭般烘着。

"帮你长长记性?"沈白问，腔调冷淡，微露愠怒。

嘤! 景霖边摇头边缩成一团，蜷得能榨出龙汁。

"给你立的规矩，二十四小时不到，全犯一遍。"沈白强势地扳着他，眸子阴阴的，"本来没打算欺负你……"

他原本仅用一截指尖儿克制地掐着景霖肩窝，话说到这，五指伸展，隔着褂子柔软的纱料，将清削的肩头整个握住。

景霖突地一抖。

为了照顾景霖对"天敌"的抵触情绪，这些年来沈白近乎神经质地注重与景霖保持安全距离，别说日常接触，就连提溜后脖领时都隔开半臂远，尽量揪衣服，少碰人。

两小无猜

景霖怂且不恣，可莫名的，有一种不受主观控制的生理性记忆，害得他从后颈到尾椎骨烧成一条。

几道柔润光芒随着罕见的肢体接触洒入识海，试图照亮某一帧昏沉的记忆，奈何景霖不如神志清明时敏锐，吓得猛挣，机会转瞬即逝，记忆又暗下去。

沈白的手卸了劲儿，语气重新压得轻缓，捺住性子道："想让我不为难你，你能不能老实一点？我……"他深吸口气，难得流露一丝委屈："难道真对你做过什么吗？"

想让景霖跑不了，他办法多得是，不过是怕吓着这傻子，狠不下心，结果对方根本不领情。

景霖蔫着，嘟哝一声"能"，又嘟哝一声"没"，随即偏过点儿脸，拿眼角斜着窗外，又瞟一眼沈白，狂打小算盘。

得想法子！

那颗风烛残年的脑瓜子又活络了。

"本座……昨夜不过是信不过你，略加试探罢了。"景霖神色奸猾，低着头，蜷缩着搬出一套说辞，"既然你的确不为难本座，本座大可不必多此一举设计逃脱——何苦来哉？本座又不是傻的。你不是要开什么会么，去开便是，本座打几圈马吊解闷……难不成你连这点儿面子都不肯给？堂堂龙神，竟要如挂件般成日被你拴在裤腰带上？"

多年默契早已演化为直觉，沈白看着景霖不怀好意的后脑勺，缱绻渐失，额角青筋一跳："抬头！"

景霖得了军令般噌地抬头。

沈白直起身坐到他对面，察言观色。

"如何？"景霖满脸机灵，简直就是个小机灵鬼儿。

没救了。沈白磨着后槽牙，缓缓道："最后一次机会，再不老实怎么办？”

他性情绝不算宽厚，对景霖，他隐忍多年，亲手在两人间竖起克谨守礼的屏障。屏障挡了这么多年，已濒临极限，撑得像层肥皂泡，脆弱、轻薄，景霖还不知死活，"叨叨叨叨"戳个没完。

他已仁至义尽，景霖自己作死，不能怪他。

景霖避重就轻："哪有什么再不再……"

沈白打断："怎么办？"

景霖叽叽咕咕："本座身份何等贵重，一言九鼎，还会诓你不成……"

沈白仿佛听不懂人话："怎么办？"

混不过去，景霖冷哼振袖："随你如何处置，本座绝无二话！"

沈白沉默片刻，随即含糊不清地哼笑一声。

他低头扫一眼表，目光阴冷而平静："我去开会，好好待着。"

……

沈白前脚踏出办公室，景霖后脚便贴到门上，亲耳听见沈白脚步远去，电梯叮咚鸣响，这才把门推开条细缝，贼头贼脑地向外张望。

秘书绷着脸："抱歉，这位先生，沈总让您留在办公室等他。"

说着，摸上内线电话，随时准备打小报告。

"嘘——"景霖额角沁出细汗，压着气声，"本座哪儿也不去，切莫张扬——"

秘书："那可不可以请您进去等……"

"嘘——"景霖急得直跺脚，"仔细那贼人听见！"

秘书："……"

景霖本来也没打算走大门，大厦构造繁复寻路麻烦，今日恰逢天时地利，不如一头撞碎窗子飞天逃遁。

他方才瞧了，今日天阴得厉害。雷暴云正于城池上空急速聚积，黑沉似铁砧，云堆下方还垂着扰人视线的雨幡。一旦他钻入云层，恶兽目力受阻，必难辨其形踪。退一步讲，就算恶兽能借云层稀薄处窥得一二，他也大可躲在云中使坏：提前下起暴雨，用雨幕将自己藏得更严实；或引云中雷霆，劈瘸恶兽的坐骑……只消确认那恶兽没像昨夜一般蹲守在附近即可。

沈白办公室完全独立，供秘书接待来访者的外间亦不与公共办公区相连。室内空间简约方正，一眼便能望尽，除了办公桌底下，哪儿也藏不了大活人。

景霖踮起足尖，跳大神儿状轻盈无声地跃到桌旁，哈腰瞄一眼桌下。

没人。

秘书骇得连退几步顶着墙："……请问您找什么？"

景霖不答，视线一转，扫向办公桌上的带盖马克杯，凑过去，把盖掀开一线，悄没声地往杯里瞄，因为紧张，使劲儿抿着唇，人中拉得老长。

秘书："……"

旋即，又依次检查纸篓、盆栽、灯罩……

那恶兽原形有诸多变化，其中之一是巴掌大的小白兔，能团进茶杯，不可不防。

安全确认完毕，景霖退回办公室，关好门，踱至窗边，脱衣服。

他原形身体长达四十余米，粗如巨榕，化龙时身上若穿着衣物，显然会撑坏。不止应龙，其余大体型神兽化形前也大多有脱衣习惯，和凡人洗澡脱衣服一样自然。

凡人居所，窗子大多设计得狭小，纵是落地窗景霖也嫌挤巴，龙身硬挤出去搞不好会刮掉鳞片。因此需要飞天时他往往先脱衣服，以人形纵风，将身子托升至云层上方，再在云中化身为龙。若是赶上脑子糊涂，常常飞着飞着就忘了变龙，光腚翱翔在青空白云间……

他不愿意裸奔，衣物脱一件叠一件，打算摞成一摞叼在嘴里，落地好穿。

机灵如……

罢了。

这话不吉利。

……

离开会还有一段时间，沈白叼了支烟，静立在安全通道入口。

他体质异于凡人，谈不上烟瘾，随意抽，随时戒。尼古丁可起到少许平缓情绪的作用，这时候抽一支……防气死。

他薄得冷漠的眼皮垂着，被手机的微光映亮。

监控探头将影像实时传输到他手机的某个加密应用中。

屏幕上，景霖撅着屁股叠衣服，乐得屁颠屁颠的。

"……"沈白咧了咧嘴，像个坏笑，又像无奈。

香烟的火星倏地一亮，是被人猛吸了一口，旋即从半空坠落，被鞋底碾灭。

……

门猛地被人撞开，又嘭地甩上了。

喀哒，锁簧弹动。

景霖脱得溜干净，光剩条小裤，听见门响吓得一蹦跶，转身，劈头对上沈白黑洞洞的瞳仁，又一蹦跶。

景霖结巴着指天："这什么破烂乌云，聚了……聚了小半天了也不见下雨，不是存心惹人着急吗？本座技、技痒难耐，上去布个雨就回……"

沈白一把扯了领带，啪地甩在真皮沙发上，领针脱扣，崩飞开来。

景霖撒腿就跑，擦肩的一瞬，沈白连头都没偏一下，手上长了眼睛般倏地搂住景霖腕子，反手掼在沙发上欺身制住。随即一手捏着后颈，一手擒住景霖一双手腕，卸着五分劲坐在景霖身上制住他。

"没完了?"沈白低声问。

"放肆!竟敢将本座当坐骑?!"景霖玉蛇般扭，眉眼凌厉，沈白捏他后颈的手紧了紧，释出一缕狨的灵气来，他就顷刻败下阵，侧着脸，泪光蒙蒙，唇瓣湿红，软趴趴地认怂，"幸好本座宽宏大量，饶、饶你一次……"

即便乖顺成这样，可只要沈白彻底放松五分钟，他就要溜到天上，就要满大街求偶，赶上糊涂得厉害，搞不好还要躲在云里打雷劈他。

还能怎么办呢?

沈白缓缓挱过景霖后颈，五指扣住他后脑，强硬地将脸掰向这边，用手指强迫他半张开嘴，朝里面塞了个东西，像药丸，景霖含住那东西，伸手想抠出来，却忽地被沈白擒住手扳起下颌。

"咽下去。"沈白命令道。

这一扳，喉咙自然而然就把那圆溜溜的东西顺了下去。

沈白瞳仁黑得骇人，温声道："我用灵气凝聚的灵丹，除了我谁也挖不出来，以后……跑得再远我也能知道你在哪。"

这么一句透着威胁的话，激得景霖回过神，一双通红的漂亮眼睛，刚被坏人欺负了，恼怒地、羞耻地瞪着他，打不过跑不了，快哭出声了，自尊却不允许，傻得可怜兮兮。

景霖的怒火在天敌的死亡凝视下疾速消退，泪眼吧嗒掉，咿咿呜呜，还喷了个小小的鼻涕泡。

啵噗。

沈白："……"

沈白定了定神，强自翻身从景霖身上下来，抻抻揉皱的西装，把景霖那堆衣服丢到沙发上，道："穿上"。

沈白丢来的衣裳挂在身上，景霖呆呆杵着，也不接一手，任它们滑脱。

沈白拾起一件，正要帮他穿，却发现他模样不对：视线失焦、神态恍惚，与几秒钟前判若两人。

"景霖？"沈白俯身，在他眼前摆摆手。

景霖目盲般毫无反应，嘴唇翕动喃喃自语，字词含糊凌乱，难以分辨。

沈白眉梢一挑，缓缓退到景霖视线死角处，不打扰他。

这是元神波动激发记忆的表现。这时神志清醒的话，就好像脑内在放电影，不影响什么，不过是分散些注意力；而神志不清的话，意识就会被摄入记忆乱流中，全身心投入回忆，对现实视而不见。这种状态大约会持续几分钟，回溯的记忆长短则没有定数，几天、几年，都有可能。

恢复记忆是好事，沈白神气却古怪，舌尖顶了顶面颊，若有所思。

内丹是神兽的命脉，内丹完好，肉身自然处于全盛时期——包括脑子。

景霖内丹早已修复如初，这么些年来，进补的灵植灵药从没断过，人却一直疯疯癫癫，记忆恢复也几近停滞，其实不合常理。

或许……

沈白正想得入神，耳畔忽然掠过几个清晰的音节。

"颛……云浮……"景霖嘀嘀咕咕。

沈白瞳仁微震，望向他。

那是极久远的一段往事。

……

丁丑年，天灾连绵。

多地遭逢百年难遇之奇旱，干旱及接踵而至的蝗灾波及六十余个郡县，饿殍载途，流民遍野。

当时的山海境主人李元修调遣龙族治旱，因灾况严重，上至洪荒龙

两小无猜

类先祖羽嘉、介鳞，下至攥着蜡烛头儿啪蜡油的烛龙幼崽，无一例外，尽数被派去布雨。

龙族布雨有两种途径：一是调度方圆数百里内的潮气与江河湖泊之水，将其凝结成雨云；二是消耗自身灵力，化灵成雨。简而言之，雨有源头，不可凭空而生，龙族并非万能。若逢天下大旱，无水可调，龙族也要头痛。

不只龙族，其他神兽也不闲着。当年沈白行商，家资巨万，布雨不行，便赈济灾民，奔波各地，在城中开设粥厂、药堂，向周边受灾村落分发粮食。这事儿说来简单，然而个中环节复杂烦琐，财物调度、人手配给、监督纠察……处处少不得筹谋计算。朝廷大把赈灾银砸出去连个响都听不见，饥民卖妻鬻子，苦不堪言，不比沈白，即便一文铜钱也能用在刀刃上。

在大片惨遭天灾蹂躏的土地中，西北边陲一带状况至为惨烈。治旱收效甚微不说，草木还闹起了病害，且病征奇诡，根茎花叶焦枯如炭，黑若乌檀，拿手轻轻一碰，抑或强风刮过，即崩解如齑粉。饥民饿得走投无路时，竟连草根树皮都啃不上一口。

事出反常必有妖，这怪病显然不是寻常干旱导致，一干龙族一边治旱一边循着病害草木追索疫源。

云浮村，即是景霖中途停留的一处。

这村子大灾前地力肥沃，人口繁多，灾后有余力逃荒的都流散到临郡，驻留村中的皆是老弱病残，本是等死的，幸好先等来了沈白施放的救济粮。

沈白在云浮村遇上景霖，说巧是巧，六十余个受灾郡县村落无数，想碰上实属难得。可这巧合中也暗含三分注定——那种侵蚀草木的怪病越往这个方向就越严重，在附近一带搜寻疫源、救助百姓的神兽不在少数，两人碰上也算情理之中。

……

景霖来到云浮村的第二日。

田地旱得不成样子，黢黑地裂向四野蔓延。景霖不是没见过土地龟裂的样子，可此处的地缝格外令人不适，黑得浓稠，密得恶心，叫人抬眼一眺就头皮发麻。

景霖俯身，愤愤扳下一块脆硬的土坷垃，一捻，干燥土末被焚风卷着，扑他一脸。

土末腥臭异常，景霖面色泛青。

几位衣衫华贵的少年少女瑟缩着立在他身后，顶年幼的那个前额还立着一对儿龙角，细胳膊费力地擎着一柱足有半人高、碗口粗的赤红巨烛。

"尊上……"擎蜡烛的少年垮出一张苦瓜脸，"我们真的一滴都没有了。"

这是几条龙族后生，让景霖抓来布雨的。

其实昨夜这几条龙崽子上去布过雨，为讨景霖欢心少挨些骂，个个布得搜肠刮肚灵力全空。一夜滂沱暴雨，按说再旱的地也该浇透了，结果一宿过去，地里旱得像是下了场假雨。

"怎会如此？难不成昨夜是在梦里布的雨……"

"有尊上督工，不会出纰漏，定是这土地有古怪。"

"是了，这地裂得这般奇形怪状，土味还腥得像死鱼，不是什么正经土地……"

几条龙崽子叽叽咕咕议论得欢，旁边多出个人也没觉察，直到一缕令人胆寒的气息掠至鼻端，才齐齐噤声，一个个僵着青白的小脸儿，你推我我搡你，争着往同族身后藏。烛龙躲得最急，后退时还将景霖撞了个趔趄。

来者是沈白。

两小无猜

沈白与几条小龙年岁相仿，就神兽漫长寿数而言，只能算是少年。可他形貌并无少年独有的纤弱感，眉眼英挺，个子比景霖还高半头，身量亦宽些。

"抱歉，吓着你们了。"沈白神气温和，躬身施礼，一双乌黑的眼珠直往景霖身上瞄。

几条小龙崽争相还礼，狗腿至极。

"哼。"景霖冷峻地撇开脸，躲避沈白烫人的目光。

这恶兽……

前些日子他去山海境找李元修索要几味灵药，帮族里一条顶没出息的小龙崽儿修炼，正赶上沈白也去找李元修办事。趁他落单，那恶兽将他堵在李元修府邸一处回廊角落，不许他走，和他说些……乌七八糟的浑话，他一时没防备，骇得心如擂鼓，不知如何回应，索性循旧例——见面先找茬儿斥他，斥一顿再抖抖威风，顶好骂得他羞愧难当抱头鼠窜。

岂料，沈白竟那般恬不知耻，遭拒后不仅没拂袖而去，还直夸他骂人好听，用手臂撑墙堵住去路，哄他再骂一段。他忍辱屈膝，想从下边钻出去，结果沈白也蹲下身；他站直，沈白也倏地站直，瞧着他笑，浑似个地痞无赖。

那日脱身后，他愈发不给他好脸，可那小痞子臭不要脸死缠烂打，常常去李元修那堵他，与他歪缠，好生烦人！

那边沈白与几条小龙说话，景霖踱到远处，冷脸研究地上的土，脑袋却微微朝那边偏着，竖起耳朵听。

"……若是飞在天上，或许就能看出端倪。"沈白端着副温和端方的腔调，好像平日堵着景霖油嘴滑舌的小痞子不是他，"几位能载我上去看看吗？"

那边又叽叽咕咕半响，听不真切，忽而，一条小角龙载着沈白飞上天去，天青色龙影融入青空，疏忽不见。

"你们方才说些什么？"景霖快步踱过去。

"他说他这两日四处查探，觉得地上这些裂纹像是有规律，想飞上天看看。"小烛龙说着，换右胳膊擎蜡烛，甩甩酸乏的左臂，"我们猜拳，景云输了，就叫景云驮他上去了。"

景霖漫不经心："还说什么了？"

名叫景霰的烛龙摇摇头："再就……没说什么。"

不过尔尔！景霖抿唇，霜雪般冷峻的脸上隐然流露一丝忿忿："知道了。"

……

沈白的猜测并没有错，云浮村地表那些龟裂貌似自然形成，实则暗合人体经脉走向。

沈白身具过目不忘之能，落地后寻一处被灾民弃置的村舍，以炭棒为笔大略勾画出周边地图与地裂走向。图中云浮村方圆百里内的地裂隐隐汇合成形，宛如一个剥除全身肌肤骨肉、仅剩血管经脉的人……

那"血管"至密集处位于云浮村往北十里的一处凹地，同时，那也是图中"人"形的心脏所在。

破解其中关窍后，景霖着几条小龙就着龟裂裂缝向下挖掘，手下挖入一丈深处，竟从地缝中扯出一条粗壮乌黑的血管——天女魃。

且是极凶的那种。

此等大凶妖物，纵是景霖也不曾真正见过。上古洪荒，人、妖、鬼、神共居于天地之间，后古神女娲补天——民间管那叫补天，实则是将妖鬼之流驱逐入另一重天，筑天之壁以禁锢之。景霖诞生在那之后，对天女魃的认知仅限于听闻。此妖物乃堕落神女所化，所过之处赤地千里寸草不生，身具神格，因而不死不灭，仅能镇压驱逐。天女魃姿容奇艳，初孕于

两小无猜

地底，形似胎儿，吸取千里之内水源及草木精气缓慢成长。

地胎没成型时不难除去，一旦胎儿形貌长成，由地母诞出，那定免不了一场恶战。既然不闻女婴号哭之声，想必问题不大。

愈靠近云浮村北边十里的那片洼地，土壤腥臭气愈浓，及至小龙崽们干呕连连地刨土时，那恶臭近乎有了形质，齁得人嗓子眼儿疼。

据古籍记载，天女魃以大地为母，掠夺水土供给自身。天女魃致旱，却也畏旱。正因畏旱，它才恨不得将天下之水收归己有。因此对付天女魃至简单的法子便是趁它尚未降生，先一步从地中掘出，缚于铁板、岩石等易热之物上，曝晒作干尸，再焚烧成灰。如此可重创其元神，保神州百年风调雨顺。

若是拖到降生，那便免不了一场肉搏恶战。

景霖抬眸眺望天穹。

想必是天之壁又出了裂痕。

天之壁不仅坚固，且是活物，能自我修复。可它再厉害，也架不住天之壁另一端数不胜数的妖怪成天废寝忘食地凿墙。因此天之壁偶尔也会被凿出一两道裂隙，跑脱几个邪物，可哪次也比不上这次溜进来的东西要命。

小龙崽们挖得快，没多一会儿，洼地边已隆起半人高的恶臭土堆。忽然景云高呼一声："挖着了！"景霖掩着口鼻探头看，只见土中嵌着小半张人面。

那人面的眉眼轮廓与凡人幼童无异，甚至可以说是美人胚子，然而却大得骇人。若全刨出来，一颗头颅就约莫能有半人多高。土中的乌黑软管自四面八方汇聚到它身上，粗大管口浅浅埋在雪白肌肤下，蔓生出纤细分支，如皮下蛛网，令人反胃欲呕。

"眼看就要成形了……"景云面孔青白，"尊上您瞧，五官长得这么

230

全乎，顶多再十天半个月……"

他话音未落，大地深处骤然传来巨响，轰鸣如雷，声震四野。地面剧颤，颠簸如野马。那地中胎儿霍然开眼，瞳仁幽蓝，不见眼白。它踢蹬双腿，土石崩溅，浅埋于皮下的乌黑软管枯萎脱落，一声婴啼鬼哭般凄厉。

伴着这声啼哭，天边腾起一线不详的黑，犹如蚊虫扑翅的噼啪声竟盖过大地隆响，自远方密密传来，可见其数量之巨。

景云骇得跃出土坑蹿到景霖身上，从衣裳下摆甩出条细弱龙尾，死死缠住景霖小腿："地母早、早产了?！那是颙?！不该这么多啊！"

"滚下去！"景霖面孔铁青，抓着景云后脖领将他生生撕下掼到地上。

景云摔了个屁墩儿，还没回神，景霖已化龙腾空，驰向天边乌泱泱的颙群。

颙是妖兽，身形若枭，人面而四目，性喜食人。

民间传说颙见则天下旱，其实颙没那能耐，它仅仅是各类旱魃惯用的护卫而已。随山海境代代传下的古籍中记载过这种妖鸟，说地胎阶段的天女魃一次顶多能招出千来只颙，也不知是古籍有误，还是这些邪物在漫长年月中出现了变化，此时天边卷袭而来的妖鸟少说有数万之多。

"这、这可如何是好……"群龙无首，小龙们慌如奶狗。

沈白沉声道："你们分头去附近几个村子。"

他没多说，可小龙们回过神了——前阵子民间有流言，称今次蝗灾厉害，蝗虫不仅吃庄稼，还活吃人畜。蝗虫素无食人习性，如此想来八成是颙干的好事。众妖物被女娲困于天之壁后，逐渐为另一重天同化，不再是现世之物，因此映射在现世的模样与真实样貌不同。老百姓凡胎肉眼，颙在他们眼中的模样只是硕大飞虫，落在开天眼的神兽眼中，才是人面四目的妖鸟。

云浮村及周围几个村落中驻留了不少无力逃荒的老弱妇孺，若是景霖挡不住，这些无辜百姓都要被颙群活活分食。小龙分头去几个村子守着，还能救些百姓。

"那这东西谁对付……"景云颤着手指向天女魃。

魃活着，即可不断招引颙群，杀之不尽。

他话音未落，沈白倏忽不见，散落衣衫中鼓起枚小圆包，又蹿出只盖碗大的袖珍白兔。

几条小龙还没看清，袖珍白兔已暴涨至两丈来长，模样介乎狼狐之间，皮毛白似霜霰，耳尖、眼尾、胸廓等处皆生有鲜红灵纹。

扑哧一声，乌血飙射，沈白狠狠咬住天女魃颈子，旋即被天女魃皮下激射而出的黑色血管活活缠成线团。

小龙们不再踌躇，分头奔向几个村落。

……

景霖突入颙群中，搏杀撕咬。龙鳞之上燃起琉璃青色灵光，颙只消稍稍擦上即会融为脓血，根本近不得身。残缺颙尸混着内脏污血，暴雨般淋漓而下。眨眼工夫，龟裂大地已覆了一层厚腻血浆。

战局正胶着着，颙群骤然兵分两路，似乎得了号令。它们不再一拥而上找景霖送死，而是自他两侧突入，欲绕过他袭向与天女魃缠斗的沈白，景霖左冲右挡，渐渐招架不住，眼看就要被它们越过去……沈白倒不怕这些妖鸟，可沿路凡人性命难保，这东西爪子厉害，能抓破农舍屋顶。

景霖匆匆朝下一瞥。

从云端望去，凡人身形细小，像随手洒下的一把黄豆，正齐齐朝他所在的方向跪拜。

骸骨般枯瘦鏊黑的老人，一手死死搂住紧紧依偎在他身旁的、饿得肚皮浮凸的幼童，一边朝真龙降世的天际磕头，磕得血肉模糊。其余凡人，莫不如是。

哭诉与祈求的声音袅袅飘摇，柔软地渗透了云层，饱含着黎民的泪水与苦难。明明细如蚊蚋，微渺如众生苦海中的一粒粟，听在耳中，竟比震耳欲聋的妖鸟嘶嚎更加鲜明，历历若刻。

——这群尘埃芥子般柔弱的黎民，是这般崇信于他。

景霖抬眸，周身灵气暴涨。

一声龙吟铿锵，响遏行云。

不仅是愤怒，更是痛苦，随着这声龙吟，景霖通体龙鳞片片迸飞，道道龙骨破体而出。龙骨森白微弯，似弦月，似勾刀，迎风暴长，横贯苍穹，自中天霍然劈下，带着气吞山河的势头稳稳扎入土中。百余道龙骨如巨桥天虹，嵌合成一眼望不到边的骨笼，将云浮村及周遭村落尽数纳入庇护。

冲天的灵气如焚烧的烈焰，自龙骨表面腾跃而起，将半面苍穹都映成了琉璃青色。颗群无头苍蝇般撞向骨笼，旋即融化成脓浆，连村落的边儿都摸不着。

凡人们被龙神的白骨温柔地庇佑着，抬首远眺间，他们见到自苍穹飘零的、璨金的雨，数月不曾见到的雨。

这熔金样的雨水极奇异，似含神力。多日不曾播种的田地钻出绿芽，茎杆噌噌蹿着长，翠青水灵，那样鲜嫩地弯着。远山花开遍野，虞美人、酢浆草、五色梅……皆不拘时节，招摇喷吐，如连山野火，烈烈蔓蔓。树木炭化脆硬的树皮簌簌脱落，吐放新芽，一忽儿间，透红果子压折树杈，沉甸甸地砸在地上。

雨水落，万物生。

欣喜若狂的凡人不清楚，这并非雨水，而是淋漓的龙血。

沈白衔着天女魃的头颅奔来时，四野清定，铺天盖地的颗群一只也不剩了。

龙骨尽数回缩入体，景霖疲累至极，从中天坠下，赤身落入云浮村

两小无猜

后的一面池塘。

池底干涸许久，仅铺着薄薄一层新雨，熔金般亮。满池芙蕖灌饱了龙血，挤着挣着地开，玉白、桃红、蜡绿，皆衬着他。

心口发出小小的爆鸣，像有什么卟地炸开了。沈白急急甩开口中那枚头颅，踏水而过，用比撷一朵绒花、捻一粒细雪还要温柔的力道小心地拱着，将神识昏沉的景霖驮到背上……他有一身蓬松的白毛，比云絮还软，不会弄痛了伤口。

……

自一场黑沉梦境惊醒，率先迎来的是痛。

这痛绵绵缠缠，自锁骨至足踝，凡被骨头刺破过的地方，几无一处幸免。好在疼得不剧烈，只是烦人，还泛着一股伤口长新肉时独有的刺痒，像是已经休养过一阵子。

景霖缓缓张开眼。

他躺在一张农人惯用的炕上，周遭摆设古旧简朴，像是农舍。

他蹭着床头起身，四肢酸困无力，自脖子以下包扎得露不出多少肉，那些绑布硬邦邦地板着身子，使活动愈发不便。

幸好身下鹅绒垫得又厚又软，倒不算难受。

吱呀一声，农舍门开了。

一道逆光剪影，挺拔颀长，见他醒转，疾步迎来。

是那小无赖。

……哼。

景霖忆起来了，那日他为抵挡颛群，硬着头皮骨化，几个小村落无一人遇难。他遍体鳞伤，昏死前最后一眼看到的就是沈白。

沈白搭床边坐下，手里端着个药钵，里面盛着半凝的青色药冻，像是外涂的伤药。

"你醒了。"他说，喉间发出一种奇妙的颤音，是激动、狂喜，许是高兴他醒了，可其中还混着些令人坐立难安的东西。

莫名地，景霖不敢看他。

自打沈白步入这间农舍，景霖就没怎么正眼瞧他，像怕被火灼了似的，匆匆瞥一眼，又速速转开，睫毛翻飞。

"怎么，"沈白笑笑，"我脸上有毒吗？"

他用沾着膏体的药杵轻轻抵住景霖下颌，拨转向自己。

"放肆！"景霖心头一跳，啪地打开那根药杵，不经意间，直直对上沈白的眼睛。

景霖一愣，隐约明白方才怎么不敢正眼看他了。

他怕自己面皮会烫起来，再被这小无赖调笑，盯着问那句"怎么脸红了"。

景霖惶然垂眸，垂完，隐隐觉得失了面子，冷厉地绷起脸，问："这是哪儿？"

"云浮村。"沈白死盯着他，攫取他眉宇间每一丝细腻的变化，"你伤得太重，已昏睡好几日了。"

毕竟血肉之躯，村野屋舍再粗陋，也好过顶着重伤忍受舟车劳顿，沈白买下这间农舍，给景霖养伤用。

"该换药了。"他又道。

那语气，简直烫人耳朵。

景霖瞄见药钵，蓦地一抖，强压住发颤的调门，若无其事地摆谱："叫景云他们过来服侍本座。"

沈白眼瞳幽黑，酸酸道："都去布雨了。"

旱灾源头已除，可受波及的郡县一时半刻缓不过来，仍需救助，几条小龙崽闲不下来。

両小无猜

景霖容色淡漠："药放下，本座自己换便是。"

沈白耐心道："你换不了。"

景霖厉色道："笑话，本座又不是没手！"

"你……"沈白略一踟蹰，"没手。"

景霖骨化时，十指指骨皆破肤而出，眼下手指捆扎得好似十根棒槌，稍稍打弯儿都难。若是拆了绑布乱动，愈合中的伤口说不准会裂。

景霖默然，愣愣地低头看着那十根棒槌。

大意了。

沈白定定瞧着他，单刀直入："你以为我会借机欺负你？"

景霖眸中泛起冷诮之色，瞪着墙角骂："本座无非是素来与你不睦，不愿叫你贴身伺候罢了。也不知你那脑中充塞的皆为何等污糟之物，竟将本座曲解至此……"

措辞凶归凶，却慌得尾音直颤。

"不是便好。"沈白神气宽和，任由他骂，动手拆布条。

药是小龙崽们从李元修那取回的灵植炼制的，见效快，皮外伤已好得七七八八，有些地方甚至已生出淡粉嫩肉。奈何骨骼破体造成体内多处重创，较外伤难养得多，怎么也得再静养一两个月。

许是为端架子耍威风时有所倚仗，景霖衣着素来庄重守礼，哪怕偷溜去凡人市集嗦碗猪油粉也要打扮得像要去接受万民祭拜。身子要裹得严，袖口、领口密不透风，衣料也惯用致密厚重、不透不露的，除去脸、大半的颈子和手，旁的一丝儿也不露，就连手腕儿都让箍在宽袖里的窄袖捂得严实。唯独那把细得脆弱的腰与薄得矜贵的肩背无论如何也藏不住。

如今，景霖不止身形藏不住，简直是哪儿都藏不住。随绑布渐渐散开，玉石般剔透清削的身子一览无余，仅剩一条白绸小裤，将将盖到大腿中段。

景霖何曾叫人这样细致、贴近地看过身子，纵使化龙与化人时因形体变化不得不裸露，他往往也会事先备好衣物，在需要时速速换上，或刻意躲到僻静处不让人看。

他慌慌地，实在坐不住，欲找茬儿训斥沈白，却挑不出错。沈白指尖轻轻掠过绑布的结，解得谨慎，连汗毛都没碰着。他手持成团的棉絮，沾清水，擦拭伤处，再换一团绵絮，蘸药冻，匀匀地、柔柔地涂一层。

那呼吸炙热、激动得微微颤栗的悍利肉体距景霖约莫半尺远，钉死在床沿儿上了似的，绝不靠近分毫，手指也绝不触到他。

弓弦般紧绷的静寂中，沈白喉结缓慢滑动，干咽了一下。

吞咽津液的细响，听在景霖耳中，堪比落雷。

过了不知多久，熬人的换药总算结束了，景霖又被绑得露不出几块肉。

沈白归拢好换下的旧绑布，起身离去，竟分毫不为难他。

景霖重重呼出口气，瘫回床上。

心兀自狂跳，想必是因憎生畏，让那小无赖吓的。

……

沈白端着乌骨鸡汤进门时，瞧见的便是——景霖从头到脚裹在被里，像是撅着，或是拱着，总之被子隆起个小山包。

小山包一忽儿高，一忽儿低，笨拙地动来动去，不消停。

沈白将汤盅放在桌上，撩起被角，明知故问："怎么了，伤口疼？"

被子下露出一张急得汗湿的脸，碎发黏在腮上，颧骨让被窝里的热乎气儿焐得透红，素日冷得能结冰碴的眉眼也像焐化了，线条软了，惶惑又可怜地朝他张望着。

"疼得厉害？"沈白恶狼般盯着他，语气却温柔得不行，"入夜是容易疼，我去煎一服安神饮……"

景霖眉梢耷拉着，伸手欲扯沈白袖口，像要求助，伸到中途，却猛地刹住，狠咬着嘴唇，冷哼道："随你。"

沈白轻笑："好。"

一转身，真要走。

"你……"景霖羞恼至极，手一扬，炖盅啪地摔成八瓣，哆嗦着骂，"混账！"

周遭倏地黑下去，蜡烛灭了。

……

这伤一养就是两个月。

……

漫长的记忆回溯迎来终结。

景霖身子一颤，神识从农舍潮热凌乱的炕褥中脱离，抛回到洁净微凉的真皮沙发上。

地毯厚及脚踝，沈白半跪着，与景霖视线平齐："醒了？"

景霖觑他一眼，乌金瞳仁略显清明，像是脑子见好，撒谎前眼珠总算没滴溜乱转："本座……方才打了个盹儿。"

语毕，起身套衣服，动作慌乱。

"想起云浮村那段了？"沈白霍地擒住他手腕，往下一坠，沉沉道，"别撒谎，我听见了。"

景霖重重跌回沙发，脸蛋透红桃粉得比一桠花枝还鲜灵，却仍倔着，鼓鼓地挺着胸，昂着头，像只雄赳赳的大山雀。见沈白神色强势，抵赖不得，便高声斥道："哼，忆起又如何？你这无赖处心积虑欺负本座，还有脸提？！"

沈白笑了，轻轻地问："是么？"

景霖一噎："不、不然……"还待如何？！

沈白迫近，一把温柔语气："谁叫你定力那么差……？"

这辈子，他还是头一次用这种口吻和景霖说话。素来的疏离克制随着那段记忆，濒临瓦解了。

景霖气愤地嘟哝着，仍是"放肆""一派胡言"之类的字眼。忽然，也不知哪来的胆子，他猛地推开沈白，捧着那堆衣物一溜烟儿钻进休息室，嘭地甩上门。

沈白盯着门板，片刻后，呼吸平复，他拾起领带，将崩断的领针丢进纸篓，下楼开会。

……

这些天，景霖过得浑浑噩噩，回忆循环往复。

他神志尚不清明，不过是从特别傻恢复到一般傻，想要拆解那团缠绕如乱发的纠葛矛盾，实在困难。他仅是被那些记忆中的情绪浸染了，骨头像酸水泡过，酥、酸、痒，蚀得尽是孔洞，再灌饱蜜糖，深处还留着酸芯儿。

呸！！！

景霖扑腾得像条鱼。

这些天，沈白对他放松钳制，晚上不守门，白日也不拎他去公司。他琢磨着，那灵丹未必就如沈白说得那么好用，万一是诈唬他呢？便试着逃了几次。

一次，他躲在郊区一家废品收购站，溜进一台旧冰柜，龟缩屏息，心想这大白柜四壁坚厚，或可阻绝灵气感应。岂料半小时不到，被连人带冰柜一窝端走，沈白的RR后跟着收购站老板的运货小卡车，直奔家门。

一次，他潜进邻市某公园景观湖中，抱膝蹲在湖底闭气。蹲没多久，跟岸边违规垂钓的老头儿较上劲了，在水底攥鱼，扽鱼钩忽悠老头儿。跟老头儿斗得正欢实，扭头对上一双赤红兽目，惊得肚皮朝上、翻着白儿浮出水面，把那老头儿吓得……

余下的跑路经历也都大同小异，沈白定位精准，堪比GPS，他往家

两小无猜

门外挪一米沈白都有感应，实在不必再做无用功。

好在沈白这几天没怎么，单是眼神荒得厉害，旁的倒没什么。

……

迈巴赫缓缓滑入胡同，沈白下车，绕到副驾给景霖开车门。

四合院的朱漆大门去年翻新过，红得深沉贵重。

这里是叶辰常住的几个居所之一，景霖之前大多数时间也住这边，衣物、常用的东西都在，沈白打算让他住到自己那，自然得把东西搬一搬。

叶辰推门而出，慈父状瞧着沈白："来啦。"

甭管沈白变得多高多帅，在叶辰眼里他永远是那个惊慌时会奶里奶气自搓小圆脸儿的狐幼崽。

沈白也面露和蔼："嗯，取点东西。"

甭管自己这一世是不是被叶辰一手带大，已恢复前世记忆的沈白心理年龄上千岁，看叶辰就是个小孩儿。

两个外形二十来岁的人互相慈祥地望着对方。

景霖穿衣讲究，叶辰之前辟出一间房给他当衣帽间使。景霖穿不惯现代装束，房中一水儿找裁缝定做的古代服饰，各朝风格都有，专属设计，面料昂贵。景霖嫌凡人粗笨，叶辰就叫来龙族小辈帮忙。景云、景霰那些小龙崽都把伺候景霖当成挺荣幸的事，不嫌烦。景霖只管抄着手端坐在太师椅上，吆五喝六。

几条小龙正收拾着，景霰忽然轻轻叫了声"诶"，随即，犯了忌讳般猛地刹住嘴巴。

"怎么？"景霖抬抬下巴。

"没……"景霰半跪在一个装旧物的木箱前，背朝景霖，手做贼般揣着。那木箱颇有年头，岁月将木料打磨得油亮，箱体不算大却极重，因为箱壁中空灌满铅水，毛贼搬不动也凿不开。箱中皆是景霖那糊涂脑子认为重要的物什，是二十多年前搬来叶辰家养伤时一道扛来的。里面散着几十样小物件，连三分之一的空间都没填满。

这些东西说重要也未必真重要，二十多年前正是景霖傻得最来劲的那会儿，傻，还没钱——那阵子神兽们普遍混得惨——被他压箱底的好东西以世俗标准看基本都是垃圾：磨得掉漆的半导体、明朝官窑青花瓷盖碗赝品、一根八哥尾羽——许是养的小鸟死了留个念想、掉茬儿的文玩核桃、龙头拐杖的龙头……活脱脱一位失智老人。

箱子太重，柜子底板撑不住，前些年叶辰帮景霖搬家时将它推入床下，说不清多久没打开过了。

因此，当景霰摊开手掌交出那东西时，景霖毫无防备，瞬间闹了个大红脸。

那是枚玉佩，和田玉，艳得人眼晕的红油皮，裹着羊脂白的玉肉，踏破铁鞋也难寻的籽料，沈白当年强塞给他的，居然也收在他的宝贝箱里。

景霰慌慌的，不敢抬头。这玉佩他再熟悉不过，景霖宝贝得要命，从不离身，化龙都得搁嘴里含着。他收拾到这旧物，本来下意识地要邀功，话刚出口，猛地想起景霖自脑子糊涂就翻脸不认人了，一直拿沈白当死对头。搞不好功没邀来反挨顿骂，于是赶紧闭嘴。

"怎么了?"沈白出现在景霖身后。

"没怎么。"景霖抓起玉佩匆匆塞入腰封，为表理直气壮，还哼了哼，"哼!"

他塞得再快，架不住沈白眼力好，还是被看见了。

接下来这半天，沈白就没离他半步，不光不离，还动不动就往他腰上四方微凸那处瞟，害得他坐立难安。

在几条小龙的帮助下，东西半天不到便搬完了。次卧衣帽间里，景霖装模作样地四处巡视，想找个地方把玉佩脱手，免得小无赖借题发挥，

两小无猜

可小无赖偏偏膏药似的黏在他两步开外的地方，撵都撵不走。

楼下传来门响，小龙崽们走干净了，偌大一座宅子，除去几只螺妖就剩他们两人。

沈白指向景霖腰间："腰里揣的什么？"

"本座揣了什么干你何事……"景霖嘟嘟囔囔，嘟囔完，运足一口气……

沈白坏心眼道："不许哼。"

景霖一口气噎在嗓子眼，生咽下去："……嗝。"

沈白被他弄笑了，瞳色却深沉："我看见了，那个箱子里都是你喜欢的东西。"

说着，他伸手去摸那块玉佩。景霖红着耳朵躲，疾退几步，跟跄着跌向窗子，陷入柔软的奶白色纱帘，顺手扯过，挡在身前。

新换的帘子，有洗衣液的清香。

沈白没掀帘子，一只手绕过去摸出玉佩，摩挲片刻，语气并不算激动，却莫名烫人："你什么都不记得的时候，也知道它重要。"

沈白稍稍退开。

景霖难堪地别开头，沈白哗地扯开帘子，视线逡巡着："知道不怕我了？"

景霖愤愤的，咬死了不答，薄唇抿得红亮。

之前景霖傻得厉害，认准沈白是馋他脑花的恶兽，对肢体碰触反应强烈。这几天他脑子见好，像是终于搞清楚沈白不会撬他天灵盖嚓脑花了，神经放松许多，不再怕得那么厉害。眼下他离沈白这么近，也不见如何惊惧。

沈白神色若有所思。

如果内丹损毁是造成失忆的元凶，那么随着内丹修复，记忆也多少能见恢复，可二十多年也没见他想起什么，偏要通过这种方式才见成效。

这乍看没什么逻辑，像纯属偶然，但假如……

片刻安静后，沈白温声道："是不是……我陨落之后，你不敢再想我？"

景霖圆瞪着眼，负气道："什么蠢话，本座有什么不敢想……"

话没说完，面颊一阵痒痒，像小虫爬过，景霖抬手抹脸，指缝间水痕湿亮，不知哪来的眼泪。

……

沈白陨落了。

大约是思及此，心口那处太疼了。

太疼了，疼得令他诧然。

疼过剥皮抽筋，疼过割肉剜心，连骨化之痛亦不及其万一，分分秒秒，如坠无间。

不能想，不敢想，他却偏偏要想，偏偏愿想。

想，拼命想，顶好活活疼死，一同陨落。若能复生，便一同复生，若人间沦陷，便一同沉寂万年。

在悲痛而亡前，景霖那具内丹成灰、衰微到连一根手指都难再活动的躯体陷入昏死，再一睁眼，前尘往事已被涤荡得干干净净，像是脑子不许他想，要用浑噩混沌将他保护起来，疯疯傻傻也好，见面不识也罢，肉身是遭本能驱使的蠢物，只想活着。

……

沈白一把揽住他，哄孩子一样，一下下抚着那片清瘦的背，悄声道："我回来了。"

景霖像戳破口的泪袋子，不知怎么，就是停不下来，下颔抵着沈白的肩，茫然地、愣怔地淌着眼泪。

"竟有此等怪事，难道是眼珠成精……"双臂都被沈白箍住了，不方便抬手，景霖小猫儿似的晃着脑袋在沈白肩头蹭脸，蹭得衣料、面颊，尽

两小无猜

湿漉漉的。

"嗯。"沈白不反驳，柔声应着，随他编。

"要么是眼睛坏了……要么定是成天瞧你，辣坏了本座的眼睛。"

"嗯。"

"呜。"极短促的一声呜咽。

"……"

"……不知为何，莫名悲从心来，与你无关，切莫自作多情。"那人定了定神，又这么说。

"嗯。"

"呜。"

沈白轻轻笑了。

他再也不走了。

……

傍晚五点半。

沈白在落地镜前最后一次确认形象，门外司机已等候多时。

要去参加晚宴，沈白穿着考究。一身定制西服，面料是美利奴羊毛混纺钻石粉特制丝线，有纸醉金迷的奢华光泽。腕间搭配色调轻柔的珍珠母贝袖扣，不会因贵重而显得老气，整个人英俊得令人目眩神移。

沈白对镜调整领结，眼尾隐约扫到远处一团影子。

八成是景霖。他不动声色，佯作看表，待余光确认无误，才猛地抬头，视线笔直射向楼梯。

壁灯没开，景霖黑黢黢地蹲在通往二楼的楼梯上段，仗着脸盘小，几乎把脸嵌在楼梯栏杆间，贼猫似的偷看他。两股视线撞个正着，景霖惊得一颤，拔脸溜上二楼。

沈白乐了，缓步走上二楼，给景霖预留出装模作样的时间。

　　果然，等他走上去，景霖已没事儿人一样背对房门躺在次卧床上了。

　　"陪我去吧。"沈白立在床边，心知他想去又不肯说，便温声哄诱，"不是什么正式场合，就当去吃饭……我给你备过几套成衣，先凑合穿？"

　　景霖往被窝里缩一缩，冷冷道："本座心绪烦闷，懒得出门。"

　　"那正好去散散心。"沈白绕到床另一头，手抄兜，哈腰观察景霖神色，"说不定有你喜欢的古董，我给你拍。"

　　他要去的是一场慈善晚宴，有拍卖环节。这东西说白了就是将社会名流圈起来敲一波竹杠——要钱要脸？说是慈善晚宴倒不如说是鸿门宴。但企业做大后这都是常事，况且沈白本就是留一半捐一半，因此不似其他名流富人那样提起慈善晚宴就浑身肉痛。

　　景霖面皮绷着："本座没什么喜欢的。"

　　"那就当陪陪我，"沈白捉住他腕子，轻轻一晃，低声叫他名字。

　　景霖眉眼凌厉，将他从头到脚扫视一圈，手腕咻地抽进被窝："哼！！！"也不知是生哪门子闲气。

　　沈白："……"

　　沈白："又想起我哪儿坏了？"

　　景霖不吱声。

　　沈白又哄了一会儿，不见成效，这才好脾气地试探道："那我去了？"

　　景霖彻底没动静了。

　　沈白无奈笑笑。

　　或许是那天他的安抚起了作用，景霖这些天不用他刺激也能断断续续地自主恢复记忆，唯一不好的地方就是脑子还没算恢复彻底，因此情绪常常阴晴不定，控制不住。想起两人好的记忆，他就软乎些、乖顺些，想起沈白"欺负"他的记忆，搞不好就会暴起发飙，乱怼一气。

　　这会儿……说不定是想起欺负那段了。

两小无猜

沈白早习惯了景霖的性子，没太紧张，再不走就迟了，他转身下楼。

景霖猫在被窝里竖耳朵听动静，听见汽车引擎发动，确认沈白已上车，这才一跃而起，煞气腾腾地冲到主卧落地窗前……

这些日他想起不少，越想越觉得不妥——那小无赖两辈子都没变过，成日油嘴滑舌，模样又那么英俊，想必平日少不得在脂粉花丛间流连……正巧前些日子沈白强行喂给他的灵丹已被他吸收殆尽，他偷偷跟去也不会被发现。

事不宜迟，景霖速速褪去一身衣物，以灵气覆盖周身，使出一套障眼法——障眼法能让凡人看不见，他脑子糊涂时使不明白，前些天才忽然想起如何精细地操纵灵气。

随即，他纵风一飞冲天，于半空化龙，将口中衣物移到龙爪里握住。接着，他目露狡黠，用灵气凝实一块乌云。那乌云被他凝得硬挣、黝黑，混似一口飞在天上的大铁锅。他拿嘴叼着乌云飞，让乌云在他身体下方打掩护，免得沈白抬头瞧见。

毫无破绽！！！

……

确实毫无破绽，沈白是没瞧见他。只瞧见天上一块密度、色泽都不大正常的乌云追着车飞，他车停，乌云停，他车走，乌云走，憋着坏要浇他一顿似的。

沈白抬手揉额角，太阳穴突突的。

半小时后，沈白抵达晚宴会场。

"去后面拿把伞。"沈白吩咐道。

司机四处看看，不见下雨，出于职业素养听从老板指示，下车撑起伞。

……

见沈白进了会场，景霖自高空盘旋而下，找僻静角落化成人形，出于习惯穿好衣服，随即施着障眼法阔步走进会场，找了张桌布曳地的长桌钻进底下，将桌布分开条细缝，窥视沈白。

会场中，沈白游刃有余地与人交际寒暄。他模样太亮眼，又是身价豪奢的青年才俊，时不时就有穿着各色小礼服裙的名媛来与他搭话，个个娇艳甜美，好似糖果。沈白被那些衣香鬓影、胭脂红粉锦簇地包围着，神情却淡漠，仅维持礼貌，有胆大的姑娘欲近他身，皆被他不动声色地躲了开。

哼。

景霖盯梢盯得眼珠子发酸，盯着盯着，甚至有些无聊了。

这时，有侍者端来一托盘色彩绚丽的鸡尾酒。景霖从未去过酒吧、夜店之类的地方，没见过这东西，不知是他一滴也沾不得的酒，好奇地瞧着。

五分钟后。

沈白偷眼瞄向景霖藏身的长桌。

桌布被掀开一条缝，一只瘦长白净的手攥着几枚空空如也的细脚杯，歪七扭八地偷偷往桌上放，放完，又摸了一杯盛得满满的，咻地偷进桌底。

"吸溜吸溜——嗝。"桌下传来窸窣响动。

沈白："……"

景霖沾不得酒，一杯也不行。

沈白大步走到桌前，似愠怒，似妒忌，目光森凉，蜿蜒游过歪倒的几枚空杯，通过杯型、杯底残液与气味猜测里面盛过什么。

碳酸水、果汁、蜜瓜甜酒……景霖喝的都是一些酒精含量趋近于零的"安全"鸡尾酒，酒量再差也很难醉。沈白抬眼扫视，见会场内提供的其他鸡尾酒也大抵如此。

那股毒蛇般阴冷的气息倏然消散。

两小无猜

沈白恢复温和模样，正欲离开，忽然想起什么，招来一位侍者俯身低语几句，英俊的脸上透出一丝促狭，像个要对朋友使点儿小坏的少年。

几分钟后，一杯混合了伏特加、杜松子酒的烈性鸡尾酒被侍者悄悄放在客人指定的那张长桌上。

过一会儿，那只手摸上去，故技重施偷酒喝。

沈白立在不远处，心不在焉地应付几位社会名流，嘴上嗯啊答着话，心思全在桌底。

"吸溜吸溜。"某人咂酒咂得美滋滋。

沈白不动声色，竖耳听着。

"……唔？"像是尝出酒味儿了，有些狐疑。

沈白忍笑。

"吧嗒。"再品品。

"……"短暂静默。

"恶——"嫌弃得要死。

沈白虚握拳抵住嘴唇，以轻咳掩饰笑意。

桌布被撩开条缝，还剩大半杯的烈性鸡尾酒被送回桌上摆好。

过了几秒，像是嫌单单放回去不够解气，那手又从桌下伸出，猫儿似的把酒杯拨弄到地上，啪嚓，洒洒了一地。

沈白险些笑出声。

"哼。"破东西难喝！

当真值得大哼特哼一番！

随即，那手消停了，许是怕"踩雷"，不再上桌子摸酒。

沈白寸步不离地守在原地，猎隼般盯着桌子。

景霖背着他喝酒会令他恼火，是因为"醉酒"这种状态经常会暴露出人们隐藏在表面下的另一个自我，甚至是与平时截然相反的自我，譬如：

懦弱者醉酒撒泼怒骂，粗犷者醉酒感伤垂泪，古板者醉酒嬉笑胡闹……都很常见。

而景霖醉酒……

几分钟后，景霖从桌底爬出。

酒量是真的小，两口而已，他已醉得步履踉跄，面色酡红。

糖水喝多了，他想找个地方小解，不知洗手间在哪，正四顾茫然，浑噩间听人说了句："洗手间往前右拐。"

他已醉成一团糨糊，没觉出异样，乖乖朝那方向走去，走了挺长一段，果然瞧见洗手间。

洗手间里空空荡荡，但门扇开启的角度不对劲，像门后藏着人。景霖醉得厉害，并不在意，立在便池前解手，解决完问题，正要离开，却发现门锁了。

"……唔？"景霖醉醺醺地，欲俯身研究锁头。

眼睛还没看真切，手臂突地被人往后一拖。

烟草、冷杉、雪松，以及若有似无的海狸香……景霖鼻翼翕动，突然不挣了。

"谁让你喝酒了？"沈白慢声问。

语调森冷，气息却热，烫得景霖直歪脑袋，用肩头蹭耳朵。

喝什么酒……

什么谁让……

景霖蹙眉，艰难搅动脑内糨糊。

"说话。"沈白抱着他轻轻晃了晃，逗小孩儿似的，显然没真动气。

景霖嗫嚅："没喝酒……"

沈白把他转过来："那你喝的什么？"

景霖想了想，委屈吧啦："糖水儿。"

两小无猜

这时外面传来门响，有人要用洗手间。

"龙皮膏药"是撕不下去了，沈白抽出手，帮他理一理衣裳，妥协道："我抱你回去。"

景霖醉得迷了，灵气紊乱，障眼法早使不出了。于是，沈白把那双爪子扒拉下去，稍稍低头，脱掉了外套。他体型比景霖大一圈，外套宽松，将景霖上半身裹得严实，泛红的颈子、锁骨、下颌，全藏住了。

接着，沈白打开门锁，把景霖打横抱起来，大步向外走，温声道："把脸藏起来。"

景霖偏头，把脸埋进沈白衬衫。

衬衫料子凉滑，去了外套愈发显身材，那蓬勃的胸肌、坚实的手臂、宽阔的肩、悍利的腰……在眼下正式的、讲求礼节的、名流汇集的场合中，有种几乎不合时宜的狂野性感。

看得出他并不打算引人注目，也不在乎名媛们灼热得洞穿铁板的视线，专拣人少的地方，横抱着不知哪来的什么人，快步走出会场。

……

晨光熹微。

空气中浮着一股石楠花开的甜味。

"头脑又清楚些了？有吗？"

景霖略一感受："清楚着呢。"

这一晚过去，他神智确实像是又清明了些，旧事也差不多都忆起来了。

沈白眨眨眼，考他："勾三股四弦几？"

"弦五。"景霖蹙眉，"你当我傻吗？"

沈白："你以前说弦七，因为三加四得七。"

景霖："……"

沈白："我说弦五，你就打我。"

景霖一怔，听不得脑子糊涂时干下的蠢事，低头匆匆系扣。

可他越不敢想，有些蠢事就越往前边凑：光着屁股一飞冲天、立在路旁看大汽车、抢拐杖追打叶辰、出门跟凡人耍威风却被凡人气得蹲在桥洞里哭、在派出所作威作福……

景霖面红如血，头越埋越深，简直恨不得把脖子撅折脑袋塞腔子里去，慌得把中衣扣子系错了，一错错一排。

沈白端详他，猜出大概，伸手解开他系错的扣子，将中衣拉开，眼睛朝里觑着，似责备，却更像揶揄："糊涂的时候动不动往天上飞，也不管旁边有人没人……"

"我……"景霖理亏，嗫嚅着，"都没人……我飞得快。"

这话倒不假，眨眼功夫人就飞没影了，就算有凡人，其实也看不清什么。

沈白嫌他窘得不够似的，又打趣道："那天你找不着家，去派出所找警察，辰哥说你跟警察要官女，我当时没问你，你当国师那段时间……老实吗？"

景霖猛地抬头，惶急道："我只是听她们唱曲儿，连跳舞都不曾看过，你别冤枉人！不信你……你……"

也没个能出土作证的官人！景霖又气又急，面颊红胀，直想打人。

"信你，不用作证也信。"沈白逗弄够了，帮他系扣，指尖拨拨那复古的白玉扣，忽地道，"今天我陪你做几套衣服？"

景霖穿衣讲究，各朝各代的服饰都有不少，唯独现代风格的衣物一件也没有。

不仅是衣物，除了改良版的马吊——也就是麻将之外，景霖抗拒一切来自新时代的事物。叶辰好说歹说，勉强给他配了手机，他也只懂得玩线上麻将，连打电话发微信都不要学。

脑子不好、懒得学、不喜欢变化之类的或许都不是真正的原因。

沈白想着想着，无声地叹了口气。

……

这家高定店不起眼，隐蔽在城中一片绿荫深浓的老式洋房区，门脸小，路也难找。它不张扬，亦不屑于张扬，手工费、布料费、设计费，皆贵得能把误闯而入的路人血压拉满，因而仅接待老客，像旧日的贵族。

店里没其他客人，店主带景霖去量体，沈白步步紧跟，脚尖几番踢到景霖鞋跟。

三人走进专为顾客量体的小屋，店主掩上门，温和道："请先生脱一下外衣。"

"我来吧，陈老板。"沈白极自然地从店主手中拿过软尺与纸笔。

量体看似简单，无非是拿软尺在人身上比量、读数，可要想做出能完美契合、托衬身体线条的正装，需留心的细节相当多。好在沈白有颗过目不忘的脑子，观摩一遍就能上手。

店主知情识趣，和善地笑一笑，退到门外。

他抻平软尺，动作轻柔，量得有模有样，像个英俊的裁缝。量腰与胯时，他绕到景霖身前，泰然地半跪在陈旧的香脂木豆地板上，用软尺将他圈住。

沈白瞄他一眼，低头记数："我脾气不太好。"

景霖抬抬下颌，冷哼："你也知道。"

"还不是你害了我。"沈白例数景霖罪状，慢条斯理的，含着笑，"我成天去李元修家堵你那段时间，害得我彻夜难眠……"

他那时跟李元修套话，把景霖的老底套了个一清二楚——

据李元修说，景霖原本一个月去他那儿一次，给族里的小龙崽子们取灵植丹药辅助修炼，但也记不得从什么时候开始，景霖变得和沈白一样，隔三岔五就往他那跑。

沈白跑得勤正常，他做灵植生意，得常来找李元修补货、清算账目。可景霖不同，十次有九次什么正事都没有，说是闲来无事找李元修谈天，却半天也挤不出几句话，只绷着张冷若冰霜的脸一杯杯喝茶，浑似来找茬儿的。

这不成心找挨堵吗？

沈白不负他望，成天堵他，从隔三岔五去变成李元修家常驻人口。

那阵子李元修珍藏的几罐灵茶消耗得奇快，每每对罐空垂泪，搞不清这两尊神兽是抽的什么风。

"还有，在云浮村那几个月，"公共场合，店主就在门外，沈白收了后半句，"扔了拐杖就不认人，我伤心得厉害。"

伤心得挖空山腹，闷头造金屋，准备藏人。

之后景霖被蛟暗算，他乘人之危把他囚禁进金屋，景霖伤治好了仇也报了，又跑得脚底抹油。

"念完经打和尚……"尺寸量好了，沈白收起软尺，一哂，"我心理健康得了吗？都是你害我。"

"哼。"景霖不服，斜斜睨他，"你天性如此，与我何干。"

这姓沈的打小就是个一肚子坏水儿的小混账。

这辈子从小就蔫坏，上辈子更不是东西。

……

都说瑞雪兆丰年，田地过冬时有厚雪覆盖，庄稼来年长势更盛。

那日，山海境之主李元修央着景霖给他那一大片灵植田布雪，景霖去了，布完雪，见李元修拖家带口领着一群神兽幼崽出来玩雪，里面有几只眼生的，是天地灵气新孕育出的幼崽。

李元修本是修道之人，接管山海境后画风突变，大棉袄、二棉裤、头顶熊皮帽，一张俊脸红膛膛的，被神兽幼崽们合力摁进雪堆。景霖趁他

两小无猜

们闹得欢，匆匆躲到落满新雪的树后穿衣，穿到一半，忽觉脊背粘着一道令人战栗的目光，一扭头，见方才还在跟李元修他们玩雪的那只幼狐化作巴掌大的白兔，正趴在树梢装雪团，偷偷瞧他。

幸好那双赤红兽瞳藏不住，这才让景霖逮个现形。

"滚下来！"景霖又怒又怕，啪地撅断那根树枝。

啪叽，幼狐摔进松软雪堆，砸出一个兔形小坑。

接着，一个脸蛋顶漂亮可爱的幼童扑棱一下从雪中冒出来，奶气道："哥哥，你真好看。"

景霖受不了那股天敌的味道，冷哼一声，溜得比兔子还快。

沈白那时尚幼，不该懂的不懂，全无多余心思，单是觉得景霖好看，心生亲近之意罢了。

奈何景霖惧他，待他最疏远，偶尔帮李元修看顾幼崽，都要刻意离沈白远远的。

这一肚子坏水儿的小东西就不干了。

那日，景霖替李元修看顾神兽幼崽。

想到那堆神兽崽子中有只幼狐，景霖老大不情愿。奈何眼下正是农忙时节，李元修成日在灵植田中忙活扦插、育苗、锄地，人手奇缺。包括景霖在内的众神兽平日得李元修好处，自用的灵植灵药都不少拿，轮到李元修求他们帮几天忙，哪能厚得起脸皮推托。

再者，看顾幼崽已算顶好的差事了，那头负责铲屎、搅屎、发酵屎，调配灵气粪肥的穷奇对看顾幼崽一职虎视眈眈，时不时扒窗偷窥，欲取而代之，幼崽房的糊窗纸让他戳得筛子似的，看着都瘆人。景霖若撂挑子，说不定就得和穷奇换换，尝尝顶风臭十里，顺风呕断肠的滋味。

景霖不会哄小崽子，从李元修书房顺手抽几卷竹简，板着脸，自顾自地念。神兽崽崽绕他坐一圈，一只胆大的凤凰崽崽一拱一拱，蠕动到景霖近前，把糯米团似的小肥脸粘在景霖腿上，趴着听《齐民要术》。

"……"景霖微怔，却没撵人。

凤凰崽崽："啾咪。"

"哼。"景霖面若寒霜，耳朵尖儿泛起丝粉。

与凤凰崽崽交好的三足乌崽崽有样学样，也凑过去黏景霖。

狐幼崽自知不招景霖待见，乖巧端坐在崽圈外围，一兔耳耷拉一兔耳立，打眼看去，小圆脸一团喜气，笑嘻嘻的，似全不介意那两只火族神鸟受宠。

念完书，景霖放崽崽们在庭院活动筋骨，还没消停歇上半盏茶的工夫，就听凤凰崽崽被拔秃了毛般凄厉的尖叫："啾咪呀！！！"

紧接着，被水浇熄了一脑袋火羽的凤凰崽崽秃头秃脑地冲进屋子，吱儿哇大哭："狐狐泼我！啾呜呜呜……狐狐想让我秃！啾呜呜呜……"

火族神鸟没有寻常意义上的毛发，一身羽毛、头发，皆是火焰凝实而成，水一泼就秃了。

景霖蹙眉，转向沈白，咽了咽唾沫，问："你泼他？"

"你看见我泼你了吗？"沈白困惑地揉搓圆脸蛋，耷拉出两撇无辜的八字眉，硬挤出一对三角眼，像个小地痞，"水桶可是自个儿从屋顶掉下来的呀！"

凤凰崽崽哭得火星四溅："你还抵赖！三足乌都说看见你做机关啦！啾呜呜呜……"

景霖："……"

"呀，"沈白不装了，乌溜溜的圆眼睛一弯，"叫他看见啦。"

半个时辰后，告密的三足乌崽崽遭遇水桶机关大阵，秃成乌鸡。

秃成乌鸡就罢了，还和秃得惨白的凤凰崽崽一起被沈白起了个花名，叫乌鸡白凤，特别有一种补气养血的味道。

简而言之，哪个崽崽敢亲近景霖，那就离倒霉不远了。

那段时间，喜欢亲近景霖哥哥的崽崽们都笼罩在兔头恶霸的阴影下。

不止如此，那兔头小恶霸还三不五时装病、卖惨，动不动央着李元修去找景霖哥哥来探病，景霖也不好真跟一个几岁的小崽子放什么狠话，只得硬起头皮忍他。

就这么一年年过去，沈白越来越不成样子。

简而言之……

沈白这股坏劲儿和偏执根本是骨子里带出来的。

……

之前去店里定制的几套衣服有一套完工了，沈白等不及要看，就带景霖先取那一套。

景霖没穿过现代服饰，虽说也不至于有什么不会的，沈白却仍取来衣服，陪他走进试衣间。

这套西服的布料选用世家宝兰花系列，与沈白此前混纺钻石粉末的那一件出自同一个布料品牌，150支精纺羊毛，掺入自兰花中提取的香氛物质，暗香飘摇，沉静幽雅，寻常男士不敢轻易尝试。

"闻到了吗？"沈白将面料凑到景霖近前，"这种兰花香，干洗也洗不掉。"

景霖鼻翼翕动，眸子微微一亮，像是喜欢："还不错。"

沈白一笑，垂眼给景霖系衬衫袖扣，系好了，又伺候他穿外套，为他抻平关节处微小的褶皱，调整肩线、裤线的位置，给领带打一个亚伯特王子结，拢起那把乌密厚实的长发，用事先备好的发带在临近发梢处松散地打一个结，试衣间气氛温和静谧。

带着一种深沉、珍重的情绪，沈白开口道："兰花很难养。"

闲谈般，他与景霖东拉西扯，声音很温柔："兰花太娇贵，对土壤、水分、气候要求都很高。古人说它'喜润而畏湿，喜干而畏燥'，伺候得多一分、少一分，都不行。但那些爱兰花的养兰人不仅不嫌苦累，还乐在其中。他们情愿娇纵着兰花，唯独恨自己不能更娇纵一些，让兰花开得更美、更安逸，哪怕耗再多心血，也甘之如饴……"

此人话里有话！景霖警惕，朝他递去一瞥："你想说什么？"

说话间，衣服换好了。

他立在镜前，以一种惯常的、古风尚存的姿态，高洁冷傲、不染尘霜，长发如乌瀑，松散系在脑后，有几缕不听话的眼看就要滑到胸前。如果是一个平常的男人，用平常的身材、气质与容貌搭配这身西装与这头长发，那必定会让人觉得古怪。可换成景霖的话，旁人看了只会惊叹于这种东方古老与西式现代激烈碰撞并调和出的不拘一格的美。

一截细腰裹在混纺兰花的高级布料中，被收束得透出一种脆弱感，那平直、昂然的肩与背，极适合这样的正装。

"我想说……"他深深吸一口气，轻叹道，"你就像是一株兰花。"

景霖手足无措，像不知如何回应。他舔了舔嘴唇，急切地想说点儿什么，但苦于没长那么一副油嘴滑舌。

他不清楚的是，单瞧他这反应对沈白而言已足够。

……

走出高定店时，沈白没叫司机，只自己开一辆迈巴赫，让景霖坐副驾，在绿荫深浓的洋房区缓缓开着，琢磨着一会儿带景霖去哪转转，好好看看这个时代的事物。这件事他最近没少做，可现代的新鲜东西太多，不是十天半个月就体验得完的。

怕再戳中景霖的泪腺，沈白不问，但他不能更清楚。

景霖之前抗拒一切来自现代的新事物，纵使是他智力理解范围内的东西，他亦满心抗拒，就算真的好奇什么，也极少会找人问问，简直像在和虚空较劲。

如今回头看来，或许是因为这个现代的世界里，这个处处不同的新时代中……没有他。

景霖曾经如圣人般禁欲避世，上一世，沈白死缠烂打，生拉硬拽，才将他带进红尘中。而一旦没了他，红尘大概也不再有意义。

开出洋房区的僻静路段，街上行人渐渐多起来，景霖朝外面张望着。

他不知自己模样有多招人，只晓得现代男子罕有长发及腰的，西装加长发更是见所未见。旁人觉得他怪就罢了，问题是沈白也没如前世一般留长发，想来是喜欢现代短发多一些的。

"有什么想去的地方吗？"沈白问。

"我想……"景霖抚了抚头发，"剪头。"

沈白不介意他头发短长，只想让他舒服，便问："不喜欢留长发了？"

"倒不是。"景霖放下车窗，眺向街上来往的男性路人，犹豫道，"他们都是短发……你也是。"

沈白瞄他一眼，见他神色明显有不舍，八成是为了迎合自己喜好才提剪头的事，便哄道："我喜欢你留长发，好看，不奇怪……"

景霖这才放弃了剪短发的念头。

"今天带你到处转转，有什么想去的地方吗？"沈白问。

"没有。"景霖先飞快答了，答完，却像有些后悔，嘴巴张了张，像有什么地方想去又说不出口似的。

沈白："想去哪儿，说。"

景霖咽了咽口水："没哪儿。"

沈白逗他："说嘛。"

景霖不禁露出"噫"的表情。

过一会儿，架不住沈白逼问，才连比带划小声道："我见叶辰带那几只小崽吃过的，这么高的杯子，奶白色，杯里装得很满，上头像蛇一样，一圈圈盘起来……"

沈白了然："冰激凌。"

"不是的，不叫这个名字。"景霖眸光沉凝，严谨描述道，"上面有许多红彤彤、黏糊糊的东西，街上也未曾见人叫卖。"像怕沈白心疼自己，他重点补充一句："若街上有人卖，我懂得怎么买，你前些天教我了。"

沈白咬了咬嘴唇，眼底忽地一阵发热："草莓圣代，快餐店里买的。"

他吃东西讲究，鲜少吃快餐，自然也想不起来带景霖去吃。

只是惦记吃一份甜品，景霖却像被戳穿什么见不得人的心事，急急道："想来是幼童吃的小玩意儿，我无非是好奇，随口一提罢了……"

沈白一手把方向盘，一手捉了他手，死死握住不许他挣，沉声道："我带你吃。"

"我……"

"不许'我'。"

"随口……"

"不许'随口'。"

"……听你的就是。"

……

沈白买了一大袋有的没的，嫌快餐店里太闹，提着口袋，寻了处无人的露天小广场。广场的铁艺桌椅、快餐口袋、像两个高中生。

草莓圣代暴露在阳光下，没多一会儿就化出些黏稠糖水，景霖紧着用小勺挖，姿态在优雅与孩子气间反复横跳。

"好吃吗？"沈白热烈地望着他。

"还不错。"景霖脸红了红。

"以后什么都带你吃，带你玩……像上辈子一样，你去哪都陪你，你要什么都给你，你不知道的我告诉你，好吗？"

景霖一恍神。

依稀回到千年前的那场花灯盛会。

街市人流若织，花灯如昼，景霖原本不喜热闹，沈白硬要带着他，走在横跨灯会两岸的红木桥上。他四下张望，满眼皆是造型各异的花灯，沈白指指这盏，指指那盏，挨个讲给他听。他一手拿了好多东西，糖画化开的糖稀、炸油糕淌下的油脂，流到指头上，好香，又好甜，到处皆是亮堂堂的，耳畔笑闹不绝。岸上的灯火落进水中，几乎叫人分不清哪里是岸，哪里是水。

"灯会好看吗？"沈白问。

"……好看。"景霖略一迟疑，旋即重重点了头。

这就是人间。

是滚滚红尘，是扬花紫陌。

是万家灯火，是风月无边。

好看，真是好看。

……

"好吗？"沈白催问他，见他发呆，夺了他手里挖圣代的小勺，在他眼前晃了晃。

景霖将思绪从千年前的记忆中抽出，怔怔地瞧了沈白片刻，随即抿了抿唇，重重点头。

"好。"

这么好的红尘。

这么好的人间。

他们再也、再也不会离开了。